Zu diesem Buch

Brecht, der praktizierende Feind konventionellen Theaters und kulinarischer Klassiker-Aufführungen, ist inzwischen selbst zum Klassiker geworden. Allerdings nicht in dem Sinne, den das Wort für deutsche Bildungsbürger besitzt. Seine Stücke wollen nicht Erlebnis, sondern Erkenntnis vermitteln, nicht das Gefühl, sondern den Verstand mobilisieren. Ende der zwanziger Jahre begann er, vor allem für Schüler gedachte Lehrstücke zu schreiben, in denen in Modellsituationen Mißstände der Gesellschaft aufgedeckt wurden. In seiner «Theorie der Pädagogien» merkt er zu ihnen an: «Die bürgerlichen Philosophen machen einen großen Unterschied zwischen den Tätigen und den Betrachtenden. Diesen Unterschied macht der Denkende nicht. Wenn man diesen Unterschied macht, dann überläßt man die Politik dem Tätigen und die Philosophie dem Betrachtenden, während doch in Wirklichkeit die Politiker Philosophen und die Philosophen Politiker sein müssen. Zwischen der wahren Philosophie und der wahren Politik ist kein Unterschied. Auf diese Erkenntnis folgt der Vorschlag des Denkenden, die jungen Leute durch Theaterspielen zu erziehen, das heißt sie zugleich zu Tätigen und Betrachtenden zu machen.» Über die didaktische Nutzanwendung hinaus haben jedoch auch die Brechtschen «Lehrstücke» ihre literarische Bedeutung bis heute erhalten.

Bertolt Brecht wurde am 10. Februar 1898 in Augsburg geboren. Er studierte zunächst Medizin und Naturwissenschaften, wandte sich jedoch bald dem Theater zu, wirkte als Dramaturg und Regisseur an den Münchner Kammerspielen, dann als Dramaturg bei Max Reinhardt in Berlin. Für sein zweites Stück «Trommeln in der Nacht» erhielt er von Herbert Jhering den Kleist-Preis. Am Tage nach dem Reichstagsbrand floh Brecht ins Ausland, und bis zum Jahre 1948 lebte er in der Emigration. Dann kehrte er nach Deutschland zurück und leitete bis zu seinem Tode (14. August 1956) mit seiner Frau Helene Weigel das «Berliner Ensemble». Bertolt Brecht war ein Dichter des gesellschaftlichen Engagements. Ein Parodist großen Stils, der unterschiedlichste literarische Einflüsse von Villon bis zu Kipling zu kreuzen und zu verarbeiten verstand, experimentierte er unermüdlich mit den dichterischen Formen, um für die Entlarvung der irregehenden Welt und für die Lehre von ihrer Veränderung den adäquaten dichterischen Ausdruck zu finden. Alles, was Brecht geschrieben hat, ist, wie er sich einmal ausdrückte, «für den Gebrauch der Leser» bestimmt. (Nr. 77), «Drei Groschen Roman» (Nr. 263), «Die Geschäfte des Herrn Julius Caesar» (Nr. 639), «Pauken und Trompeten» (Nr. 923), «Die Mutter» (Nr. 971) und «Hauspostille» (Nr. 1159).

Literatur: In der Reihe «rowohlts monographien» erschien als Band 37 eine Darstellung des Dichters in Selbstzeugnissen und 70 Bilddokumenten von Marianne Kesting, die eine ausführliche Bibliographie enthält. Als Rowohlt Paperback Band 32 erschien von John Willett: «Das Theater Bertolt Brechts».

BERTOLT BRECHT

Lehrstücke

Der Jasager und Der Neinsager
Die Maßnahme
Die Ausnahme und die Regel
Die Rundköpfe und die Spitzköpfe
Das Badener Lehrstück
vom Einverständnis

rororo

ROWOHLT

Umschlagentwurf Werner Rebhuhn
Das Umschlagfoto zeigt Bertolt Brecht gemeinsam mit Paul Dessau
(Foto: Willy Saeger, Berlin)

1.– 35.	Tausend	November 1966
36.– 48.	Tausend	Dezember 1967
49.– 63.	Tausend	Mai 1968
64.– 83.	Tausend	März 1969
84.–108.	Tausend	Januar 1970
109.–133.	Tausend	September 1970
134.–183.	Tausend	Juli 1971
184.–218.	Tausend	Dezember 1972

Ungekürzte Ausgabe
Veröffentlicht im Rowohlt Taschenbuch Verlag GmbH, Reinbek bei Hamburg, November 1966, mit freundlicher Genehmigung des Suhrkamp Verlages, Frankfurt am Main

Gesetzt aus der Linotype-Aldus-Buchschrift
und der Palatino (D. Stempel AG)
Gesamtherstellung Clausen & Bosse, Leck/Schleswig
Printed in Germany
ISBN 3 499 10889 5

DER JASAGER
UND DER NEINSAGER

Schulopern

Mitarbeiter:
E. Hauptmann, K. Weill
Nach dem japanischen Stück «Taniko», in der englischen Nachdichtung von Arthur Waley

ENTSTEHUNGSDATUM
1929–1930

Personen:
Der Lehrer · Der Knabe · Die Mutter · Die drei Studenten
Der große Chor

1

Der grosse Chor:

Wichtig zu lernen vor allem ist Einverständnis.
Viele sagen ja, und doch ist da kein Einverständnis.
Viele werden nicht gefragt, und viele
Sind einverstanden mit Falschem. Darum:
Wichtig zu lernen vor allem ist Einverständnis.

Der Lehrer in Raum 1, die Mutter und der Knabe in Raum 2.

Der Lehrer: Ich bin der Lehrer. Ich habe eine Schule in der Stadt und habe einen Schüler, dessen Vater tot ist. Er hat nur mehr seine Mutter, die für ihn sorgt. Jetzt will ich zu ihnen gehen und ihnen Lebewohl sagen, denn ich begebe mich in Kürze auf eine Reise in die Berge. Es ist nämlich eine Seuche bei uns ausgebrochen, und in der Stadt jenseits der Berge wohnen einige große Ärzte. *Er klopft an die Tür.* Darf ich eintreten?

Der Knabe *tritt aus Raum 2 in Raum 1*: Wer ist da? Oh, der Lehrer ist da, der Lehrer kommt, uns zu besuchen!

Der Lehrer: Warum bist du so lange nicht zur Schule in die Stadt gekommen?

Der Knabe: Ich konnte nicht kommen, weil meine Mutter krank war.

Der Lehrer: Das wußte ich nicht, daß deine Mutter auch krank ist. Bitte, sag ihr gleich, daß ich hier bin.

Der Knabe *ruft nach Raum 2*: Mutter, der Lehrer ist da.

Die Mutter *sitzt in Raum 2*: Bitte ihn, hereinzukommen.

Der Knabe: Bitte, treten Sie ein.

Sie treten beide in Raum 2.

Der Lehrer: Ich bin lange nicht hier gewesen. Ihr Sohn sagt, die Krankheit hat auch Sie ergriffen. Geht es Ihnen jetzt besser?

Die Mutter: Leider geht es mir nicht besser, da man gegen diese Krankheit ja bis jetzt keine Medizin kennt.

Der Lehrer: Man muß etwas finden. Daher komme ich, um Ihnen Lebewohl zu sagen: morgen begebe ich mich auf eine Reise über die Berge, um Medizin zu holen und Unterweisung. Denn in der Stadt jenseits der Berge sind die großen Ärzte.

Die Mutter: Eine Hilfsexpedition in die Berge! Ja, in der Tat, ich habe gehört, daß die großen Ärzte dort wohnen, aber ich habe auch gehört, daß es eine gefährliche Wanderung ist. Wollen Sie etwa mein Kind mitnehmen?

Der Lehrer: Das ist keine Reise, auf die man ein Kind mitnimmt.

Die Mutter: Gut. Ich hoffe, Sie kehren gesund zurück.

Der Lehrer: Jetzt muß ich gehen. Leben Sie wohl.

Ab in Raum 1.

DER KNABE *folgt dem Lehrer nach Raum 1:* Ich muß etwas sagen.

Die Mutter horcht an der Tür.

DER LEHRER: Was willst du sagen?

DER KNABE: Ich will mit Ihnen in die Berge gehen.

DER LEHRER:

Wie ich deiner Mutter bereits sagte
Ist es eine schwierige und
Gefährliche Reise. Du wirst nicht
Mitkommen können. Außerdem:
Wie kannst du deine Mutter
Verlassen wollen, die doch krank ist?
Bleibe hier. Es ist ganz
Unmöglich, daß du mitkommst.

DER KNABE:

Eben weil meine Mutter krank ist
Will ich mitgehen, um für sie
Bei den großen Ärzten in der Stadt jenseits der Berge
Medizin zu holen und Unterweisung.

DER LEHRER: Ich muß noch einmal mit deiner Mutter reden.

Er geht nach Raum 2 zurück. Der Knabe horcht an der Tür.

DER LEHRER: Ich bin noch einmal zurückgekommen. Ihr Sohn sagt, daß er mit uns gehen will. Ich sagte ihm, daß er Sie doch nicht verlassen könnte, wenn Sie krank sind, und daß es eine schwierige und gefährliche Reise sei. Er könne ganz unmöglich mitkommen, sagte ich. Aber er sagte, er müsse mit, um für Ihre Krankheit in der Stadt jenseits der Berge Medizin zu holen und Unterweisung.

DIE MUTTER: Ich habe seine Worte gehört. Ich zweifle nicht an dem, was der Knabe sagt – daß er gern mit Ihnen die gefährliche Wanderung machen will. Komm herein, mein Sohn!

Der Knabe tritt in Raum 2.

Seit dem Tag, an dem
Uns dein Vater verließ
Habe ich niemanden
Als dich zur Seite.
Du warst nie länger
Aus meinem Gedächtnis und aus meinen Augen
Als ich brauchte, um
Dein Essen zu bereiten
Deine Kleider zu richten und
Das Geld zu beschaffen.

DER KNABE: Alles ist, wie du sagst. Aber trotzdem kann mich nichts von meinem Vorhaben abbringen.

DER KNABE, DIE MUTTER, DER LEHRER:

Ich werde (er wird) die gefährliche Wanderung machen
Und für deine (meine, ihre) Krankheit
In der Stadt jenseits der Berge

Medizin holen und Unterweisung.

DER GROSSE CHOR:
Sie sahen, daß keine Vorstellungen
Ihn rühren konnten.
Da sagten der Lehrer und die Mutter
Mit einer Stimme:

DER LEHRER, DIE MUTTER:
Viele sind einverstanden mit Falschem, aber er
Ist nicht einverstanden mit der Krankheit, sondern
Daß die Krankheit geheilt wird.

DER GROSSE CHOR: Die Mutter aber sagte:

DIE MUTTER:
Ich habe keine Kraft mehr.
Wenn es sein muß
Geh mit dem Herrn Lehrer.
Aber kehr schnell zurück.

2

DER GROSSE CHOR:
Die Leute haben die Reise
In die Berge angetreten.
Unter ihnen befand sich der Lehrer
Und der Knabe.
Der Knabe war den Anstrengungen nicht gewachsen:
Er überanstrengte sein Herz
Das die schnelle Heimkehr verlangte.
Beim Morgengrauen am Fuße der Berge
Konnte er kaum seine müden
Füße mehr schleppen.

Es treten in Raum 1: der Lehrer, die drei Studenten, zuletzt der Knabe mit einem Krug.

DER LEHRER: Wir sind schnell hinangestiegen. Dort ist die erste Hütte. Dort wollen wir ein wenig verweilen.

DIE DREI STUDENTEN: Wir gehorchen.

Sie treten auf das Podest in Raum 2. Der Knabe hält den Lehrer zurück.

DER KNABE: Ich muß etwas sagen.

DER LEHRER: Was willst du sagen?

DER KNABE: Ich fühle mich nicht wohl.

DER LEHRER: Halt! Solche Dinge dürfen nicht sagen, die auf eine solche Reise gehen. Vielleicht bist du müde, weil du das Steigen nicht gewohnt bist. Bleib ein wenig stehen und ruhe ein wenig.

Er tritt auf das Podest.

DIE DREI STUDENTEN: Es scheint, daß der Knabe müde ist vom Steigen. Wir wollen den Lehrer darüber befragen.

DER GROSSE CHOR: Ja. Tut das!

DIE DREI STUDENTEN *zum Lehrer*: Wir hören, daß dieser Knabe müde ist vom Steigen. Was ist mit ihm? Bist du besorgt seinetwegen?

DER LEHRER: Er fühlt sich nicht wohl, aber sonst ist alles in Ordnung mit ihm. Er ist müde vom Steigen.

DIE DREI STUDENTEN: So bist du also nicht besorgt seinetwegen?

Lange Pause.

DIE DREI STUDENTEN *untereinander*:
Hört ihr? Der Lehrer hat gesagt
Daß der Knabe nur müde sei vom Steigen.
Aber sieht er nicht jetzt ganz seltsam aus?
Gleich nach der Hütte kommt der schmale Grat.
Nur mit beiden Händen zufassend an der Felswand
Kommt man hinüber.
Hoffentlich ist er nicht krank.
Denn wenn er nicht weiter kann, müssen wir ihn
Hier zurücklassen.
Wir wollen den Lehrer fragen. *Zum Lehrer:* Als wir vorhin nach dem Knaben fragten, sagtest du, er sei nur müde vom Steigen, aber jetzt sieht er ganz seltsam aus. Er hat sich auch gesetzt.

DER LEHRER: Ich sehe, daß er krank geworden ist. Versucht doch, ihn über den schmalen Grat zu tragen.

DIE DREI STUDENTEN: Wir versuchen es.

Technikum: Die drei Studenten versuchen, den Knaben über den «schmalen Grat» zu bringen. Der «schmale Grat» muß von den Spielern aus Podesten, Seilen, Stühlen usw. so konstruiert werden, daß die drei Studenten zwar allein, nicht aber, wenn sie auch noch den Knaben tragen, hinüberkommen.

DIE DREI STUDENTEN: Wir können ihn nicht hinüberbringen, und wir können nicht bei ihm bleiben. Was auch sei, wir müssen weiter, denn eine ganze Stadt wartet auf die Medizin, die wir holen sollen. Wir sprechen es mit Entsetzen aus, aber wenn er nicht mit uns gehen kann, müssen wir ihn eben hier im Gebirge liegenlassen.

DER LEHRER: Ja, vielleicht müßt ihr es. Ich kann mich euch nicht widersetzen. Aber ich halte es für richtig, daß man den, welcher krank wurde, befragt, ob man umkehren soll seinetwegen. Ich trage in meinem Herzen großes Leid um dieses Geschöpf. Ich will zu ihm gehen und ihn schonend auf sein Schicksal vorbereiten.

DIE DREI STUDENTEN: Bitte, tue das.

Sie stellen sich mit den Gesichtern gegeneinander.

DIE DREI STUDENTEN, DER GROSSE CHOR:
Wir wollen ihn fragen (sie fragten ihn), ob er verlangt (verlange)
Daß man umkehrt (umkehre) seinetwegen
Aber auch wenn er es verlangt
Wollen wir (wollten sie) nicht umkehren
Sondern ihn liegenlassen und weitergehen.

DER LEHRER *ist zu dem Knaben nach Raum 1 hinabgestiegen*: Hör gut zu! Da du krank bist und nicht weiter kannst, müssen wir dich hier zurücklassen. Aber es ist richtig, daß man den, welcher krank wurde, befragt, ob man umkehren soll seinetwegen. Und der Brauch schreibt auch vor, daß der, welcher krank wurde, antwortet: Ihr sollt nicht umkehren.

DER KNABE: Ich verstehe.

DER LEHRER: Verlangst du, daß man umkehren soll deinetwegen?

DER KNABE: Ihr sollt nicht umkehren!

DER LEHRER: Bist du also einverstanden, daß du zurückgelassen wirst?

DER KNABE: Ich will es mir überlegen. *Pause des Nachdenkens.* Ja, ich bin einverstanden.

DER LEHRER *ruft von Raum 1 nach Raum 2*: Er hat der Notwendigkeit gemäß geantwortet.

DER GROSSE CHOR UND DIE DREI STUDENTEN *diese im Hinabgehen nach Raum 1*: Er hat ja gesagt: Geht weiter!

Die drei Studenten bleiben stehen.

DER LEHRER:

Geht jetzt weiter, bleibt nicht stehen
Denn ihr habt beschlossen, weiterzugehen.

Die drei Studenten bleiben stehen.

DER KNABE: Ich will etwas sagen: Ich bitte euch, mich nicht hier liegenzulassen, sondern mich ins Tal hinabzuwerfen, denn ich fürchte mich, allein zu sterben.

DIE DREI STUDENTEN: Das können wir nicht.

DER KNABE: Halt! Ich verlange es.

DER LEHRER:

Ihr habt beschlossen, weiterzugehen und ihn dazulassen.
Es ist leicht, sein Schicksal zu bestimmen
Aber schwer, es zu vollstrecken.
Seid ihr bereit, ihn ins Tal hinabzuwerfen?

DIE DREI STUDENTEN: Ja.

Die drei Studenten tragen den Knaben auf das Podest in Raum 2.

Lehne deinen Kopf an unsern Arm.
Strenge dich nicht an.
Wir tragen dich vorsichtig.

Die drei Studenten stellen sich vor ihn, ihn verdeckend, an den hinteren Rand des Podestes.

DER KNABE *unsichtbar*:

Ich wußte wohl, daß ich auf dieser Reise
Mein Leben verlieren könnte.
Der Gedanke an meine Mutter
Hat mich verführt zu reisen.
Nehmt meinen Krug
Füllt ihn mit der Medizin
Und bringt ihn meiner Mutter
Wenn ihr zurückkehrt.

Der grosse Chor:

Dann nahmen die Freunde den Krug
Und beklagten die traurigen Wege der Welt
Und ihr bitteres Gesetz
Und warfen den Knaben hinab.
Fuß an Fuß standen sie zusammengedrängt
An dem Rande des Abgrunds
Und warfen ihn hinab mit geschlossenen Augen
Keiner schuldiger als sein Nachbar
Und warfen Erdklumpen
Und flache Steine
Hinterher.

DER NEINSAGER

1

DER GROSSE CHOR:

Wichtig zu lernen vor allem ist Einverständnis.
Viele sagen ja, und doch ist da kein Einverständnis.
Viele werden nicht gefragt, und viele
Sind einverstanden mit Falschem. Darum:
Wichtig zu lernen vor allem ist Einverständnis.

Der Lehrer in Raum 1, die Mutter und der Knabe in Raum 2.

DER LEHRER: Ich bin der Lehrer. Ich habe eine Schule in der Stadt und habe einen Schüler, dessen Vater tot ist. Er hat nur mehr seine Mutter, die für ihn sorgt. Jetzt will ich zu ihnen gehen und ihnen Lebewohl sagen, denn ich begebe mich in Kürze auf eine Reise in die Berge. *Er klopft an die Tür.* Darf ich eintreten?

DER KNABE *tritt aus Raum 2 in Raum 1*: Wer ist da? Oh, der Herr Lehrer ist da, der Herr Lehrer kommt, uns zu besuchen.

DER LEHRER: Warum bist du so lange nicht zur Schule in die Stadt gekommen?

DER KNABE: Ich konnte nicht kommen, weil meine Mutter krank war.

DER LEHRER: Das wußte ich nicht. Bitte, sag ihr gleich, daß ich hier bin.

DER KNABE *ruft nach Raum 2*: Mutter, der Herr Lehrer ist da.

DIE MUTTER *sitzt in Raum 2 auf dem Holzstuhl*: Bitte ihn, hereinzukommen.

DER KNABE: Bitte, treten Sie ein.

Sie treten beide in Raum 2.

DER LEHRER: Ich bin lange nicht hier gewesen. Ihr Sohn sagt, Sie seien krank gewesen. Geht es Ihnen jetzt besser?

DIE MUTTER: Machen Sie sich keine Sorgen wegen meiner Krankheit, sie hatte keine bösen Folgen.

DER LEHRER: Das freut mich zu hören. Ich komme, um Ihnen Lebewohl zu sagen, denn ich begebe mich in Kürze auf eine Forschungsreise in die Berge. Denn in der Stadt jenseits der Berge sind die großen Lehrer.

DIE MUTTER: Eine Forschungsreise in die Berge! Ja, in der Tat, ich habe gehört, daß die großen Ärzte dort wohnen, aber ich habe auch gehört, daß es eine gefährliche Wanderung ist. Wollen Sie etwa mein Kind mitnehmen?

DER LEHRER: Das ist keine Reise, auf die man ein Kind mitnimmt.

DIE MUTTER: Gut. Ich hoffe, Sie kehren gesund zurück.

DER LEHRER: Jetzt muß ich gehen. Leben Sie wohl.

Ab in Raum 1.

DER KNABE *folgt dem Lehrer nach Raum 1*: Ich muß etwas sagen.

Die Mutter horcht an der Tür.

DER LEHRER: Was willst du sagen?

DER KNABE: Ich will mit Ihnen in die Berge gehen.

DER LEHRER:
Wie ich deiner Mutter bereits sagte
Ist es eine schwierige und
Gefährliche Reise. Du wirst nicht
Mitkommen können. Außerdem:
Wie kannst du deine Mutter
Verlassen wollen, die doch krank ist?
Bleibe hier. Es ist ganz
Unmöglich, daß du mitkommst.

DER KNABE:
Eben weil meine Mutter krank ist
Will ich mitgehen, um für sie
Bei den großen Ärzten in der Stadt jenseits der Berge
Medizin zu holen und Unterweisung.

DER LEHRER: Aber wärest du denn auch einverstanden mit allem, was dir auf der Reise zustoßen könnte?

DER KNABE: Ja.

DER LEHRER: Ich muß noch einmal mit deiner Mutter reden.

Er geht nach Raum 2 zurück. Der Knabe horcht an der Tür.

DER LEHRER: Ich bin noch einmal zurückgekommen. Ihr Sohn sagt, daß er mit uns gehen will. Ich sagte ihm, daß er Sie doch nicht verlassen könnte, wenn Sie krank sind, und daß es eine schwierige und gefährliche Reise. Er könne ganz unmöglich mitkommen, sagte ich. Aber er sagte, er müsse mit, um für Ihre Krankheit in der Stadt jenseits der Berge Medizin zu holen und Unterweisung.

DIE MUTTER: Ich habe seine Worte gehört. Ich zweifle nicht an dem, was der Knabe sagt – daß er gern mit Ihnen die gefährliche Wanderung machen will. Komm herein, mein Sohn!

Der Knabe tritt in Raum 2.

Seit dem Tag, an dem
Uns dein Vater verließ
Habe ich niemanden
Als dich zur Seite.
Du warst nie länger
Aus meinem Gedächtnis und aus meinen Augen
Als ich brauchte, um
Dein Essen zu bereiten
Deine Kleider zu richten und
Das Geld zu beschaffen.

DER KNABE: Alles ist, wie du sagst. Aber trotzdem kann mich nichts von meinem Vorhaben abbringen.

DER KNABE, DIE MUTTER, DER LEHRER:
Ich werde (er wird) die gefährliche Wanderung machen
Und für deine (meine, ihre) Krankheit
In der Stadt jenseits der Berge

Medizin holen und Unterweisung.

DER GROSSE CHOR:
Sie sahen, daß keine Vorstellungen
Ihn rühren konnten.
Da sagten der Lehrer und die Mutter
Mit einer Stimme:

DER LEHRER, DIE MUTTER:
Viele sind einverstanden mit Falschem, aber er
Ist nicht einverstanden mit der Krankheit, sondern
Daß die Krankheit geheilt wird.

DER GROSSE CHOR:
Die Mutter aber sagte:

DIE MUTTER:
Ich habe keine Kraft mehr.
Wenn es sein muß
Geh mit dem Herrn Lehrer.
Aber kehr schnell zurück.

2

DER GROSSE CHOR:
Die Leute haben die Reise
In die Berge angetreten.
Unter ihnen befinden sich der Lehrer
Und der Knabe
Der Knabe war den Anstrengungen nicht gewachsen:
Er überanstrengte sein Herz
Das die schnelle Heimkehr verlangte.
Beim Morgengrauen am Fuße der Berge
Konnte er kaum seine müden
Füße mehr schleppen.

Es treten in Raum 1: der Lehrer, die drei Studenten, zuletzt der Knabe mit einem Krug.

DER LEHRER: Wir sind schnell hinangestiegen. Dort ist die erste Hütte. Dort wollen wir ein wenig verweilen.

DIE DREI STUDENTEN: Wir gehorchen.

Sie treten auf das Podest in Raum 2. Der Knabe hält den Lehrer zurück.

DER KNABE: Ich muß etwas sagen.

DER LEHRER: Was willst du sagen?

DER KNABE: Ich fühle mich nicht wohl.

DER LEHRER: Halt! Solche Dinge dürfen nicht sagen, die auf eine solche Reise gehen. Vielleicht bist du müde, weil du das Steigen nicht gewohnt bist. Bleib ein wenig stehen und ruhe ein wenig.

Er tritt auf das Podest.

DIE DREI STUDENTEN: Es scheint, daß der Knabe krank ist vom Steigen. Wir wollen den Lehrer darüber befragen.

DER GROSSE CHOR: Ja. Tut das!

DIE DREI STUDENTEN *zum Lehrer*: Wir hören, daß dieser Knabe krank ist vom Steigen. Was ist mit ihm? Bist du besorgt seinetwegen?

DER LEHRER: Er fühlt sich nicht wohl. Aber sonst ist alles in Ordnung mit ihm. Er ist müde vom Steigen.

DIE DREI STUDENTEN: So bist du also nicht besorgt seinetwegen?

Lange Pause.

DIE DREI STUDENTEN *untereinander*:
Hört ihr? Der Lehrer hat gesagt
Daß der Knabe müde sei vom Steigen.
Aber sieht er nicht jetzt ganz seltsam aus?
Gleich nach der Hütte aber kommt der schmale Grat.
Nur mit beiden Händen zufassend an der Felswand
Kommt man hinüber.
Wir können keinen tragen.
Sollten wir also dem großen Brauch folgen und ihn
In das Tal hinabschleudern?

Sie rufen nach Raum 1 hinunter, die Hand wie einen Trichter vor dem Mund

Bist du krank vom Steigen?

DER KNABE:
Nein.
Ihr seht, ich stehe doch.
Würde ich mich nicht setzen
Wenn ich krank wäre?

Pause. Der Knabe setzt sich.

DIE DREI STUDENTEN: Wir wollen es dem Lehrer sagen. Herr, als wir vorhin nach dem Knaben fragten, sagtest du, er sei nur müde vom Steigen. Aber jetzt sieht er ganz seltsam aus. Er hat sich auch gesetzt. Wir sprechen es mit Entsetzen aus, aber seit alters her herrscht hier ein großer Brauch: die nicht weiter können, werden in das Tal hinabgeschleudert.

DER LEHRER: Was, ihr wollt dieses Kind in das Tal hinabwerfen?

DIE DREI STUDENTEN: Ja, das wollen wir.

DER LEHRER: Das ist ein großer Brauch. Ich kann mich ihm nicht widersetzen. Aber der große Brauch schreibt auch vor, daß man den, welcher krank wurde, befragt, ob man umkehren soll seinetwegen. Ich trage in meinem Herzen großes Leid um dieses Geschöpf. Ich will zu ihm gehen und ihm schonend von dem großen Brauch berichten.

DIE DREI STUDENTEN: Bitte, tue das.

Sie stellen sich mit den Gesichtern gegeneinander.

DIE DREI STUDENTEN, DER GROSSE CHOR:
Wir wollen ihn fragen (sie fragten ihn), ob er verlangt (verlange)
Daß man umkehrt (umkehre) seinetwegen.
Aber auch, wenn er es verlangte
Wollen wir (wollten sie) nicht umkehren
Sondern ihn in das Tal hinabwerfen.

DER LEHRER *ist zu dem Knaben in Raum 1 hinabgestiegen*: Hör gut zu! Seit alters her besteht das Gesetz, daß der, welcher auf einer solchen Reise krank wurde, ins Tal hinabgeworfen werden muß. Er ist sofort tot. Aber der Brauch schreibt auch vor, daß man den, welcher krank wurde, befragt, ob man umkehren soll seinetwegen. Und der Brauch schreibt auch vor, daß der, welcher krank wurde, antwortet: Ihr sollt nicht umkehren. Wenn ich deine Stelle einnehmen könnte, wie gern würde ich sterben!

DER KNABE: Ich verstehe.

DER LEHRER: Verlangst du, daß man umkehren soll deinetwegen? Oder bist du einverstanden, daß du ins Tal hinabgeworfen wirst, wie der große Brauch es verlangt?

DER KNABE *nach einer Pause des Nachdenkens*: Nein. Ich bin nicht einverstanden.

DER LEHRER *ruft aus Raum 1 nach Raum 2*: Kommt herunter! Er hat nicht dem Brauch gemäß geantwortet!

DIE DREI STUDENTEN *im Hinausgehen nach Raum 1*: Er hat nein gesagt. *Zum Knaben:* Warum antwortest du nicht dem Brauch gemäß? Wer a gesagt hat, der muß auch b sagen. Als du seinerzeit gefragt wurdest, ob du auch einverstanden sein würdest mit allem, was sich aus der Reise ergeben könnte, hast du mit ja geantwortet.

DER KNABE: Die Antwort, die ich gegeben habe, war falsch, aber eure Frage war falscher. Wer a sagt, der muß nicht b sagen. Er kann auch erkennen, daß a falsch war. Ich wollte meiner Mutter Medizin holen, aber jetzt bin ich selber krank geworden, es ist also nicht mehr möglich. Und ich will sofort umkehren, der neuen Lage entsprechend. Auch euch bitte ich umzukehren und mich heimzubringen. Euer Lernen kann durchaus warten. Wenn es drüben etwas zu lernen gibt, was ich hoffe, so könnte es nur das sein, daß man in unserer Lage umkehren muß. Und was den alten großen Brauch betrifft, so sehe ich keine Vernunft an ihm. Ich brauche vielmehr einen neuen großen Brauch, den wir sofort einführen müssen, nämlich den Brauch, in jeder neuen Lage neu nachzudenken.

DIE DREI STUDENTEN *zum Lehrer*: Was sollen wir tun? Was der Knabe sagt, ist vernünftig, wenn es auch nicht heldenhaft ist.

DER LEHRER: Ich überlasse es euch, was ihr tun sollt. Aber ich muß euch sagen, daß man euch mit Gelächter und Schande überschütten wird, wenn ihr umkehrt.

DIE DREI STUDENTEN: Ist es keine Schande, daß er für sich selber spricht?

DER LEHRER: Nein. Darin sehe ich keine Schande.

DIE DREI STUDENTEN: Dann wollen wir umkehren, und kein Gelächter und keine Schmähung sollen uns abhalten, das Vernünftige zu tun, und kein alter Brauch uns hindern, einen richtigen Gedanken anzunehmen.
Lehne deinen Kopf an unsern Arm.
Strenge dich nicht an.
Wir tragen dich vorsichtig.

DER GROSSE CHOR:

So nahmen die Freunde den Freund
Und begründeten einen neuen Brauch
Und ein neues Gesetz
Und brachten den Knaben zurück.
Seit an Seit gingen sie zusammengedrängt
Entgegen der Schmähung
Entgegen dem Gelächter, mit geschlossenen Augen
Keiner feiger als sein Nachbar.

PROTOKOLLE VON DISKUSSIONEN ÜBER DEN «JASAGER» (AUSZUGSWEISE) IN DER KARL-MARX-SCHULE, NEUKÖLLN

Diskutiert wurde eine dem Japanischen nahe Fassung des Stückes, in der die Reise eine Forschungsreise war (der Knabe schließt sich ihr an, um für seine Mutter Medizin und Unterweisung zu holen) und die Tötung des Knaben auf Grund eines alten Brauches erfolgte. (Der Knabe ist damit einverstanden.) Die beiden hier abgedruckten Fassungen sind unter Berücksichtigung dieser Protokolle hergestellt worden. Die berücksichtigten Einwände und Vorschläge sind durch Kursivdruck hervorgehoben.

... Das Stück ist nicht geeignet für unsere Schule, da der Lehrer des Spieles sehr kaltblütig ist und damit unsere Schule verglichen werden kann ... Die Forschung ist nicht so wichtig wie ein Menschenleben ... Das Spiel bleibt; der Junge kann nicht mehr weiter, bleibt aber und wartet. Der Hunger zwingt ihn, und er stürzt freiwillig in die Tiefe ... Es soll noch ein gerichtliches Nachspiel folgen ... Stück bleibt; der Junge mit großen Anstrengungen mitgenommen. Auf dem Wege rutschen zwei ab und stürzen ab ... *Durch Anseilen den Jungen mitnehmen ...*

Klasse O III a

... Völlig neu ist uns, daß in diesem Stück die Musik nicht mit dem Text gleichläuft. Zum Schluß, als der Knabe tot ist, würde ein anderer Komponist wahrscheinlich einige feierliche, langanhaltende Akkorde als Begleitung des Chors laufen lassen. Dadurch ist man von dieser Szene so erschüttert, daß man nur diesen Teil im Kopf behält und sich über andere Teile gar nicht im klaren ist. Dieses wird durch Bertolt Brechts flotte Art beseitigt. Die Musik ist in Bertolt Brechts Oper immer gleichbleibend flott. Als nun der Knabe tot ist, ist die Musik zum Gesang des Chors «Und er war tot» sehr stark an einen jetzigen Tanz angelehnt. Man hat durch die leichte flotte Art Bertolt Brechts einen Überblick über die Oper, der sehr vorteilhaft ist, denn sie ist an keiner Stelle so ergreifend, daß einem direkt Tränen ausgepreßt werden, und auch nicht so ablehnend, daß man sagen kann, man hätte über einzelne Stellen gar keinen Überblick, sondern man könne sich nur die Oper als Ganzes vorstellen ... Leider ist der Text in der Oper an einer Stelle nicht sehr überzeugend. *Der Knabe wird fast zu einem Märtyrer verklärt, denn er zieht freiwillig, ohne Widerstand, in den Tod.* Man könnte fast meinen, der Knabe geht auf die Wünsche der Kameraden ein, weil es auch seine Wünsche sind, die er allerdings nicht ausspricht. Wie wäre es, wenn der Knabe erst ein wenig zaudert? Nach unserer Meinung hätte die Oper dadurch auch *eine Hauptwirkung, wenn der Knabe erst ein wenig zaudert ...* Im ganzen ist unsere Meinung, daß das Stück zu den wenigen gehört, die auch Schüler ohne große Anstrengung aufführen können...

...Entweder soll der Student auch krank werden und die Expedition soll umkehren, trotzdem der Knabe will, daß man ihn den Felsen hinunterstürzt. Oder *sie sollen versuchen, über den Pfad zu kommen,* und dabei soll der Junge abstürzen oder auch alle, so daß nachher keiner die Schuld an dem Tod des Knaben hat...

W. Berg, Klasse IV a, 12 Jahre

Ich schreibe nur, was die Schüler sagen. «Die Oper ist sehr traurig.» «Sie klingt nicht gut.» «In der Oper wird doch gesungen.» «Es ist komische Satzstellung, und der Vers gehört nicht dazu.» «Das Stück gefällt mir sehr gut, nur *das mit dem Brauch ist, glaube ich, nicht richtig.*» «Es ist gut, daß man die Kranken runterwirft, denn sonst quält er sich mehr.» «Das ist ja Mord.» «Ich war auch in den Alpen in Hütten, da haben wir aber immer was zu essen gefunden, da kommt jeden Abend jemand hin, dem das Geschirr gehört.» «Ich verstehe nicht den Sinn mit dem Jasager.» «Das mit dem Jasager ist so, er sagt ja, ohne es zu wissen, und genau so ist es mit der Mutter. Aber sie haben ihn doch, so viel man hört, hinaufgetragen, und ich denke, man kann da niemanden tragen.» «Nur bis zum Abgrund.» «Das Stück ist eher für Erwachsene.» «Wir sind doch keine Trauerklöße.» «Ich meine, er soll verständlicher schreiben.» «Ich finde, das mit dem Chor ist nur für Primaner.» «Ich glaube, daß er ja gesagt hat, weil er seine Mutter gesund haben wollte, und wenn er nein gesagt hätte, wären die andern auch nicht zu den Ärzten gekommen.» «Was wollen die eigentlich da, das ist unklar.» «Ich möchte sagen, wenn seine Mutter von seinem Tode erfährt, sie doch noch kränker wird.» «Wie werfen sie ihn denn runter?» «Das ist doch grausam.» «Vielleicht ist einer zäh und lebt noch.» «Ich meine, ein junges Leben ist mehr wert als ein altes.» «*Es wäre schöner, wenn er sagte, ich will es mir überlegen,* und man hört ein Selbstgespräch vom Jungen, da werden einem die Gründe klar.»

B. Korsch, VI b, 10 Jahre

...Es wurden bei uns zwei Vorschläge gemacht, die aber den Sinn des Stückes verändern würden. 1. Dem Jungen «Biomalz» geben (wo aber welches hernehmen?); 2. Den Jungen vorher untersuchen.

V a, 11 Jahre

...Mehrere Stimmen schließen sich der Ansicht an, daß *das Schicksal* des Jasagers *nicht so dargestellt ist, daß man seine Notwendigkeit sieht. Warum ist nicht die ganze Gesellschaft umgekehrt und hat das kranke Glied gerettet, anstatt es zu töten?*... Von dieser Seite kommt der Vorschlag, die Szene des Bergsteigens und des Absturzes stärker zu realisieren, um dadurch vielleicht das nötige Verständnis herbeizuführen...

*Die Mystik, die die Oper durchzieht, wird nicht angenehm empfunden ...
Die Motivierung der Handlung ist nicht deutlich (real) genug ...*

Gruppe der O 1, 18 Jahre

... *Man könnte das Stück gerade dazu benutzen, die Schädlichkeit des Aberglaubens zu zeigen.* Es wäre vielleicht aus seiner japanischen Heimat heraus verständlich, uns aber fremd, höchstens etwas für künstlerische Feinschmecker ...

M. Tautz, U III a, 14 Jahre

... Der größte Teil der Klasse ist der Meinung, daß das Stück unbedingt so bleiben müsse. Bei der Aufführung sei höchstens das Programm mit einer Erklärung zu versehen ... Es muß in dieser Einleitung versucht werden, den Zuschauer von der Notwendigkeit dieser brutalen, jedoch nicht lebensunwahren Sache zu überzeugen.

H. Zeschel, U I b, 17 Jahre

... Die Gesellschaft muß solidarisch handeln, den unfähigen Kranken zurückführen ... Die übrige Gesellschaft darf auf keinen Fall einen moralischen Druck auf den Knaben ausüben, um seine Einwilligung zu erlangen ... *Die Frage ist zu prüfen, ob der Vorteil des Gewonnenen so groß ist, daß der Opfertod des Knaben notwendig ist.*

Gerhard Krieger (Arbeiter-Kurs), 20 Jahre

DIE MASSNAHME

Lehrstück

Mitarbeiter:
S. Dudow, H. Eisler

ENTSTEHUNGSDATUM
1930

Personen:

Die vier Agitatoren nacheinander als: Der junge Genosse · Der Leiter des Parteihauses · Die zwei Kulis · Der Aufseher · Die zwei Textilarbeiter · Der Polizist · Der Händler · Der Kontrollchor

DER KONTROLLCHOR:
Tretet vor! Eure Arbeit war glücklich, auch in diesem Lande
Marschiert die Revolution, und geordnet sind die Reihen der Kämpfer auch dort.
Wir sind einverstanden mit euch.

DIE VIER AGITATOREN:
Halt, wir müssen etwas sagen! Wir melden den Tod eines Genossen.

DER KONTROLLCHOR: Wer hat ihn getötet?

DIE VIER AGITATOREN: Wir haben ihn getötet. Wir haben ihn erschossen und in eine Kalkgrube geworfen.

DER KONTROLLCHOR: Was hat er getan, daß ihr ihn erschossen habt?

DIE VIER AGITATOREN: Oftmals tat er das Richtige, einige Male das Falsche, aber zuletzt gefährdete er die Bewegung. Er wollte das Richtige und tat das Falsche. Wir fordern euer Urteil.

DER KONTROLLCHOR: Stellt dar, wie es geschah und warum, und ihr werdet unser Urteil hören.

DIE VIER AGITATOREN: Wir werden euer Urteil anerkennen.

1

Die Lehren der Klassiker

DIE VIER AGITATOREN: Wir kamen als Agitatoren aus Moskau, wir sollten in die Stadt Mukden fahren, um Propaganda zu machen und in den Betrieben unterstützen die chinesische Partei. Wir sollten uns im Parteihaus melden, welches das letzte nach der Grenze zu war, und einen Führer anfordern. Da trat uns im Vorzimmer ein junger Genosse entgegen, und wir sprachen von der Art unserer Aufgabe. Wir wiederholen das Gespräch.

Sie stellen sich drei gegen einen auf, einer von den vieren stellt den jungen Genossen dar.

DER JUNGE GENOSSE: Ich bin der Sekretär des Parteihauses, welches das letzte nach der Grenze zu ist. Mein Herz schlägt für die Revolution. Der Anblick des Unrechts trieb mich in die Reihen der Kämpfer. Der Mensch muß dem Menschen helfen. Ich bin für die Freiheit. Ich glaube an die Menschheit. Und ich bin für die Maßnahmen der Kommunistischen Partei, welche gegen Ausbeutung und Unkenntnis für die klassenlose Gesellschaft kämpft.

DIE DREI AGITATOREN: Wir kommen aus Moskau.

DER JUNGE GENOSSE: Wir haben euch erwartet.

DIE DREI AGITATOREN: Warum?

DER JUNGE GENOSSE: Wir kommen nicht weiter. Es gibt Unordnung und Mangel, wenig Brot und viel Kampf. Viele sind voll Mut, aber wenige können lesen. Wenig Maschinen, und niemand versteht sie. Unsere Lokomotiven sind in Bruch gefahren. Habt ihr Lokomotiven mitgebracht?

DIE DREI AGITATOREN: Nein.
DER JUNGE GENOSSE: Habt ihr Traktoren bei euch?
DIE DREI AGITATOREN: Nein.
DER JUNGE GENOSSE: Unsere Bauern spannen sich noch selber vor die alten Holzpflüge. Dabei haben wir nichts, um unsere Äcker zu bestellen. Habt ihr Saatgut mitgebracht?
DIE DREI AGITATOREN: Nein.
DER JUNGE GENOSSE: Bringt ihr wenigstens Munition und Maschinengewehre?
DIE DREI AGITATOREN: Nein.
DER JUNGE GENOSSE: Wir müssen hier zu zweit die Revolution verteidigen. So habt ihr sicher einen Brief des Zentralkomitees an uns, worin steht, was wir tun sollen?
DIE DREI AGITATOREN: Nein.
DER JUNGE GENOSSE: So wollt ihr uns selber helfen?
DIE DREI AGITATOREN: Nein.
DER JUNGE GENOSSE: Wir stehen Tag und Nacht in den Kleidern, gegen den Ansturm des Hungers, des Verfalls und der Gegenrevolution. Ihr aber bringt uns nichts.
DIE DREI AGITATOREN: So ist es: wir bringen nichts für euch. Aber über die Grenze nach Mukden bringen wir den chinesischen Arbeitern die Lehren der Klassiker und der Propagandisten: das Abc des Kommunismus; den Unwissenden Belehrung über ihre Lage, den Unterdrückten das Klassenbewußtsein und den Klassenbewußten die Erfahrung der Revolution. Von euch aber sollen wir ein Automobil und einen Führer anfordern.
DER JUNGE GENOSSE: So habe ich schlecht gefragt?
DIE DREI AGITATOREN: Nein, auf eine gute Frage folgte eine bessere Antwort. Wir sehen, daß von euch schon das Äußerste verlangt wurde; aber es wird noch mehr von euch verlangt: einer von euch zweien muß uns nach Mukden führen.
DER JUNGE GENOSSE: Ich verlasse also meinen Posten, der zu schwierig war für zwei, für den aber jetzt einer genügen muß. Ich werde mit euch gehen. Vorwärts marschierend, ausbreitend die Lehre der kommunistischen Klassiker: die Weltrevolution.
DER KONTROLLCHOR:

LOB DER UdSSR

Schon beredete die Welt
Unser Unglück.
Aber noch saß an unserm
Kargen Tisch
Aller Unterdrückten Hoffnung, die
Sich mit Wasser begnügt
Und das Wissen belehrte

Hinter zerfallender Tür
Mit deutlicher Stimme die Gäste.
Wenn die Tür zufällt
Sitzen wir doch nur weiterhin sichtbar:
Die der Frost nicht umbringt noch der Hunger
Unermüdlich beratend
Die Geschichte der Welt.

DIE VIER AGITATOREN: So war der junge Genosse von der Grenzstation einverstanden mit der Art unserer Arbeit, und wir traten, vier Männer und eine Frau, vor den Leiter des Parteihauses.

2

Die Auslöschung

DIE VIER AGITATOREN: Aber die Arbeit in Mukden war illegal, darum mußten wir, bevor wir die Grenze überschritten, unsere Gesichter auslöschen. Unser junger Genosse war damit einverstanden. Wir wiederholen den Vorgang.

Einer der Agitatoren stellt den Leiter des Parteihauses dar.

DER LEITER DES PARTEIHAUSES: Ich bin der Leiter des Parteihauses. Ich bin einverstanden, daß der Genosse von meiner Station als Führer mitgeht. Es sind aber Unruhen in den Fabriken von Mukden, und es sieht in diesen Tagen auf diese Stadt die ganze Welt, ob sie nicht einen von uns treten sieht aus den Hütten der chinesischen Arbeiter, und ich höre, es liegen Kanonenboote bereit auf den Flüssen, und Panzerzüge stehen auf den Bahndämmen, um uns sofort anzugreifen, wenn einer von uns dort gesehen wird. Ich veranlasse also die Genossen, als Chinesen über die Grenze zu gehen. *Zu den Agitatoren:* Ihr dürft nicht gesehen werden.

DIE ZWEI AGITATOREN: Wir werden nicht gesehen.

DER LEITER DES PARTEIHAUSES: Wenn einer verletzt wird, darf er nicht gefunden werden.

DIE ZWEI AGITATOREN: Er wird nicht gefunden.

DER LEITER DES PARTEIHAUSES: So seid ihr bereit, zu sterben und zu verstecken den Toten?

DIE ZWEI AGITATOREN: Ja.

DER LEITER DES PARTEIHAUSES: Dann seid ihr nicht mehr ihr selber, du nicht mehr Karl Schmitt aus Berlin, du nicht mehr Anna Kjersk aus Kasan und du nicht mehr Peter Sawitsch aus Moskau, sondern allesamt ohne Namen und Mutter, leere Blätter, auf welche die Revolution ihre Anweisung schreibt.

DIE ZWEI AGITATOREN: Ja.

DER LEITER DES PARTEIHAUSES *gibt ihnen Masken, sie setzen sie auf:* Dann seid ihr von dieser Stunde an nicht mehr Niemand, sondern von dieser Stunde an und wahrscheinlich bis zu eurem Verschwinden unbekannte Arbeiter, Kämpfer, Chinesen, geboren von chinesischen Müttern, gelber Haut, sprechend in Schlaf und Fieber chinesisch.

DIE ZWEI AGITATOREN: Ja.

DER LEITER DES PARTEIHAUSES: Im Interesse des Kommunismus einverstanden mit dem Vormarsch der proletarischen Massen aller Länder, ja sagend zur Revolutionierung der Welt.

DIE ZWEI AGITATOREN: Ja. So zeigte der junge Genosse sein Einverständnis mit der Auslöschung seines Gesichtes.

DER KONTROLLCHOR:

Wer für den Kommunismus kämpft
Der muß kämpfen können und nicht kämpfen
Die Wahrheit sagen und die Wahrheit nicht sagen
Dienste erweisen und Dienste verweigern
Versprechen halten und Versprechen nicht halten
Sich in Gefahr begeben und die Gefahr vermeiden
Kenntlich sein und unkenntlich sein.
Wer für den Kommunismus kämpft
Hat von allen Tugenden nur eine:
Daß er für den Kommunismus kämpft.

DIE VIER AGITATOREN: Wir gingen als Chinesen nach Mukden, vier Männer und eine Frau, Propaganda zu machen und zu unterstützen die chinesische Partei durch die Lehren der Klassiker und der Propagandisten, das Abc des Kommunismus; den Unwissenden Belehrung zu bringen über ihre Lage, den Unterdrückten das Klassenbewußtsein und den Klassenbewußten die Erfahrung der Revolution.

DER KONTROLLCHOR:

LOB DER ILLEGALEN ARBEIT

Schön ist es
Das Wort zu ergreifen im Klassenkampf.
Laut und schallend aufzurufen zum Kampf die Massen
Zu zerstampfen die Unterdrücker, zu befreien die Unterdrückten.
Schwer ist und nützlich die tägliche Kleinarbeit
Zähes und heimliches Knüpfen
Des Netzes der Partei vor den
Gewehrläufen der Unternehmer:
Reden, aber
Zu verbergen den Redner.
Siegen, aber
Zu verbergen den Sieger.
Sterben, aber
Zu verstecken den Tod.
Wer täte nicht viel für den Ruhm, aber wer

Tut's für das Schweigen?
Aber es lädt der ärmliche Esser die Ehre zu Tisch
Aus der engen und zerfallenden Hütte tritt
Unhemmbar die Größe.
Und der Ruhm fragt umsonst
Nach den Tätern der großen Tat.
Tretet vor
Für einen Augenblick
Unbekannte, verdeckten Gesichtes, und empfangt
Unsern Dank!

DIE VIER AGITATOREN: In der Stadt Mukden trieben wir Propaganda unter den Arbeitern. Wir hatten kein Brot für die Hungrigen, sondern nur Wissen für den Unwissenden, darum sprachen wir von dem Urgrund des Elends, merzten das Elend nicht aus, sondern sprachen von der Ausmerzung des Urgrunds.

3

Der Stein

DIE VIER AGITATOREN: Zuerst gingen wir in die untere Stadt. Da zogen Kulis einen Kahn an einem Strick vom Ufer aus. Aber der Boden war glatt. Als nun einer ausglitt, und der Aufseher stieß ihn, sagten wir dem jungen Genossen: Folge ihnen und treib Propaganda bei ihnen. Sag ihnen, du habest in Tientsin Schuhe für Kahnschlepper gesehen, die unten Bretter hatten, so daß sie nicht ausrutschen konnten. Versuche zu erreichen, daß sie auch solche Schuhe fordern. Verfalle aber nicht dem Mitleid! Und wir fragten: Bist du einverstanden, und er war einverstanden und ging eilig hin und verfiel sofort dem Mitleid. Wir zeigen es.

Zwei Agitatoren stellen Kulis dar, indem sie an einen Pflock ein Tau anbinden und das Tau über der Schulter ziehen. Einer stellt den jungen Genossen, einer den Aufseher dar.

DER AUFSEHER: Ich bin der Aufseher. Ich muß den Reis bis zum Abend in der Stadt Mukden haben.

DIE ZWEI KULIS: Wir sind die Kulis und schleppen den Reiskahn den Fluß herauf.

DIE KULIS:

GESANG DER REISKAHNSCHLEPPER

In der Stadt oben am Fluß
Gibt es für uns einen Mund voll Reis
Aber der Kahn ist schwer, der hinauf soll

Und das Wasser fließt nach unten.
Wir werden nie hinaufkommen.
Zieht rascher, die Mäuler
Warten auf das Essen.
Zieht gleichmäßig, stoßt nicht
Den Nebenmann.

DER JUNGE GENOSSE: Häßlich zu hören ist die Schönheit, mit der diese Männer zudecken die Qual ihrer Arbeit.

DER AUFSEHER: Zieht rascher.

DIE KULIS:

Die Nacht kommt schon bald. Das Lager
Zu klein für eines Hundes Schatten
Kostet einen halben Mund voll Reis.
Weil das Ufer zu glatt ist
Kommen wir nicht vom Fleck.
Zieht rascher. Die Mäuler
Warten auf das Essen.
Zieht gleichmäßig. Stoßt nicht
Den Nebenmann.

EIN KULI *gleitet aus*: Ich kann nicht weiter.

DIE KULIS *während sie stehen und gepeitscht werden, bis der Gestürzte wieder hochgekommen ist*:

Länger als wir
Hält das Tau, das in die Schulter schneidet.
Die Peitsche des Aufsehers
Hat vier Geschlechter gesehen.
Wir sind nicht das letzte.
Zieht rascher, die Mäuler
Warten auf das Essen.
Zieht gleichmäßig. Stoßt nicht
Den Nebenmann.

DER JUNGE GENOSSE: Schwer ist es, ohne Mitleid diese Männer zu sehen. *Zum Aufseher*: Siehst du nicht, daß der Boden zu glatt ist?

DER AUFSEHER: Was ist der Boden?

DER JUNGE GENOSSE: Zu glatt!

DER AUFSEHER: Was? Willst du behaupten, daß das Ufer zu glatt ist, als daß man einen Kahn voll Reis ziehen kann?

DER JUNGE GENOSSE: Ja.

DER AUFSEHER: So glaubst du, die Stadt Mukden braucht keinen Reis?

DER JUNGE GENOSSE: Wenn die Leute hinfallen, können sie den Kahn nicht ziehen.

DER AUFSEHER: Soll ich für jeden einen Stein hinlegen von hier bis in die Stadt Mukden?

DER JUNGE GENOSSE: Ich weiß nicht, was du sollst, aber ich weiß, was diese sollen. Glaubt nicht, was zweitausend Jahre nicht ging, das geht nie. In Tientsin habe ich bei Kahnschleppern Schuhe gesehen, die unten Bretter haben, so daß sie nicht ausrutschen können. Das haben sie durch gemeinsames Fordern erreicht. Fordert also gemeinsam solche Schuhe!

DIE KULIS: Eigentlich können wir diesen Kahn ohne solche Schuhe nicht mehr schleppen.

DER AUFSEHER: Aber der Reis muß heute abend in der Stadt sein.

Er peitscht sie, sie ziehen.

DIE KULIS:

Unsere Väter zogen den Kahn von der Flußmündung
Ein Stück weit höher. Unsere Kinder
Werden die Quelle erreichen, wir
Sind dazwischen.
  Zieht rascher. Die Mäuler
  Warten auf das Essen.
  Zieht gleichmäßig. Stoßt nicht
  Den Nebenmann.

Der Kuli stürzt wieder.

DER KULI: Helft mir.

DER JUNGE GENOSSE: Bist du kein Mensch? Hier nehme ich einen Stein und lege ihn in den Schlamm, *zum Kuli:* und jetzt tritt!

DER AUFSEHER: Richtig. Was helfen uns Schuhe in Tientsin? Ich will euch lieber erlauben, das euer mitleidiger Kamerad mit einem Stein nebenherläuft und ihn jedem hinlegt, der ausrutscht.

DIE KULIS:

Im Kahn ist Reis. Der Bauer, der
Ihn geerntet hat, bekam
Eine Handvoll Münzen, wir
Kriegen noch weniger. Ein Ochse
Wäre teurer. Wir sind zuviel.

Einer der Kulis rutscht aus, der junge Genosse legt ihm den Stein hin, der Kuli kommt wieder hoch.

  Zieht rascher. Die Mäuler
  Warten auf das Essen.
  Zieht gleichmäßig. Stoßt nicht
  Den Nebenmann.
Wenn der Reis in der Stadt ankommt
Und die Kinder fragen, wer
Den schweren Kahn geschleppt hat, heißt es:
Er ist geschleppt worden.

Einer der Kulis rutscht aus, der junge Genosse legt ihm den Stein hin, der Kuli kommt wieder hoch.

  Zieht rascher. Die Mäuler
  Warten auf das Essen.
  Zieht gleichmäßig. Stoßt nicht
  Den Nebenmann.

Das Essen von unten kommt
Zu den Essern oben. Die
Es schleppten, haben
Nicht gegessen.

Einer der Kulis rutscht aus, der junge Genosse legt ihm den Stein hin, der Kuli kommt wieder hoch.

DER JUNGE GENOSSE: Ich kann nicht mehr. Ihr müßt andere Schuhe fordern.

DER KULI: Das ist ein Narr, über den man lacht.

DER AUFSEHER: Nein, das ist einer von denen, die uns die Leute aufhetzen. Hallo, faßt ihn!

DIE VIER AGITATOREN: Und sofort wurde er gefaßt. Und er wurde gejagt zwei Tage lang und traf uns, und wir wurden mit ihm gejagt durch die Stadt Mukden eine Woche lang und durften uns nicht mehr blikken lassen im unteren Stadtteil.

Diskussion

DER KONTROLLCHOR:
Aber ist es nicht richtig, zu unterstützen den Schwachen
Wo immer er vorkommt, ihm zu helfen
Dem Ausgebeuteten, in seiner täglichen Mühsal
Und der Unterdrückung?

DIE VIER AGITATOREN: Er hat ihm nicht geholfen, aber uns hat er gehindert, Propaganda zu treiben im unteren Stadtteil.

DER KONTROLLCHOR: Wir sind einverstanden.

DIE VIER AGITATOREN: Der junge Genosse sah ein, daß er das Gefühl vom Verstand getrennt hatte. Aber wir trösteten ihn und sagten ihm die Worte des Genossen Lenin:

DER KONTROLLCHOR:
Klug ist nicht, der keine Fehler macht, sondern
Klug ist, der sie schnell zu verbessern versteht.

4
Gerechtigkeit

DIE VIER AGITATOREN: Wir gründeten die ersten Zellen in den Betrieben und bildeten aus die ersten Funktionäre, richteten eine Parteischule ein und lehrten sie, heimlich herzustellen die verbotene Literatur. Aber dann arbeiteten wir in den Textilfabriken, und als der Lohn gesenkt wurde, trat ein Teil der Arbeiter in den Streik. Da aber der andere Teil weiterarbeitete, war der Streik gefährdet. Wir sagten dem jungen Genossen: Stelle dich an das Fabriktor und verteile die Flugblätter. Wir wiederholen das Gespräch.

DIE DREI AGITATOREN: Du hast versagt bei den Reiskahnschleppern.

Der junge Genosse: Ja.
Die drei Agitatoren: Hast du gelernt daraus?
Der junge Genosse: Ja.
Die drei Agitatoren: Wirst du dich besser halten beim Streik?
Der junge Genosse: Ja.

Zwei Agitatoren stellen Textilarbeiter und einer einen Polizisten dar.

Die zwei Textilarbeiter: Wir sind Arbeiter in der Textilfabrik.

Der Polizist: Ich bin ein Polizist und bekomme von den Herrschenden mein Brot dafür, daß ich die Unzufriedenheit bekämpfe.

Der Kontrollchor:
Komm heraus, Genosse! Riskiere
Den Pfennig, der kein Pfennig ist
Die Schlafstelle, auf die es regnet
Und den Arbeitsplatz, den du morgen verlierst!
Heraus auf die Straße! Kämpfe!
Um zu warten, ist es zu spät!
Hilf dir selbst, indem du uns hilfst: übe
Solidarität!

Der junge Genosse: Gib preis was du hast, Genosse!
Du hast nichts.

Der Kontrollchor:
Komm heraus, Genosse, vor die Gewehre
Und bestehe auf deinem Lohn!
Wenn du weißt, daß du nichts zu verlieren hast
Haben ihre Polizisten nicht genug Gewehre!
Heraus auf die Straße! Kämpfe!
Um zu warten, ist es zu spät!
Hilf dir selbst, indem du uns hilfst: übe
Solidarität!

Die zwei Textilarbeiter: Wir gehen nach Betriebsschluß nach Hause, unsere Löhne sind abgebaut, wir wissen nicht, was wir tun sollen und arbeiten weiter.

Der junge Genosse *steckt dem einen ein Flugblatt zu, der andere bleibt untätig dabei stehen*: Lies es und gib es weiter. Wenn du es gelesen hast, wirst du wissen, was du tun sollst.

Der Erste *nimmt es und geht weiter.*

Der Polizist *nimmt dem Ersten das Flugblatt weg*: Wer hat dir das Flugblatt gegeben?

Der Erste: Ich weiß es nicht, einer hat es mir im Vorbeigehen zugesteckt.

Der Polizist *tritt auf den Zweiten zu*: Du hast ihm das Flugblatt gegeben. Wir von der Polizei suchen solche, die solche Flugblätter verteilen.

Der Zweite: Ich habe keinem ein Flugblatt gegeben.

Der junge Genosse: Ist denn die Belehrung der Unwissenden über ihre Lage ein Verbrechen?

Der Polizist *zum Zweiten*: Eure Belehrungen führen zu schrecklichen Dingen. Wenn ihr eine solche Fabrik belehrt, dann kennt sie ihren eigenen Besitzer nicht mehr. Dieses kleine Flugblatt ist gefährlicher als zehn Kanonen.

DER JUNGE GENOSSE: Was steht denn drin?

DER POLIZIST: Das weiß ich nicht. *Zum Zweiten:* Was steht denn drin?

DER ZWEITE: Ich kenne das Flugblatt nicht, ich habe es nicht verteilt.

DER JUNGE GENOSSE: Ich weiß, daß er es nicht getan hat.

DER POLIZIST *zum jungen Genossen*: Hast du ihm das Flugblatt gegeben?

DER JUNGE GENOSSE: Nein.

DER POLIZIST *zum Zweiten*: Dann hast du es ihm gegeben.

DER JUNGE GENOSSE *zum Ersten*: Was geschieht mit ihm?

DER ERSTE: Er kann erschossen werden.

DER JUNGE GENOSSE: Warum willst du ihn erschießen, Polizist? Bist du nicht auch ein Prolet?

DER POLIZIST *zum Zweiten*: Komm mit.

Schlägt auf seinen Kopf ein.

DER JUNGE GENOSSE *hindert ihn daran*: Er war es nicht.

DER POLIZIST: Dann warst es also doch du!

DER ZWEITE: Er war es nicht!

DER POLIZIST: Dann wart ihr es beide.

DER ERSTE: Lauf, Mensch, lauf, du hast die Tasche voll Flugblätter.

Der Polizist schlägt den Zweiten nieder.

DER JUNGE GENOSSE *zeigt auf den Polizisten, zum Ersten*: Jetzt hat er einen Unschuldigen erschlagen, du bist Zeuge.

DER ERSTE *greift den Polizisten an*: Du gekaufter Hund.

Der Polizist zieht den Revolver. Der junge Genosse faßt den Polizisten von hinten am Hals, der erste Arbeiter biegt ihm den Arm langsam nach hinten. Der Schuß geht los, der Polizist wird entwaffnet.

DER JUNGE GENOSSE *schreit*: Zu Hilfe, Genossen! Zu Hilfe! Hier werden Unbeteiligte erschlagen!

DER ZWEITE ARBEITER *aufstehend zum Ersten*: Jetzt haben wir einen Polizisten niedergeschlagen und können morgen nicht mehr in den Betrieb, und *zum jungen Genossen* du bist schuld.

DER JUNGE GENOSSE: Wenn ihr in den Betrieb geht, verratet ihr eure Genossen.

DER ZWEITE ARBEITER: Ich habe eine Frau und drei Kinder, und als ihr herausgingt und streiktet, hat man uns die Löhne erhöht. Hier, ich hatte doppelte Löhnung!

Er zeigt das Geld.

DER JUNGE GENOSSE *schlägt dem Arbeiter das Geld aus der Hand*: Schämt euch, ihr gekauften Hunde!

Der erste Arbeiter springt ihm an den Hals, während der Zweite sein Geld aufliest. Der junge Genosse schlägt den Angreifer mit dem Gummiknüppel nieder.

DER ZWEITE ARBEITER *schreit*: Hilfe! Hier sind Hetzer!

DIE VIER AGITATOREN: Und sofort kamen die Arbeitenden aus dem Betrieb und vertrieben die Streikposten.

Diskussion

DER KONTROLLCHOR: Was hätte der junge Genosse tun können?

DIE VIER AGITATOREN: Er hätte den Arbeitern sagen können, daß sie sich gegen die Polizei nur verteidigen konnten, wenn sie erreichten, daß die anderen Arbeiter in dem Betrieb sich mit ihnen gegen die Polizei solidarisch erklärten. Denn der Polizist hatte eine Ungerechtigkeit begangen.

DER KONTROLLCHOR: Wir sind einverstanden.

5

Was ist eigentlich ein Mensch?

DIE VIER AGITATOREN: Wir kämpften täglich mit den alten Verbänden, der Hoffnungslosigkeit und der Unterwerfung; wir lehrten die Arbeiter, den Kampf um den besseren Lohn in den Kampf um die Macht zu verwandeln. Lehrten sie Waffengebrauch und die Art, in den Straßen zu kämpfen. Dann hörten wir, daß die Kaufleute der Zölle wegen einen Streit hatten mit den Engländern, die die Stadt beherrschten. Um den Streit unter den Herrschenden auszunutzen für die Beherrschten, schickten wir den jungen Genossen mit einem Brief zu dem reichsten der Kaufleute. Darin stand: Bewaffne die Kulis! Dem jungen Genossen sagten wir: Verhalte dich so, daß du die Waffen bekommst. Aber als das Essen auf den Tisch kam, schwieg er nicht. Wir zeigen es.

Ein Agitator als Händler.

DER HÄNDLER: Ich bin der Händler. Ich erwarte einen Brief vom Kuliverband über eine gemeinsame Aktion gegen die Engländer.

DER JUNGE GENOSSE: Hier ist der Brief vom Kuliverband.

DER HÄNDLER: Ich lade dich ein, mit mir zu essen.

DER JUNGE GENOSSE: Es ist eine Ehre für mich, mit Ihnen essen zu dürfen.

DER HÄNDLER: Während das Essen zubereitet wird, will ich dir meine Ansicht über Kulis mitteilen. Setze dich bitte hierhin.

DER JUNGE GENOSSE: Ich interessiere mich sehr für Ihre Ansicht.

DER HÄNDLER: Warum bekomme ich alles billiger als ein anderer? Und warum arbeitet ein Kuli für mich fast umsonst?

DER JUNGE GENOSSE: Ich weiß es nicht.

DER HÄNDLER: Weil ich ein kluger Mann bin. Ihr seid auch kluge Leute, denn ihr versteht es, von den Kulis Gehälter zu bekommen.

DER JUNGE GENOSSE: Wir verstehen es. – Werden Sie übrigens die Kulis gegen die Engländer bewaffnen?

DER HÄNDLER: Vielleicht, vielleicht. Ich weiß, wie man einen Kuli behandelt. Du mußt einem Kuli so viel Reis geben, daß er nicht gerade stirbt, sonst kann er nicht für dich arbeiten. Ist das richtig?

DER JUNGE GENOSSE: Ja, das ist richtig.

DER HÄNDLER: Ich aber sage: Nein, wenn die Kulis billiger sind als der Reis, kann ich einen neuen Kuli nehmen. Ist das richtiger?

DER JUNGE GENOSSE: Ja, das ist richtiger. – Wann werden Sie übrigens die ersten Waffen in den unteren Stadtteil schicken?

DER HÄNDLER: Bald, bald. Du müßtest sehen, wie die Kulis, die mein Leder verladen, in der Kantine meinen Reis kaufen.

DER JUNGE GENOSSE: Ich müßte es sehen.

DER HÄNDLER: Was meinst du, zahle ich viel für die Arbeit?

DER JUNGE GENOSSE: Nein, aber Ihr Reis ist teuer, und die Arbeit muß eine gute sein, aber Ihr Reis ist ein schlechter.

DER HÄNDLER: Ihr seid kluge Leute.

DER JUNGE GENOSSE: Und wann werden Sie die Kulis gegen die Engländer bewaffnen?

DER HÄNDLER: Nach dem Essen können wir das Waffenlager besichtigen. Ich singe dir jetzt mein Leiblied vor.

SONG VON DER WARE

Reis gibt es unten am Flusse.
In den obern Provinzen brauchen die Leute Reis.
Wenn wir den Reis in den Lagern lassen
Wird der Reis für sie teurer.
Die den Reiskahn schleppen, kriegen dann noch weniger Reis
Dann wird der Reis für mich noch billiger.
Was ist eigentlich Reis?
Weiß ich, was ein Reis ist?
Weiß ich, wer das weiß!
Ich weiß nicht, was ein Reis ist
Ich kenne nur seinen Preis.

Der Winter kommt, die Leute brauchen Kleider.
Da muß man Baumwolle kaufen
Und die Baumwolle nicht hergeben.
Wenn die Kälte kommt, werden die Kleider teurer.
Die Baumwollspinnereien zahlen zuviel Lohn.
Es gibt überhaupt zuviel Baumwolle.
Was ist eigentlich Baumwolle?
Weiß ich, was eine Baumwolle ist?
Weiß ich, wer das weiß!
Ich weiß nicht, was eine Baumwolle ist
Ich kenne nur ihren Preis.

So ein Mensch braucht zuviel Fressen
Dadurch wird der Mensch teurer.
Um das Fressen zu schaffen, braucht man Menschen.
Die Köche machen das Essen billiger, aber

Die Esser machen es teurer.
Es gibt überhaupt zuwenig Menschen.
Was ist eigentlich ein Mensch?
Weiß ich, was ein Mensch ist?
Weiß ich, wer das weiß!
Ich weiß nicht, was ein Mensch ist
Ich kenne nur seinen Preis.

Zum jungen Genossen

Und jetzt werden wir meinen guten Reis essen.

DER JUNGE GENOSSE *steht auf*: Ich kann nicht mit Ihnen essen.

DIE VIER AGITATOREN: Das sagte er, und kein Gelächter und keine Drohung brachten ihn dazu, mit dem zu essen, den er verachtete, und der Händler vertrieb ihn, und die Kulis wurden nicht bewaffnet.

Diskussion

DER KONTROLLCHOR: Aber ist es nicht richtig, die Ehre zu stellen über alles?

DIE VIER AGITATOREN: Nein.

DER KONTROLLCHOR:

ÄNDERE DIE WELT: SIE BRAUCHT ES

Mit wem säße der Rechtliche nicht zusammen
Dem Recht zu helfen?
Welche Medizin schmeckte zu schlecht
Dem Sterbenden?
Welche Niedrigkeit begingest du nicht, um
Die Niedrigkeit auszutilgen?
Könntest du die Welt endlich verändern, wofür
Wärest du dir zu gut?
Wer bist du?
Versinke in Schmutz
Umarme den Schlächter, aber
Ändere die Welt: sie braucht es!
Lange nicht mehr hören wir euch zu als
Urteilende. Schon
Als Lernende.

DIE VIER AGITATOREN: Kaum auf der Treppe, erkannte der junge Genosse seinen Fehler und stellte uns anheim, ihn über die Grenze zurückzuschicken. Wir sahen klar seine Schwäche, aber wir brauchten ihn noch, denn er hatte einen großen Anhang in den Jugendverbänden und er half uns viel in diesen Tagen, vor den Gewehrläufen der Unternehmer das Netz der Partei zu knüpfen.

6

Der Verrat

DIE VIER AGITATOREN: In dieser Woche nahmen die Verfolgungen außerordentlich zu. Wir hatten nur mehr ein verstecktes Zimmer für die Setzmaschine und die Flugschriften. Aber eines Morgens kam es zu starken Hungerunruhen in der Stadt, und auch vom flachen Lande kamen Nachrichten über starke Unruhen. Am Abend des dritten Tages unter Gefahr unsere Zufluchtsstätte erreichend, trat uns aus der Tür der junge Genosse entgegen. Und es standen Säcke vor dem Haus im Regen. Wir wiederholen das Gespräch.

DIE DREI AGITATOREN: Was sind das für Säcke?

DER JUNGE GENOSSE: Das sind unsere Propagandaschriften.

DIE DREI AGITATOREN: Was soll mit denen geschehen?

DER JUNGE GENOSSE: Ich muß euch etwas mitteilen: die neuen Führer der Arbeitslosen sind heute hierhergekommen und haben mich überzeugt, daß wir sogleich mit der Aktion beginnen müssen. Wir wollen also die Propagandaschriften verteilen und die Kasernen stürmen.

DIE DREI AGITATOREN: Dann hast du ihnen den falschen Weg gezeigt. Aber nenne uns deine Gründe und versuche, uns zu überzeugen!

DER JUNGE GENOSSE: Das Elend wird größer, und die Unruhe wächst in der Stadt.

DIE DREI AGITATOREN: Die Unwissenden fangen an, ihre Lage zu erkennen.

DER JUNGE GENOSSE: Die Arbeitslosen haben unsere Lehre angenommen.

DIE DREI AGITATOREN: Die Unterdrückten werden klassenbewußt.

DER JUNGE GENOSSE: Sie gehen auf die Straße und wollen die Spinnereien demolieren.

DIE DREI AGITATOREN: Die Erfahrung der Revolution fehlt ihnen. Unsere Verantwortung wird um so größer.

DER JUNGE GENOSSE:
Die Arbeitslosen können nicht mehr warten, und ich
Kann auch nicht mehr warten
Es gibt zu viele Elende.

DIE DREI AGITATOREN: Aber Kämpfer gibt es noch zu wenige.

DER JUNGE GENOSSE: Ihre Leiden sind ungeheuerlich.

DIE DREI AGITATOREN: Es genügt nicht, zu leiden.

DER JUNGE GENOSSE: Hier, bei uns drinnen, sind sieben, die im Auftrag der Arbeitslosen zu uns gekommen sind, hinter ihnen stehen siebentausend, und sie wissen: das Unglück wächst nicht wie auf der Brust der Aussatz; die Armut fällt nicht von den Dächern wie der Dachziegel; sondern Unglück und Armut sind Menschenwerk; der Mangel wird für sie gekocht, aber ihr Jammern wird verzehrt als Speise. Sie wissen alles.

DIE DREI AGITATOREN: Wissen sie, wieviel Regimenter die Regierung hat?

DER JUNGE GENOSSE: Nein.

DIE DREI AGITATOREN: Dann wissen sie zu wenig. Wo sind eure Waffen?

DER JUNGE GENOSSE *zeigt die Hände*: Wir werden mit Zähnen und Nägeln kämpfen.

DIE DREI AGITATOREN: Das reicht nicht aus. Du siehst nur das Elend der Arbeitslosen, aber nicht das Elend der Arbeitenden. Du siehst nur die Stadt, aber nicht die Bauern des flachen Lands. Du siehst die Soldaten nur als Unterdrückende und nicht als unterdrückende Elende in Uniform. Geh also zu den Arbeitslosen, widerrufe deinen Rat, die Kasernen zu stürmen, und überzeuge sie, daß sie heute abend an der Demonstration der Arbeiter aus den Betrieben teilnehmen sollen, und wir werden die unzufriedenen Soldaten zu überzeugen versuchen, daß sie in Uniform ebenfalls mit uns demonstrieren.

DER JUNGE GENOSSE: Ich habe die Arbeitslosen daran erinnert, wie oft die Soldaten auf sie geschossen haben. Soll ich ihnen jetzt sagen, daß sie mit Mördern demonstrieren sollen?

DIE DREI AGITATOREN: Ja, denn die Soldaten können erkennen, daß es falsch war, auf die Elenden ihrer eigenen Klasse zu schießen. Erinnere dich doch an den klassischen Rat des Genossen Lenin, nicht alle Bauern als Klassenfeinde zu betrachten, sondern die Dorfarmut als Mitkämpfer zu gewinnen.

DER JUNGE GENOSSE: So frage ich: dulden die Klassiker, daß das Elend wartet?

DIE DREI AGITATOREN: Sie sprechen von Methoden, welche das Elend in seiner Gänze erfassen.

DER JUNGE GENOSSE: Dann sind die Klassiker also nicht dafür, daß jedem Elenden gleich und sofort und vor allem geholfen wird?

DIE DREI AGITATOREN: Nein.

DER JUNGE GENOSSE: Dann sind die Klassiker Dreck, und ich zerreiße sie; denn der Mensch, der lebendige, brüllt, und sein Elend zerreißt alle Dämme der Lehre. Darum mache ich jetzt die Aktion, jetzt und sofort; denn ich brülle und ich zerreiße die Dämme der Lehre.

Er zerreißt die Schriften

DIE DREI AGITATOREN:

Zerreiße sie nicht! Wir brauchen sie
Jede einzelne. Sieh doch die Wirklichkeit!
Deine Revolution ist schnell gemacht und dauert einen Tag
Und ist morgen abgewürgt.
Aber unsere Revolution beginnt morgen
Siegt und verändert die Welt.
Deine Revolution hört auf, wenn du aufhörst.
Wenn du aufgehört hast
Geht unsere Revolution weiter.

DER JUNGE GENOSSE: Hört, was ich sage: mit meinen zwei Augen sehe ich, daß das Elend nicht warten kann. Darum widersetze ich mich eurem Beschluß, zu warten.

DIE DREI AGITATOREN: Du hast uns nicht überzeugt. Geh also zu den Arbeitslosen und überzeuge sie, daß sie sich in die Front der Revolution eingliedern müssen. Dazu fordern wir dich jetzt auf im Namen der Partei.

DER JUNGE GENOSSE:

Wer aber ist die Partei?
Sitzt sie in einem Haus mit Telefonen?
Sind ihre Gedanken geheim, ihre Entschlüsse unbekannt?
Wer ist sie?

DIE DREI AGITATOREN:

Wir sind sie.
Du und ich und ihr – wir alle.
In deinem Anzug steckt sie, Genosse, und denkt in deinem Kopf
Wo ich wohne, ist ihr Haus, und wo du angegriffen wirst, da kämpft sie.
Zeige uns den Weg, den wir gehen sollen, und wir
Werden ihn gehen wie du, aber
Gehe nicht ohne uns den richtigen Weg
Ohne uns ist er
Der falscheste.
Trenne dich nicht von uns!
Wir können irren und du kannst recht haben, also
Trenne dich nicht von uns!
Daß der kurze Weg besser ist als der lange, das leugnet keiner
Aber wenn ihn einer weiß
Und vermag ihn uns nicht zu zeigen, was nützt uns seine Weisheit?
Sei weise bei uns!
Trenne dich nicht von uns!

DER JUNGE GENOSSE: Weil ich recht habe, kann ich nicht nachgeben. Mit meinen zwei Augen sehe ich, daß das Elend nicht warten kann.

DER KONTROLLCHOR:

LOB DER PARTEI

Denn der Einzelne hat zwei Augen
Die Partei hat tausend Augen.
Die Partei sieht sieben Staaten
Der Einzelne sieht eine Stadt.
Der Einzelne hat seine Stunde
Aber die Partei hat viele Stunden.
Der Einzelne kann vernichtet werden
Aber die Partei kann nicht vernichtet werden
Denn sie ist der Vortrupp der Massen
Und führt ihren Kampf
Mit den Methoden der Klassiker, welche geschöpft sind
Aus der Kenntnis der Wirklichkeit.

DER JUNGE GENOSSE: Alles das gilt nicht mehr; im Anblick des Kampfes verwerfe ich alles, was gestern noch galt, kündige alles Einverständnis mit allen, tue das allein Menschliche. Hier ist eine Aktion. Ich stelle mich an ihre Spitze. Mein Herz schlägt für die Revolution.

DIE DREI AGITATOREN: Schweig!

DER JUNGE GENOSSE: Hier ist Unterdrückung. Ich bin für die Freiheit!

DIE DREI AGITATOREN: Schweig! Du verrätst uns!

DER JUNGE GENOSSE: Ich kann nicht schweigen, weil ich recht habe.

DIE DREI AGITATOREN: Ob du recht oder unrecht hast – wenn du sprichst, sind wir verloren! Schweig!

DER JUNGE GENOSSE:
Ich sah zuviel.
Darum trete ich vor sie hin
Als der, der ich bin, und sage, was ist.
Er nimmt die Maske ab und schreit
Wir sind gekommen, euch zu helfen.
Wir kommen aus Moskau.
Er zerreißt die Maske.

DIE VIER AGITATOREN:
Und wir sahen hin, und in der Dämmerung
Sahen wir sein nacktes Gesicht
Menschlich, offen und arglos. Er hatte
Die Maske zerrissen.
Und aus den Häusern
Schrien die Ausgebeuteten: Wer
Stört den Schlaf der Armen?
Und ein Fenster öffnete sich, und eine Stimme schrie:
Hier sind Fremde! Jagt die Hetzer!
So waren wir kenntlich!
Und in dieser Stunde hörten wir, daß es Unruhe gäbe
Im unteren Stadtteil, und die Unwissenden warteten in den Versammlungshäusern und die Unbewaffneten in den Straßen.
Er aber hörte nicht auf zu brüllen.
Da schlugen wir ihn nieder
Hoben ihn auf und verließen in Eile die Stadt.

7

Äußerste Verfolgung und Analyse

DER KONTROLLCHOR:
Sie verließen die Stadt!
Die Unruhen wachsen in der Stadt
Aber die Führung flieht über die Stadtgrenze.
Eure Maßnahme!

DIE VIER AGITATOREN:
Wartet ab!

Es ist leicht, das Richtige zu wissen
Fern vom Schuß
Wenn man Monate Zeit hat
Aber wir
Hatten zehn Minuten Zeit und
Dachten nach vor den Gewehrläufen.

Als wir auf der Flucht in die Nähe der Kalkgruben vor der Stadt kamen, sahen wir hinter uns unsere Verfolger. Unser junger Genosse öffnete die Augen, erfuhr, was geschehen war, sah ein, was er getan hatte, und sagte: Wir sind verloren.

Der Kontrollchor:
Eure Maßnahme!
In den Zeiten äußerster Verfolgung und der Verwirrung der Theorie
Zeichnen die Kämpfer das Schema der Lage
Abzuwägen Einsatz und Möglichkeit.

Die vier Agitatoren: Wir wiederholen die Analyse.

Erster Agitator: Wir müssen ihn über die Grenze schaffen, sagten wir.

Zweiter Agitator: Aber die Massen sind auf der Straße.

Dritter Agitator: Und wir müssen sie in die Versammlungen bringen.

Erster Agitator: Also können wir unsern Genossen nicht über die Grenze schaffen.

Dritter Agitator: Wenn wir ihn aber verstecken und er wird gefunden, was geschieht, da er erkannt ist?

Erster Agitator: Es liegen Kanonenboote bereit auf den Flüssen und Panzerzüge stehen auf den Bahndämmen, um uns anzugreifen, wenn einer von uns dort gesehen wird. Er darf nicht gesehen werden.

Der Kontrollchor:
Wenn man uns trifft, wo immer es sei
Schreit man: Die Herrschenden
Sollen vernichtet werden!
Und die Kanonen gehen los.

Denn wenn der Hungernde
Stöhnend zurückschlägt den Peiniger
Haben wir ihn bezahlt
Daß er stöhnt und zurückschlägt.

Auf unserer Stirne steht
Daß wir gegen die Ausbeutung sind.
Auf unserm Steckbrief steht: Diese
Sind für die Unterdrückten!

Wer den Verzweifelten hilft
Der ist der Abschaum der Welt.
Wir sind der Abschaum der Welt
Wir dürfen nicht gefunden werden.

8

Die Grablegung

DIE DREI AGITATOREN:
Wir beschlossen:
Dann muß er verschwinden, und zwar ganz.
Denn wir können ihn nicht mitnehmen und nicht dalassen
Also müssen wir ihn erschießen und in die Kalkgrube werfen, denn
Der Kalk verbrennt ihn.

DER KONTROLLCHOR:
Fandet ihr keinen Ausweg?

DIE VIER AGITATOREN:
Bei der Kürze der Zeit fanden wir keinen Ausweg.
Wie das Tier dem Tiere hilft
Wünschten auch wir uns, ihm zu helfen, der
Mit uns gekämpft hat für unsere Sache.
Fünf Minuten im Angesicht der Verfolger
Dachten wir nach über eine
Bessere Möglichkeit.
Auch ihr jetzt denkt nach über
Eine bessere Möglichkeit.
Pause.
Also beschlossen wir: jetzt
Abzuschneiden den eigenen Fuß vom Körper.
Furchtbar ist es, zu töten.
Aber nicht andere nur, auch uns töten wir, wenn es nottut
Da doch nur mit Gewalt diese tötende
Welt zu ändern ist, wie
Jeder Lebende weiß.
Noch ist es uns, sagten wir
Nicht vergönnt, nicht zu töten. Einzig mit dem
Unbeugbaren Willen, die Welt zu verändern, begründeten wir
Die Maßnahme.

DER KONTROLLCHOR:
Erzählt weiter, unser Mitgefühl
Ist euch sicher.
Nicht leicht war es, zu tun, was richtig war.
Nicht ihr spracht ihm sein Urteil, sondern
Die Wirklichkeit.

DIE VIER AGITATOREN: Wir wiederholen unser letztes Gespräch.

DER ERSTE AGITATOR: Wir wollen ihn fragen, ob er einverstanden ist, denn er war ein mutiger Kämpfer. (Freilich das Gesicht, das unter der Maske hervorkam, war ein anderes, als das wir mit der Maske verdeckt hatten, und das Gesicht, das der Kalk verlöschen wird, anders, als das Gesicht, das uns einst an der Grenze begrüßte.)

DER ZWEITE AGITATOR: Aber auch wenn er nicht einverstanden ist, muß er verschwinden, und zwar ganz.

DER ERSTE AGITATOR *zum jungen Genossen*: Wenn du gefaßt wirst, werden sie dich erschießen, und da du erkannt wirst, ist unsere Arbeit verraten. Also müssen wir dich erschießen und in die Kalkgrube werfen, damit der Kalk dich verbrennt. Aber wir fragen dich: weißt du einen Ausweg?

DER JUNGE GENOSSE: Nein.

DIE DREI AGITATOREN: So fragen wir dich: bist du einverstanden?

Pause.

DER JUNGE GENOSSE: Ja.

DIE DREI AGITATOREN: Wohin sollen wir dich tun, fragten wir ihn.

DER JUNGE GENOSSE: In die Kalkgrube, sagte er.

DIE DREI AGITATOREN: Wir fragten: Willst du es allein machen?

DER JUNGE GENOSSE: Helft mir.

DIE DREI AGITATOREN:
Lehne deinen Kopf an unsern Arm
Schließ die Augen.

DER JUNGE GENOSSE *unsichtbar*:
Er sagte noch: Im Interesse des Kommunismus
Einverstanden mit dem Vormarsch der proletarischen Massen
Aller Länder
Ja sagend zur Revolutionierung der Welt.

DIE DREI AGITATOREN:
Dann erschossen wir ihn und
Warfen ihn hinab in die Kalkgrube.
Und als der Kalk ihn verschlungen hatte
Kehrten wir zurück zu unserer Arbeit.

DER KONTROLLCHOR:
Und eure Arbeit war glücklich.
Ihr habt verbreitet
Die Lehre der Klassiker
Das Abc des Kommunismus
Den Unwissenden Belehrung über ihre Lage
Den Unterdrückten das Klassenbewußtsein
Und den Klassenbewußten die Erfahrung der Revolution.
Und die Revolution marschiert auch dort
Und auch dort sind geordnet die Reihen der Kämpfer
Wir sind einverstanden mit euch.
Aber auch euer Bericht zeigt uns, wieviel
Nötig ist, die Welt zu verändern:
Zorn und Zähigkeit. Wissen und Empörung
Schnelles Eingreifen, tiefes Bedenken
Kaltes Dulden, endloses Beharren
Begreifen des Einzelnen und Begreifen des Ganzen:
Nur belehrt von der Wirklichkeit, können wir
Die Wirklichkeit ändern.

ANMERKUNGEN

1

OFFENER BRIEF AN DIE KÜNSTLERISCHE LEITUNG DER NEUEN MUSIK BERLIN 1930, HEINRICH BURKHARD, PAUL HINDEMITH, GEORG SCHÜNEMANN

Berlin, den 12. Mai 1930

Sie haben es abgelehnt, die Verantwortung für die Aufführung unseres neuen, zwischen uns verabredeten Lehrstücks vor Ihrem uns namentlich nicht bekannten «Programmausschuß» zu übernehmen, und fordern uns auf, den Text diesem Ausschuß zur Zerstreuung politischer Bedenken vorzulegen. (Diese Kontrolle, fügen Sie hinzu, komme für alle Werke in Betracht.) Wir haben dies abgelehnt. Hier der Grund:

Wenn Sie Ihre so wichtigen Veranstaltungen, in denen Sie neue Verwendungsarten der Musik zur Diskussion stellen, weiterführen wollen, dann dürfen Sie sich auf keinen Fall in finanzielle Abhängigkeit von Leuten oder Institutionen begeben, die Ihnen von vornherein soundso viele und vielleicht nicht die schlechtesten Verwendungsarten aus ganz anderen als künstlerischen Gründen verbieten. So wenig es Ihre künstlerische Aufgabe sein kann, etwa die Polizei zu kritisieren, so wenig rätlich wäre es etwa, ausgerechnet von der Polizei Ihre künstlerischen Veranstaltungen finanzieren zu lassen: Sie setzen sie nämlich eventuell der Vorkritik der Polizei aus. Es gibt nämlich Aufgaben der neuen Musik, welche der Staat zwar nicht verbieten, aber auch nicht gerade finanzieren kann. Seien wir doch zufrieden, wenn der Polizeipräsident unsere Arbeiten nicht verbietet, fordern wir doch nicht auch noch das Schupoorchester an! Im übrigen sind wir ja jetzt endlich auf dem Stand, den wir immer ersehnt haben: Haben wir nicht immer nach Laienkunst gerufen? Hatten wir nicht schon lange Bedenken gegen diese großen, von hundert Bedenken gehemmten Apparate?

Ein positiver Vorschlag:

Wir nehmen diese wichtigen Veranstaltungen aus allen Abhängigkeiten heraus und lassen sie von denen machen, für die sie bestimmt sind und die allein eine Verwendung dafür haben: von Arbeiterchören, Laienspielgruppen, Schülerchören und Schülerorchestern, also von solchen, die weder für Kunst bezahlen noch für Kunst bezahlt werden, sondern Kunst machen wollen.

Sie müssen einsehen, daß in der jetzigen Situation Ihr Rücktritt von der künstlerischen Leitung der Neuen Musik Berlin 1930 als Protest gegen alle Zensurversuche der neuen Musik mehr nützen würde, als wenn Sie im Sommer 1930 noch einmal ein Musikfest feiern.

Bertolt Brecht · Hanns Eisler

Es blieb jedoch bei der Abhaltung des Musikfestes und der Ablehnung einer Aufführung der «Maßnahme» «wegen formaler Minderwertigkeit des Textes».*

2

DIE MUSIK ZUR «MASSNAHME»

a) Die Einleitung enthält im Text eine Situationsänderung. Die Agitatoren unterbrechen die ihnen dargebrachte Rühmung mit dem Antrag, über ihre Arbeit eine Untersuchung anzustellen. Indem die Musik, im Ganzen einen Brauch konstituierend, die Haltung des Kontrollchors *nicht* verändert, unterwirft sie rückwirkend auch die Rühmung des Anfangs ihrer allgemeineren Funktion, eine geschäftsordnende Haltung als eine heroische zu fixieren. Wird also der Gesamtvorgang als sich von a bis b entwickelnd vorgestellt, wobei a eine rühmende, b eine geschäftsordnende Haltung bedeutet, dann erhält dadurch, daß die Musik ihre heroisierende Haltung, die aus a genommen ist, bei b beibehält, die rühmende Haltung des Anfangs rückwirkend einen geschäftsordnenden und die geschäftsordnende Haltung einen heroischen Charakter. Es ist jedoch denkbar, daß dies auch erreicht ist, wenn der letzte Satz «Stellt dar, wie es geschah» ohne Musik kommt.

b) Die unterbrechenden Rezitativakte in dem Teil 1 (Die Lehren der Klassiker) haben eine disziplinierende Funktion. Sie legen die Zeitmaße der Sprechweise fest. Sie richten sich also keineswegs nach den Sprechern.

c) Bei den Stücken «Lob der UdSSR», «Lob der illegalen Arbeit», «Ändere die Welt: sie braucht es», «Lob der Partei» wurden der Musik Theorien überliefert. Es handelte sich darum, den Chören nicht zu gestatten, «sich auszudrücken», also waren Modulationen in der Tonstärke vorsichtig anzuwenden und auch melodische Buntheit zu vermeiden. Die Chöre sind hier mit voller Stimmstärke unter Anstrengung zu singen. Sie haben organisatorischen Charakter, die Theorien selber sind nicht bloße Widerspiegelungen («wie sie es sehen»), sondern Kampfmittel.

d) Die Musik zum Teil 2 (Die Auslöschung) stellt einen Versuch dar, eine gesellschaftliche Umfunktionierung als heroischen Brauch zu konstituieren. Es ist denkbar, daß so etwas gefährlich ist, denn ohne Zweifel wirkt dadurch der Vorgang rituell, d. h. entfernt von seinem jeweiligen praktischen Zweck. Es wird darauf hinauslaufen, ob man in solchen Übungen Glorifizierungen psychischer Akte oder lediglich ihre Ermöglichung sieht. Jedenfalls wird hier (nur der Leiter des Parteihauses singt!) ein emotionelles Feld geschaffen. Es ist durchaus nötig, daß die

* «Die Maßnahme» wurde am 10. Dezember 1930 durch den Arbeiterchor Groß-Berlin mit den Schauspielern Helene Weigel, Ernst Busch, Alexander Granach im Großen Schauspielhaus, Berlin, und später in der Philharmonie, Berlin, aufgeführt.

drei ihr «ja» bewußt außerhalb der Konstruktion der Musik, also feldfrei sprechen.

e) Die Musik zu Teil 5 (Was ist eigentlich ein Mensch?) ist die Imitation einer Musik, die die Grundhaltung des Händlers widerspiegelt, des Jazz. Die Brutalität, Dummheit, Souveränität und Selbstverachtung dieses Typus konnte in keiner anderen musikalischen Form «gestaltet» werden. Auch gibt es kaum eine Musik, welche so provokatorisch auf den jungen Genossen wirken könnte. (Dennoch ist eine Ablehnung des Jazz, welche nicht von einer Ablehnung seiner gesellschaftlichen Funktionen herkommt, ein Rückschritt.) Man muß nämlich unterscheiden können zwischen dem Jazz als Technikum und der widerlichen Ware, welche die Vergnügungsindustrie aus ihm machte. Die bürgerliche Musik war nicht imstande, das Fortschrittliche im Jazz weiterzuentwickeln, nämlich das Montagemäßige, das den Musiker zum technischen Spezialisten machte. Hier waren Möglichkeiten gezeigt, eine neue Einheit von Freiheit des einzelnen und Diszipliniertheit des Gesamtkörpers zu erzielen (Improvisieren mit festem Ziele), das Gestische zu betonen, die Methode des Musizierens der Funktion unterzuordnen, also bei Funktionswechsel Stilarten übergangslos zu wechseln usw.

3

SÄTZE DES SPRECHERS BEI ÖFFENTLICHEN AUFFÜHRUNGEN

Bei öffentlichen Aufführungen kann ein Mitglied des Kontrollchores folgende Sätze sprechen:

Seite 25, vor: Tretet vor!:
Wir begrüßen jetzt die vier Agitatoren, die in Mukden gearbeitet haben.
Seite 25, vor: Wir kamen als Agitatoren ...:
Wer war der Genosse, den ihr getötet habt, und wie war er?
Seite 25, nach: Wir wiederholen das Gespräch:
Spielt uns den Vorgang mit verteilten Rollen vor!
Seite 27, vor: Aber die Arbeit in Mukden ...:
Kannte der junge Genosse die Gefahren illegaler Arbeit?
Seite 29, vor: Zuerst gingen wir in die untere Stadt:
Wie arbeitete der junge Genosse?
Seite 32, vor: Wir gründeten die ersten Zellen ...:
Lernte der Genosse aus seinem ersten Fehler?
Seite 35, vor: Wir kämpften täglich ...:
Stelltet ihr dem Genossen auch leichtere Aufgaben?
Seite 38, vor: In dieser Woche ...:
Brachte der Genosse die Bewegung in Gefahr?
Seite 43, vor: Wir beschlossen:
Nennt jetzt eure Maßnahme!

4

EINÜBUNG DER «MASSNAHME»

Die dramatische Vorführung muß einfach und nüchtern sein, besonderer Schwung und besonders «ausdrucksvolles» Spiel sind überflüssig. Die Spieler müssen lediglich das jeweilige Verhalten der Vier zeigen, welches zum Verständnis und zur Beurteilung des Falles gekannt werden muß. (Der Text der drei Agitatoren kann aufgeteilt werden.) Jeder der vier Spieler soll die Gelegenheit haben, einmal das Verhalten des jungen Genossen zu zeigen, daher soll jeder Spieler eine der vier Hauptszenen des jungen Genossen spielen. Die Vorführenden (Sänger und Spieler) haben die Aufgabe, lernend zu lehren. Da es in Deutschland eine halbe Million Arbeitersänger gibt, ist die Frage, was im Singenden vorgeht, mindestens so wichtig wie die Frage, was im Hörenden vorgeht. Jedoch sollten Versuche, aus der «Maßnahme» Rezepte für politisches Handeln zu entnehmen, ohne Kenntnis des Abc des dialektischen Materialismus nicht unternommen werden. Für einige ethische Begriffe, wie Gerechtigkeit, Freiheit, Menschlichkeit usw., die in der «Maßnahme» vorkommen, gilt, was Lenin über Sittlichkeit sagt: «Unsere Sittlichkeit leiten wir aus den Interessen des proletarischen Klassenkampfes ab.» (Band XXV, S. 483.)

5

LENIN ÜBER LERNEN

«Es gibt noch keine Antwort auf die wichtigste, wesentlichste Frage: Wie und was soll man lernen? Hier aber handelt es sich in der Hauptsache darum, daß zugleich mit der Umgestaltung der alten kapitalistischen Gesellschaft die Unterweisung, Erziehung und Bildung der neuen Generationen, die die kommunistische Gesellschaft aufbauen werden, nicht nach den alten Methoden betrieben werden kann.» (Rede auf dem dritten allrussischen Kongreß des kommunistischen Jugendverbandes Rußlands am 2. Oktober 1920. Band XXV, S. 474.)

DIE AUSNAHME UND DIE REGEL

Lehrstück

Mitarbeiter: Elisabeth Hauptmann und Emil Burri. Hierzu gibt es eine Musik von Paul Dessau
Die Ausnahme und die Regel
ein kurzes Stück für Schulen, ist der 24. Versuch.

ENTSTEHUNGSDATUM
1930

Personen:

Der Kaufmann · Der Führer · Der Kuli · Zwei Polizisten · Der Wirt · Der Richter · Die Frau des Kulis · Der Leiter der zweiten Karawane · Zwei Beisitzer

Die Spieler
Wir berichten euch sogleich
Die Geschichte einer Reise. Ein Ausbeuter
Und zwei Ausgebeutete unternehmen sie.
Betrachtet genau das Verhalten dieser Leute:
Findet es befremdend, wenn auch nicht fremd
Unerklärlich, wenn auch gewöhnlich
Unverständlich, wenn auch die Regel.
Selbst die kleinste Handlung, scheinbar einfach
Betrachtet mit Mißtrauen! Untersucht, ob es nötig ist
Besonders das Übliche!
Wir bitten euch ausdrücklich, findet
Das immerfort Vorkommende nicht natürlich!
Denn nichts werde natürlich genannt
In solcher Zeit blutiger Verwirrung
Verordneter Unordnung, planmäßiger Willkür
Entmenschter Menschheit, damit nichts
Unveränderlich gelte.

1

Wettlauf in der Wüste

Eine kleine Expedition hastet durch die Wüste.

DER KAUFMANN *zu seinen zwei Begleitern, dem Führer und einem Kuli, der das Gepäck trägt*: Beeilt euch, ihr Faultiere, heute über zwei Tage müssen wir bis zur Station Han gekommen sein, denn wir müssen einen ganzen Tag Vorsprung herausquetschen. *Zum Publikum:* Ich bin der Kaufmann Karl Langmann und reise nach Urga, um die Schlußverhandlungen über eine Konzession zu führen. Hinter mir her kommen meine Konkurrenten. Wer zuerst ankommt, macht das Geschäft. Durch meine Schlauheit und meine Energie bei der Überwindung aller Schwierigkeiten und meine Unerbittlichkeit gegen mein Personal habe ich die Reise bisher beinahe in der Hälfte der üblichen Zeit gemacht. Leider haben auch meine Konkurrenten dasselbe Tempo erreicht. *Er sieht durch sein Fernglas nach hinten.* Seht ihr, da sind sie uns schon wieder auf den Fersen! *Zum Führer:* Warum treibst du den Träger nicht an? Ich habe dich engagiert, damit du ihn antreibst, aber ihr wollt spazierengehen für mein Geld. Hast du eine Ahnung, was die Reise kostet? Euer Geld ist es ja nicht. Aber wenn du Sabotage treibst, zeige ich dich in Urga bei der Stellenvermittlung an.

DER FÜHRER *zum Träger*: Bemühe dich, rascher zu laufen.

DER KAUFMANN: Du hast nicht den richtigen Ton im Hals, du wirst es nie zu einem richtigen Führer bringen. Ich hätte einen teureren nehmen sollen. Sie holen immer mehr auf. So schlag den Kerl doch! Ich bin nicht für Schlagen, aber jetzt muß man schlagen. Wenn ich nicht zuerst ankomme, bin ich ruiniert. Du hast dir deinen Bruder als Träger genommen, gesteh's! Er ist ein Verwandter, darum schlägst du nicht. Ich kenne euch doch. An Roheit fehlt es nicht bei euch. Schlag, oder ich entlasse dich! Deinen Lohn kannst du dann einklagen. Um Gottes willen, wir werden eingeholt!

DER KULI *zum Führer*: Schlag mich, aber nicht mit deiner äußersten Kraft, denn wenn ich bis zur Station Han kommen will, darf ich meine äußerste Kraft noch nicht einsetzen.

Der Führer schlägt den Kuli.

RUFE VON HINTEN: Hallo! Geht hier der Weg nach Urga? Hier gut Freund! Wartet auf uns!

DER KAUFMANN *antwortet nicht und schaut auch nicht zurück*: Der Teufel hole euch! Vorwärts! Drei Tage treibe ich meine Leute an, zwei Tage mit Schimpfreden, am dritten mit Versprechungen, in Urga wird man weitersehen. Immer sind mir meine Konkurrenten auf den Fersen, aber die zweite Nacht marschiere ich durch und bin endlich außer Sichtweite und erreiche die Station Han am dritten Tage, einen Tag früher als jeder andere.

Er singt:

Daß ich nicht schlief, hat mir den Vorsprung verschafft.
Daß ich antrieb, hat mich vorwärtsgebracht.
Der schwache Mann bleibt zurück und der starke kommt an.

2

Ende der vielbegangenen Straße

DER KAUFMANN *vor der Station Han*: Hier ist die Station Han. Gott sei Dank, ich habe sie erreicht, einen Tag früher als jeder andere. Meine Leute sind erschöpft. Außerdem sind sie erbittert gegen mich. Sie haben keinen Sinn für Rekorde. Es sind keine Kämpfer. Es ist ein niedriges Gesindel, das am Boden klebt. Sie wagen natürlich nicht, etwas zu sagen, denn es gibt ja Gott sei Dank noch Polizei, die für Ordnung sorgt.

ZWEI POLIZISTEN *treten heran*: Alles in Ordnung, Herr? Sind Sie zufrieden mit der Straße? Sind Sie zufrieden mit Ihrem Personal?

DER KAUFMANN: Alles in Ordnung. Ich habe die Reise hierher in drei Tagen gemacht anstatt in vier. Die Straße ist saumäßig, aber ich pflege durchzusetzen, was ich mir vorgenommen habe. Wie ist die Straße von der Station Han ab? Was kommt jetzt?

DIE POLIZISTEN: Jetzt, Herr, kommt die menschenleere Wüste Jahí.

DER KAUFMANN: Kann man da eine Polizeieskorte bekommen?

DIE POLIZISTEN *im Weitergehen*: Nein, Herr, wir sind die letzte Polizeistreife, die Sie sehen werden, Herr.

3

Die Entlassung des Führers auf der Station Han

DER FÜHRER: Seit wir auf der Straße vor der Station mit den Polizisten gesprochen haben, ist unser Kaufmann wie ausgewechselt. Sein Ton, in dem er mit uns spricht, ist ein ganz anderer geworden: er ist fast freundlich. Mit dem Tempo der Reise hat dies nichts zu tun, denn es ist auch auf dieser Station, der letzten vor der Wüste Jahí, kein Ruhetag angesetzt worden. Ich weiß nicht, wie ich den Träger in so erschöpftem Zustand bis nach Urga bringen soll. Alles in allem beunruhigt mich dieses freundliche Verhalten des Kaufmanns sehr. Ich fürchte, er plant etwas mit uns. Er geht viel herum, in Nachdenken versunken. Neue Gedanken, neue Gemeinheiten. Was immer er ausheckt, ich und der Träger müssen es aushalten. Denn sonst zahlt er uns den Lohn nicht oder jagt uns fort mitten in der Wüste.

DER KAUFMANN *nähert sich*: Nimm Tabak. Hier ist Zigarettenpapier. Für einen Lungenzug geht ihr ja durchs Feuer. Ich weiß nicht, was ihr alles anstellen könntet, um diesen Rauch in den Hals zu bekommen. Gott sei Dank haben wir genügend bei uns. Unser Tabak reicht dreimal bis Urga.

DER FÜHRER *nimmt den Tabak, bei sich*: Unser Tabak!

DER KAUFMANN: Setzen wir uns doch, mein Freund. Warum setzt du dich nicht? Solch eine Reise bringt zwei Leute einander menschlich näher. Aber wenn du nicht willst, kannst du natürlich auch stehen bleiben. Ihr habt ja auch eure Gebräuche. Ich setze mich nicht mit dir für gewöhnlich und du setzt dich nicht mit einem Träger. Das sind Unterschiede, auf denen die Welt aufgebaut ist. Aber rauchen können wir zusammen. Nein? *Er lacht.* Das gefällt mir an dir. Es ist auch eine Art Würde. Also, pack das Zeug vollends zusammen. Und vergiß das Wasser nicht. Es soll wenig Wasserlöcher geben in der Wüste. Übrigens, mein Freund, wollte ich dich warnen: hast du bemerkt, wie der Träger dich anschaute, wenn du ihn hart anfaßtest? Er hatte so ein gewisses Etwas im Blick, das auf nichts Gutes hindeutete. Du wirst ihn aber noch ganz anders anfassen müssen in den nächsten Tagen, denn wir müssen unser Tempo womöglich noch verstärken. Und das ist ein fauler Bursche. Die Gegend, in die wir jetzt kommen, ist menschenleer, da wird er vielleicht sein wahres Gesicht zeigen. Ja, du bist ein besserer Mann, du verdienst mehr und brauchst nichts zu tragen. Grund genug, daß er dich haßt. Es wird gut sein, wenn du dich von ihm fernhältst. *Der Führer geht durch eine offene Tür in den Nebenhof. Der Kaufmann ist allein sitzen geblieben.* Komische Leute.

Der Kaufmann bleibt schweigend sitzen. Der Führer beaufsichtigt nebenan den Träger beim Packen. Dann setzt er sich und raucht. Wenn der Kuli fertig ist, setzt er sich hin und bekommt von ihm Tabak und Zigarettenpapier und beginnt ein Gespräch mit ihm.

DER KULI: Der Kaufmann sagt immer, daß der Menschheit ein Dienst erwiesen wird, wenn das Öl aus dem Boden geholt wird. Wenn das Öl aus dem Boden geholt ist, wird es hier Eisenbahnen geben und Wohlstand sich ausbreiten. Der Kaufmann sagt, es wird hier Eisenbahnen geben. Wovon soll ich dann leben?

DER FÜHRER: Sei ganz ruhig. Es wird so bald keine Eisenbahnen geben. Ich höre, daß das Öl, wenn es entdeckt ist, versteckt wird. Der das Loch zustopft, aus dem das Öl kommt, erhält Schweigegeld. Darum beeilt sich der Kaufmann so. Er will gar nicht das Öl, er will das Schweigegeld.

DER KULI: Das verstehe ich nicht.

DER FÜHRER: Keiner versteht das.

DER KULI: Der Weg durch die Wüste wird wohl noch schlechter werden. Hoffentlich werden meine Füße durchhalten.

DER FÜHRER: Sicher.

DER KULI: Gibt es Räuber hier?

DER FÜHRER: Wir werden nur heute am ersten Reisetag aufmerken müssen, in der Nähe der Station sammelt sich allerlei Gesindel an.

DER KULI: Und dann?

DER FÜHRER: Wenn wir den Fluß Mir hinter uns haben, wird es darauf ankommen, den Wasserlöchern entlang zu marschieren.

DER KULI: Du kennst den Weg?

DER FÜHRER: Ja.

Der Kaufmann hat sprechen hören. Er tritt hinter die Tür, um zu horchen.

DER KULI: Ist der Fluß Mir schwierig zu überschreiten?

DER FÜHRER: In dieser Jahreszeit im allgemeinen nicht. Aber wenn er Hochwasser hat, reißt er sehr stark und ist lebensgefährlich.

DER KAUFMANN: Er spricht wirklich mit dem Träger. Bei ihm kann er sitzen! Mit ihm raucht er!

DER KULI: Was macht man dann?

DER FÜHRER: Man muß oft acht Tage warten, bis man ohne Gefahr hinüberkommt.

DER KAUFMANN: Sieh mal an! Er gibt ihm noch den Rat, sich ja Zeit zu lassen und auf sein kostbares Leben ja recht achtzugeben! Das ist ein gefährlicher Bursche. Er wird ihm noch Vorschub leisten. Auf keinen Fall ist er der Mann, der hier durchgreift. Wenn er nicht noch zu Schlimmerem fähig ist. Schließlich sind es ab heute zwei gegen einen, zumindest aber fürchtet er sich ganz offenkundig, den unter seinem Kommando Stehenden scharf anzupacken, jetzt, wo die Gegenden menschenleer werden. Dieses Burschen muß ich mich unbedingt entledigen. *Er geht zu den beiden hinein.* Ich habe dir den Auftrag gegeben, zu kontrollieren, ob richtig gepackt wurde. Jetzt wollen wir einmal sehen, ob du meine Aufträge ausführst. *Er zerrt heftig an einem Tragriemen, bis dieser reißt.* Heißt das gepackt? Wenn der Riemen reißt, haben wir einen Tag Aufenthalt. Aber das ist es ja gerade, was du willst: Aufenthalt.

DER FÜHRER: Ich will keinen Aufenthalt. Und der Riemen reißt nicht, wenn an ihm nicht gezerrt wird.

DER KAUFMANN: Was, du widersprichst auch noch? Ist der Riemen gerissen oder nicht? Wage es, mir ins Gesicht hinein zu behaupten, er sei nicht gerissen! Du bist überhaupt unzuverlässig. Ich habe einen Fehler gemacht, als ich dich anständig behandelte, ihr vertragt das nicht. Ich kann keinen Führer brauchen, der sich beim Personal keinen Respekt verschaffen kann. Du scheinst dich eher zum Träger als zum Führer zu eignen. Ich habe Gründe dafür, anzunehmen, daß du sogar das Personal aufhetzt.

DER FÜHRER: Welche Gründe?

DER KAUFMANN: Ja, das möchtest du wissen! Also, du bist entlassen!

DER FÜHRER: Aber Sie können mich doch nicht auf halbem Wege entlassen.

DER KAUFMANN: Du mußt noch froh sein, wenn ich dich nicht in Urga bei der Stellenvermittlung anzeige. Hier hast du deinen Lohn, und zwar bis hierher. *Er ruft den Wirt, der kommt.* Sie sind Zeuge: ich habe den Lohn ausbezahlt. *Zum Führer:* Ich kann dir jetzt schon sagen, daß du dich besser in Urga nicht mehr blicken läßt. *Betrachtet ihn von oben bis unten.* Du wirst es nie zu etwas bringen. *Er geht mit dem Wirt ins andere Zimmer.* Ich breche sofort auf. Wenn mir etwas passiert, Sie sind Zeuge, daß ich mit dem Mann da – *zeigt auf den Kuli nebenan* – heute allein von hier aufgebrochen bin.

Der Wirt deutet durch Gesten an, daß er nichts versteht.

DER KAUFMANN *betroffen*: Er versteht nicht. Es wird also niemanden geben, der sagen kann, wohin ich gegangen bin. Und das Schlimmste ist, daß diese Burschen wissen, daß es niemanden gibt.

Er setzt sich und schreibt einen Brief.

DER FÜHRER *zum Kuli*: Ich habe einen Fehler gemacht, als ich mich zu dir setzte. Nimm dich in acht, das ist ein schlechter Mann. *Er gibt ihm seine Wasserflasche.* Behalte diese Flasche als Reserve, versteck sie. Wenn ihr euch verirren solltet – wie willst du den Weg finden? –, wird er dir sicher deine abnehmen. Ich werde dir den Weg erklären.

DER KULI: Tu es lieber nicht. Er darf dich nicht mit mir reden hören, und, wenn er mich davonjagt, bin ich verloren. Mir braucht er überhaupt nichts zu zahlen, denn ich bin nicht wie du in einer Gewerkschaft: ich muß mir alles gefallen lassen.

DER KAUFMANN *zum Wirt*: Geben Sie diesen Brief den Leuten, die morgen hier ankommen und auch nach Urga gehen. Ich werde mit meinem Träger allein weitermarschieren.

DER WIRT *nickt und nimmt den Brief*: Aber er ist kein Führer.

DER KAUFMANN *für sich*: Er versteht also doch! Er wollte also vorhin nicht verstehen! Er kennt das schon. Er macht keinen Zeugen in solchen Sachen. *Zum Wirt, barsch:* Erklären Sie meinem Träger den Weg nach Urga.

Der Wirt geht hinaus und erklärt dem Kuli den Weg nach Urga. Der Kuli nickt oftmals eifrig mit dem Kopf.

DER KAUFMANN: Ich sehe es, es wird einen Kampf geben. *Er holt seinen Revolver heraus und reinigt ihn. Dabei singt er:*

Der kranke Mann stirbt und der starke Mann ficht.
Warum sollte der Boden das Öl hergeben?
Warum sollte der Kuli meinen Packen schleppen?
Um Öl muß gekämpft werden
Mit dem Boden und mit dem Kuli
Und in diesem Kampf heißt es:
Der kranke Mann stirbt und der starke Mann ficht.

Er tritt reisefertig in den anderen Hof: Kennst du jetzt den Weg?

DER KULI: Ja, Herr.

DER KAUFMANN: Dann los.

Der Kaufmann und der Kuli gehen hinaus. Der Wirt und der Führer sehen ihnen nach.

DER FÜHRER: Ich weiß nicht, ob mein Kollege wirklich begriffen hat. Er hat zu rasch begriffen.

4
Gespräch in einer gefährlichen Gegend

DER KULI *singt:*

Ich gehe nach der Stadt Urga
Unaufhaltsam gehe ich nach Urga
Die Räuber halten mich nicht ab von Urga
Die Wüste hält mich nicht zurück von Urga
Essen gibt es in Urga und Lohn.

DER KAUFMANN: Wie sorglos ist dieser Kuli! Das ist eine Gegend, in der es Räuber gibt, allerhand Gesindel, das sich in der Nähe der Station sammelt. Und er singt. *Zum Kuli:* Dieser Führer hat mir nie gefallen. Einmal war er roh, einmal war er speichelleckerisch. Kein ehrlicher Mann.

DER KULI: Ja, Herr. *Er singt wieder:*

Die Straßen sind beschwerlich bis Urga
Hoffentlich halten meine Füße durch bis Urga
Die Leiden sind unermeßlich bis Urga
Aber in Urga gibt es Ausruhen und Lohn.

DER KAUFMANN: Warum singst du eigentlich und bist so fröhlich, mein Freund? Du fürchtest wohl die Räuber nicht? Du meinst wohl, was sie dir nehmen können, das gehört dir nicht, denn was du zu verlieren hast, das gehört mir.

DER KULI *singt:*

Auch meine Frau erwartet mich in Urga
Auch mein kleiner Sohn erwartet mich in Urga
Auch ...

DER KAUFMANN *ihn unterbrechend:* Mir gefällt dein Singen nicht. Wir haben keinen Grund zum Singen. Man hört dich ja bis nach Urga. So lockt man ja das Gesindel geradezu an. Du kannst morgen wieder singen, soviel du willst.

DER KULI: Ja, Herr.

DER KAUFMANN *der vorausgeht:* Er würde sich keinen Augenblick wehren, wenn man ihm seine Sachen wegnähme. Was würde er tun? Es wäre seine Pflicht, das Meine so zu betrachten wie das Seine, wenn es in Gefahr ist. Aber das würde er niemals. Schlechte Rasse. Er spricht auch nichts. Das sind die Schlimmsten. Ich kann ja in seinen Kopf nicht hineinsehen. Was hat er vor? Er hat nichts zu lachen und lacht. Worüber lacht er? Warum läßt er mich zum Beispiel vorangehen? Er weiß doch den Weg! Wohin führt er mich überhaupt? *Er schaut sich um und sieht, wie der Kuli Spuren im Sand hinter sich mit einem Tuch verwischt.* Was machst du denn da?

DER KULI: Ich verwische unsere Spuren, Herr.

DER KAUFMANN: Und warum machst du das?

DER KULI: Der Räuber wegen.

DER KAUFMANN: So, der Räuber wegen. Man soll aber sehen, wohin du mich geführt hast. Wohin führst du mich denn überhaupt? Geh voraus! *Sie gehen schweigend weiter. Der Kaufmann zu sich:* In diesem Sand sind die Spuren wirklich sehr deutlich zu sehen. Eigentlich wäre es natürlich sehr gut, die Spuren zu verwischen.

5

Am reißenden Fluß

DER KULI: Wir sind ganz richtig gegangen, Herr. Was wir dort sehen, ist der Fluß Mir. Zu dieser Jahreszeit ist er im allgemeinen nicht schwierig zu überschreiten, aber wenn er Hochwasser hat, reißt er sehr stark und ist lebensgefährlich. Er hat Hochwasser.

DER KAUFMANN: Wir müssen hinüber.

DER KULI: Man muß oft acht Tage warten, bis man ohne Gefahr hinüberkommt. Jetzt ist es lebensgefährlich.

DER KAUFMANN: Das werden wir ja sehen. Wir können keinen Tag warten.

DER KULI: Dann müssen wir eine Furt suchen oder einen Kahn.

DER KAUFMANN: Das dauert zu lange.

DER KULI: Ich kann aber sehr schlecht schwimmen.

DER KAUFMANN: Das Wasser ist nicht so hoch.

DER KULI *steckt einen Stecken hinein:* Es ist höher als ich.

DER KAUFMANN: Wenn du erst im Wasser bist, wirst du auch schwimmen. Denn dann mußt du. Siehst du, du kannst das nicht so überblicken wie ich. Warum müssen wir nach Urga? Kannst du Dummkopf nicht verstehen, daß der Menschheit ein Dienst erwiesen wird, wenn das Öl aus dem Boden geholt wird? Wenn das Öl aus dem Boden heraus ist, wird es hier Eisenbahnen geben und Wohlstand sich ausbreiten. Es wird Brot und Kleider geben und Gott weiß was. Und wer wird das machen? Wir. Von unserer Reise hängt es ab. Stelle dir vor, daß auf dich gleichsam die Augen dieses ganzen Landes gerichtet sind, auf dich, einen kleinen Mann. Und da zauderst du, deine Pflicht zu tun?

DER KULI *hat während dieser Rede ehrfürchtig genickt:* Ich kann nicht gut schwimmen.

DER KAUFMANN: Ich wage doch auch mein Leben. *Der Kuli nickt ehrerbietig.* Ich verstehe dich nicht. Von niederen, gewinnsüchtigen Erwägungen geleitet, hast du gar kein Interesse, die Stadt Urga möglichst bald, sondern das Interesse, sie möglichst spät zu erreichen, da du ja tagweise bezahlt wirst. Die Reise interessiert dich also gar nicht wirklich, sondern nur der Lohn.

DER KULI *steht am Ufer und zögert:* Was soll ich machen? *Er singt:*

Hier ist der Fluß.
Ihn zu durchschwimmen, ist gefährlich.

An seinem Ufer stehen zwei Männer.
Der eine durchschwimmt ihn, der andere
Zögert. Ist der eine mutig?
Ist der andere feige? Jenseits des Flusses
Hat der eine ein Geschäft.

Aus der Gefahr steigt der eine
Aufatmend an das eroberte Ufer.
Er betritt sein Besitztum
Er ißt neues Essen.
Aber der andere steigt aus der Gefahr
Keuchend ins Nichts.
Ihn empfängt, den Geschwächten
Neue Gefahr. Sind sie beide tapfer?

Sind sie beide weise?
Ach! Aus dem gemeinsam besiegten Fluß
Steigen nicht zwei Sieger.

Wir und: ich und du
Das ist nicht dasselbe.
Wir erringen den Sieg
Und du besiegst mich.

Gestatte wenigstens, daß ich einen halben Tag ausruhe. Ich bin müde vom Schleppen. Ausgeruht kann ich vielleicht hinüberkommen.

DER KAUFMANN: Ich weiß ein besseres Mittel. Ich werde dir den Revolver in den Rücken halten. Wetten wir, daß du hinüberkommst? *Er stößt ihn vor sich her. Zu sich:* Mein Geld macht mich die Räuber fürchten und den Fluß vergessen. *Er singt:*

So überwindet der Mensch
Die Wüste und den reißenden Fluß
Und überwindet sich selbst, den Menschen
Und gewinnt das Öl, das gebraucht wird.

6

Das Nachtlager

Am Abend versucht der Kuli, dessen einer Arm gebrochen ist, das Zelt aufzuschlagen. Der Kaufmann sitzt dabei.

DER KAUFMANN: Ich habe dir doch gesagt, daß du heute das Zelt nicht aufzubauen brauchst, weil du dir beim Übergang über den Fluß den Arm gebrochen hast. *Der Kuli baut schweigend weiter.* Wenn ich dich nicht aus dem Wasser gezogen hätte, wärst du ertrunken. *Der Kuli baut weiter.* Wenn ich auch an deinem Unfall nicht schuld bin – der Baumstrunk hätte gerade so gut mich treffen können –, so ist dir dieses Mißgeschick immerhin auf einer Reise mit mir zugestoßen. Ich habe nur sehr wenig bares Geld bei mir, aber in Urga ist meine Bank, da werde ich dir Geld geben.

DER KULI: Ja, Herr.

DER KAUFMANN: Spärliche Antwort. Mit jedem Blick läßt er mich merken, daß ich ihn geschädigt habe. Diese Kulis sind ein heimtückisches Pack! *Zum Kuli:* Du kannst dich niederlegen. *Er geht weg und setzt sich abseits nieder.* Sicher macht ihm sein Mißgeschick weniger aus als mir. Dieses Gesindel kümmert sich nicht viel darum, ob es ganz oder lädiert ist. So was hebt sich nicht höher als bis zu einer Schüssel Rand. Von Natur bresthaft, kümmern sie sich nicht mehr um sich. Wie einer etwas wegwirft, was ihm nicht gelungen ist, werfen sie sich selber weg, das Mißlungene. Nur der Gelungene kämpft. *Er singt:*

Der kranke Mann stirbt und der starke Mann ficht
Und das ist gut so.
Dem Starken wird geholfen, dem Schwachen hilft man nicht
Und das ist gut so.
Laß fallen, was fällt, gib ihm noch einen Tritt
Denn das ist gut so.
Es setzt sich zum Essen, wer den Sieg sich erstritt
Das ist gut so.
Und der Koch nach der Schlacht zählt die Toten nicht mit
Und er tut gut so.
Und der Gott der Dinge, wie sie sind, schuf Herr und Knecht!
Und das war gut so.
Und wem's gut geht, der ist gut; und wem's schlecht geht, der ist schlecht
Und das ist gut so.

Der Kuli ist hinzugetreten. Der Kaufmann erblickt ihn und erschrickt. Er hat zugehört! Halt! Bleib stehen! Was willst du?

DER KULI: Das Zelt ist fertig, Herr.

DER KAUFMANN: Schleiche nicht so herum in der Nacht. Das paßt mir nicht. Ich will den Tritt hören, wenn der Mann kommt. Und ich wünsche auch einem Mann in die Augen zu sehen, wenn ich mit ihm spreche. Leg dich nieder, kümmere dich nicht zu sehr um mich. *Der Kuli geht zurück.* Halt! Du gehst ins Zelt! Ich sitze hier, weil ich frische Luft gewöhnt bin. *Der Kuli geht ins Zelt.* Ich möchte wissen, wieviel er von meinem Lied gehört hat. *Pause.* Was macht er wohl jetzt? Er hantiert immer noch.

Man sieht den Kuli sorgfältig das Lager bereiten.

DER KULI: Hoffentlich merkt er nichts. Ich kann so schlecht Gras schneiden mit dem einen Arm.

DER KAUFMANN: Ein Dummkopf, wer sich nicht vorsieht. Vertrauen ist Dummheit. Der Mann ist durch mich geschädigt worden, unter Umständen für die Zeit seines Lebens. Es ist nur richtig von ihm, wenn er es mir zurückzahlt. Und der schlafende starke Mann ist nicht stärker als der schlafende schwache. Der Mensch sollte nicht schlafen müssen. Allerdings wäre es besser, im Zelt zu sitzen; hier im Freien drohen Krankheiten. Aber welche Krankheit könnte so gefährlich sein, wie der Mensch es ist? Für wenig Geld geht der Mann neben mir, der ich viel Geld habe. Aber die Straße ist uns beiden gleich beschwerlich. Als er müde war, wurde er geschlagen. Als der Führer sich zu ihm setzte, wurde der Führer entlassen. Als er, vielleicht wirklich der Räuber wegen, unsere Spuren im Sand verwischte, wurde ihm Mißtrauen gezeigt. Als er Furcht zeigte am Fluß, bekam er meinen Revolver zu sehen. Wie kann ich mit einem solchen Mann in einem Zelt schlafen? Er kann mir doch nicht vormachen, daß er sich das alles gefallen läßt! Ich möchte wissen, was er jetzt da drinnen ausbrütet! *Man sieht den Kuli im Zelt sich friedlich zum Schlafen legen.* Ich wäre ein Narr, wenn ich ins Zelt ginge.

7

Das geteilte Wasser

a

DER KAUFMANN: Warum bleibst du stehen?
DER KULI: Herr, die Straße hört auf.
DER KAUFMANN: Und?
DER KULI: Herr, wenn du mich schlägst, schlage mich nicht auf den kranken Arm. Ich weiß den Weg nicht weiter.
DER KAUFMANN: Aber der Mann auf der Station Han hat ihn dir doch erklärt.
DER KULI: Ja, Herr.
DER KAUFMANN: Als ich dich fragte, ob du ihn verstanden hast, hast du ja gesagt.
DER KULI: Ja, Herr.
DER KAUFMANN: Und du hast ihn nicht verstanden?
DER KULI: Nein, Herr!
DER KAUFMANN: Warum hast du dann ja gesagt?
DER KULI: Ich hatte Furcht, du jagst mich davon. Ich weiß nur, daß es den Wasserlöchern entlang gehen soll.
DER KAUFMANN: Dann geh den Wasserlöchern entlang.
DER KULI: Ich weiß aber nicht, wo sie sind.
DER KAUFMANN: Geh weiter! Und versuche nicht, mich dumm zu machen. Ich weiß doch, daß du den Weg schon früher gegangen bist.

Sie gehen weiter.

DER KULI: Aber wäre es nicht besser, wir warten auf die hinter uns?
DER KAUFMANN: Nein.

Sie gehen weiter.

b

Der Kaufmann: Wohin läufst du eigentlich? Das ist doch jetzt nach Norden. Osten ist dort. *Der Kuli geht in dieser Richtung weiter.* Halt! Was fällt dir denn ein? *Der Kuli bleibt stehen, schaut aber den Herrn nicht an.* Warum siehst du mir denn nicht in die Augen?

Der Kuli: Ich dachte, dort sei Osten.

Der Kaufmann: Du wart einmal, Bursche! Dir werde ich schon zeigen, wie man mich führt. *Er schlägt ihn.* Weißt du jetzt, wo Osten ist?

Der Kuli *brüllt*: Nicht auf den Arm.

Der Kaufmann: Wo ist Osten?

Der Kuli: Dort.

Der Kaufmann: Und wo sind die Wasserlöcher?

Der Kuli: Dort.

Der Kaufmann *rasend*: Dort? Aber du gingst dorthin!

Der Kuli: Nein, Herr.

Der Kaufmann: So, du gingst nicht dorthin? Gingst du dorthin? *Er schlägt ihn.*

Der Kuli: Ja, Herr.

Der Kaufmann: Wo sind die Wasserlöcher?

Der Kuli schweigt.

Der Kaufmann *scheinbar ruhig*: Du sagtest doch eben, du weißt, wo die Wasserlöcher sind? Weißt du es?

Der Kuli schweigt.

Der Kaufmann *schlägt ihn*: Weißt du es?

Der Kuli: Ja.

Der Kaufmann *schlägt ihn*: Weißt du es?

Der Kuli: Nein.

Der Kaufmann: Gib deine Wasserflasche her. *Der Kuli gibt sie ihm.* Ich könnte mich jetzt auf den Standpunkt stellen, daß das ganze Wasser mir gehört, denn du hast mich falsch geführt. Aber ich tue es nicht: ich teile das Wasser mit dir. Nimm deinen Schluck, und dann weiter. *Zu sich:* Ich habe mich vergessen; ich hätte ihn in dieser Lage nicht schlagen dürfen.

Sie gehen weiter.

c

Der Kaufmann: Hier waren wir schon. Da, unsere Spuren.

Der Kuli: Als wir hier waren, konnten wir noch nicht weit vom Weg abgekommen sein.

Der Kaufmann: Schlag das Zelt auf. Unsere Flasche ist leer. In meiner Flasche habe ich nichts. *Der Kaufmann setzt sich nieder, während der Kuli das Zelt aufschlägt. Der Kaufmann trinkt heimlich aus seiner Flasche. Zu sich:* Er darf nicht merken, daß ich noch zu trinken habe. Sonst wird er, hat er nur einen Funken Verstand in seinem Schädel, mich niederschlagen. Wenn er sich mir nähert, schieße ich. *Er zieht seinen Revolver und legt ihn in den Schoß.* Wenn wir nur das vorige

Wasserloch wieder erreichen könnten! Mein Hals ist schon wie zugeschnürt. Wie lange kann ein Mensch Durst aushalten?

DER KULI: Ich muß ihm die Flasche aushändigen, die mir der Führer auf der Station gegeben hat. Sonst, wenn sie uns finden, und ich lebe noch, er aber ist halb verschmachtet, machen sie mir den Prozeß.

Er nimmt die Flasche und geht hinüber. Der Kaufmann sieht ihn plötzlich vor sich stehen und weiß nicht, ob der Kuli ihn hat trinken sehen oder nicht. Der Kuli hat ihn nicht trinken sehen. Er hält ihm schweigend die Flasche hin. Der Kaufmann aber, in der Meinung, es sei einer der großen Feldsteine und der Kuli, erzürnt, wolle ihn erschlagen, schreit laut auf.

DER KAUFMANN: Tu den Stein weg! *Und mit einem Revolverschuß streckt er den Kuli nieder, als der, nicht verstehend, die Flasche ihm weiter hinhält.* Also doch! So, du Bestie. Jetzt hast du's.

8

Lied von den Gerichten

Gesungen von den Spielern, während sie die Bühne für die Gerichtsszene umbauen.

Im Troß der Räuberhorden
Ziehen die Gerichte.
Wenn der Unschuldige erschlagen ist
Sammeln sich die Richter über ihm und verdammen ihn.
Am Grab des Erschlagenen
Wird sein Recht erschlagen.

Die Sprüche des Gerichts
Fallen wie die Schatten der Schlachtmesser.
Ach, das Schlachtmesser ist doch stark genug! Was braucht es
Als Begleitbrief das Urteil?

Sieh den Flug! Wohin fliegen die Aasgeier?
Die nahrungslose Wüste vertrieb sie:
Die Gerichtshöfe werden ihnen Nahrung geben.
Dorthin fliehen die Mörder. Die Verfolger
Sind dort in Sicherheit. Und dort
Verstecken die Diebe ihr Diebesgut, eingewickelt
In ein Papier, auf dem ein Gesetz steht.

9
Gericht

Der Führer und die Frau des Getöteten sitzen schon im Gerichtssaal.

DER FÜHRER *zur Frau*: Sind Sie die Frau des Getöteten? Ich bin der Führer, der Ihren Mann engagiert hat. Ich habe gehört, daß Sie in diesem Prozeß die Bestrafung des Kaufmanns und Schadenersatz verlangen. Ich bin sogleich hergekommen, denn ich habe den Beweis, daß Ihr Mann unschuldig getötet wurde. Er ist hier in meiner Tasche.

DER WIRT *zum Führer*: Ich höre, daß du einen Beweis in der Tasche hast. Ich gebe dir einen Rat: laß ihn in der Tasche.

DER FÜHRER: Aber soll die Frau des Kulis leer ausgehen?

DER WIRT: Aber willst du auf die schwarze Liste kommen?

DER FÜHRER: Ich werde deinen Rat bedenken.

Das Gericht nimmt Platz, auch der angeklagte Kaufmann sowie die zweite Karawane und der Wirt.

DER RICHTER: Ich eröffne die Verhandlung. Die Frau des Getöteten hat das Wort.

DIE FRAU: Mein Mann hat diesem Herrn das Gepäck durch die Wüste Jahí getragen. Kurz vor Beendigung der Reise hat ihn der Herr niedergeschossen. Wenn mein Mann dadurch auch nicht wieder lebendig wird, so verlange ich doch, daß sein Mörder bestraft wird.

DER RICHTER: Außerdem verlangen Sie einen Schadenersatz.

DIE FRAU: Ja, weil mein kleiner Sohn und ich den Ernährer verloren haben.

DER RICHTER *zur Frau*: Ich mache Ihnen ja keinen Vorwurf. Der materielle Anspruch schändet Sie gar nicht. *Zur zweiten Karawane:* Hinter der Expedition des Kaufmanns Karl Langmann kam eine Expedition, der sich auch der entlassene Führer der ersteren angeschlossen hatte. Man sichtete kaum eine Meile von der Route entfernt, die verunglückte Expedition. Was sahen Sie, als Sie näherkamen?

DER LEITER DER ZWEITEN KARAWANE: Der Kaufmann hatte nur noch ganz wenig Wasser in der Flasche, und sein Träger lag erschossen im Sand.

DER RICHTER *zum Kaufmann*: Haben Sie den Mann erschossen?

DER KAUFMANN: Ja. Er griff mich unvermutet an.

DER RICHTER: Wie griff er Sie an?

DER KAUFMANN: Er wollte mich hinterrücks mit einem Feldstein erschlagen.

DER RICHTER: Haben Sie eine Erklärung für den Grund seines Angriffs?

DER KAUFMANN: Nein.

DER RICHTER: Haben Sie Ihre Leute sehr stark angetrieben?

DER KAUFMANN: Nein.

DER RICHTER: Ist hier der entlassene Führer, der den ersten Teil der Reise mitmachte?

DER FÜHRER: Ich.

Der Richter: Äußern Sie sich dazu.

Der Führer: Soviel ich weiß, handelte es sich für den Kaufmann darum, wegen einer Konzession möglichst rasch in Urga zu sein.

Der Richter *zum Leiter der zweiten Karawane*: Hatten Sie den Eindruck, daß die vor Ihnen marschierende Expedition ungewöhnlich schnell marschierte?

Der Leiter der zweiten Karawane: Nein, nicht ungewöhnlich. Sie hatten einen ganzen Tag Vorsprung und hielten ihn.

Der Richter *zum Kaufmann*: Dazu müssen Sie doch aber angetrieben haben?

Der Kaufmann: Ich trieb überhaupt nicht an. Das war Sache des Führers.

Der Richter *zu dem Führer*: Hat Ihnen der Angeklagte nicht ausdrücklich nahegelegt, den Träger besonders anzutreiben?

Der Führer: Ich trieb nicht mehr an als gewöhnlich, eher weniger.

Der Richter: Warum wurden Sie entlassen?

Der Führer: Weil ich mich nach Ansicht des Kaufmanns mit dem Träger zu freundlich stellte.

Der Richter: Und das sollten Sie nicht? Hatten Sie den Eindruck, daß der Kuli, der also nicht freundlich behandelt werden durfte, ein aufsässiger Mensch war?

Der Führer: Nein, er ertrug alles, weil er, wie er mir sagte, Angst hatte, seine Arbeit zu verlieren. Er war in keiner Gewerkschaft.

Der Richter: Hatte er also viel zu ertragen? Antworten Sie. Und besinnen Sie sich nicht immer auf Ihre Antworten! Die Wahrheit kommt ja doch heraus.

Der Führer: Ich war nur bis zur Station Han dabei.

Der Wirt *zu sich*: Richtig, Führer!

Der Richter *zum Kaufmann*: Ist danach etwas vorgefallen, was den Angriff des Kulis erklären könnte?

Der Kaufmann: Nein, nichts von meiner Seite.

Der Richter: Hören Sie, Sie dürfen sich nicht weißer waschen wollen, als Sie sind. So kommen Sie ja nicht durch, Mann. Wenn Sie Ihren Kuli so mit Handschuhen angefaßt haben, wie erklären Sie dann den Haß des Kuli gegen Sie? Doch nur, wenn Sie den Haß glaubhaft machen können, können Sie auch glaubhaft machen, daß Sie in Notwehr gehandelt haben. Immer denken!

Der Kaufmann: Ich muß etwas gestehen. Ich habe ihn einmal geschlagen.

Der Richter: Aha, und Sie glauben, daß aus diesem einen Mal bei dem Kuli solch ein Haß entstand?

Der Kaufmann: Nein, aber ich habe ihm doch den Revolver in den Rücken gehalten, als er nicht über den Fluß wollte. Und beim Übergang über den Fluß brach er sich doch den Arm. Auch daran war ich schuld.

Der Richter *lächelt*: Nach Ansicht des Kulis.

DER KAUFMANN *ebenfalls lächelnd*: Natürlich. In Wirklichkeit habe ich ihn herausgezogen.

DER RICHTER: Nun also. Nach der Entlassung des Führers gaben Sie dem Kuli Anlaß, Sie zu hassen. Und vorher? *Eindringlich zum Führer:* Geben Sie es doch zu, daß der Mensch den Kaufmann haßte. Wenn man es sich überlegt, ist es eigentlich selbstverständlich. Es ist ja begreiflich, daß ein Mann, der, schlecht entlohnt, mit Gewalt in Gefahren getrieben wird und für den Vorteil eines anderen sogar Schaden an seiner Gesundheit nimmt, für fast nichts sein Leben riskiert, dann diesen anderen haßt.

DER FÜHRER: Er haßte ihn nicht.

DER RICHTER: Wir wollen jetzt den Wirt der Station Han verhören, ob vielleicht er uns etwas berichten kann, woraus wir uns eine Vorstellung machen können über das Verhältnis des Kaufmanns zu seinem Personal. *Zum Wirt:* Wie hat der Kaufmann seine Leute behandelt?

DER WIRT: Gut.

DER RICHTER: Soll ich die Leute hier hinausschicken? Glauben Sie, daß Sie in Ihrem Geschäft geschädigt werden, wenn Sie die Wahrheit sagen?

DER WIRT: Nein, das ist in diesem Fall nicht nötig.

DER RICHTER: Wie Sie wollen.

DER WIRT: Er hat dem Führer sogar Tabak gegeben und ihm anstandslos seinen ganzen Lohn ausbezahlt. Und auch der Kuli wurde gut behandelt.

DER RICHTER: Ihre Station ist die letzte Polizeistation auf dieser Route?

DER WIRT: Ja, danach beginnt die menschenleere Wüste Jahí.

DER RICHTER: Ah so! Es handelte sich also bei der Freundlichkeit des Kaufmanns mehr um eine durch die Umstände gegebene, wohl auch kurzbefristete, sozusagen taktische Freundlichkeit. Auch im Kriege ließen es sich unsere Offiziere ja angelegen sein, der Mannschaft, je näher man an die Front kam, desto menschlicher zu begegnen. Solche Freundlichkeiten haben natürlich nichts zu sagen.

DER KAUFMANN: Er hatte zum Beispiel immer gesungen beim Marschieren. Von dem Augenblick an, wo ich ihn mit dem Revolver bedrohte, um ihn über den Fluß zu bringen, habe ich ihn auch nie mehr singen hören.

DER RICHTER: Er war also völlig verbittert. Das ist ja begreiflich. Ich muß wieder zurückgreifen auf den Krieg. Auch da konnte man ja einfache Leute verstehen, wenn sie zu uns Offizieren sagten: Ja, ihr führt euren Krieg, aber wir führen den euren! So konnte auch der Kuli zum Kaufmann sagen: Du machst dein Geschäft, aber ich mache das deine!

DER KAUFMANN: Ich muß noch ein Geständnis machen. Als wir uns verirrt hatten, habe ich eine Flasche Wasser mit ihm geteilt, aber die zweite wollte ich allein trinken.

DER RICHTER: Hat er Sie vielleicht gesehen beim Trinken?

DER KAUFMANN: Das nahm ich an, als er mit dem Stein in der Hand auf mich zutrat. Ich wußte, daß er mich haßte. Als wir in die menschenleere Gegend kamen, war ich Tag und Nacht auf meiner Hut. Ich mußte annehmen, daß er bei der ersten Gelegenheit über mich herfallen würde. Wenn ich ihn nicht getötet hätte, hätte er mich getötet.

DIE FRAU: Ich möchte etwas sagen. Er kann ihn nicht angegriffen haben. Er hat noch nie jemand angegriffen.

DER FÜHRER: Seien Sie ruhig. Ich habe den Beweis seiner Unschuld in meiner Tasche.

DER RICHTER: Hat man den Stein gefunden, mit dem der Kuli Sie bedrohte?

DER LEITER DER ZWEITEN KARAWANE: Der Mann – *deutet auf den Führer* – hat ihn aus der Hand des Toten genommen.

Der Führer zeigt die Flasche.

DER RICHTER: Ist das der Stein? Erkennen Sie ihn wieder?

DER KAUFMANN: Ja, das ist der Stein.

DER FÜHRER: So sieh, was in dem Stein ist. *Er gießt Wasser aus.*

ERSTER BEISITZER: Es ist eine Wasserflasche und kein Stein. Er hat Ihnen Wasser gereicht.

ZWEITER BEISITZER: Jetzt sieht es ja so aus, als habe er ihn gar nicht erschlagen wollen.

DER FÜHRER *umarmt die Witwe des Getöteten*: Siehst du, ich konnte es beweisen: er war unschuldig. Ich konnte es ausnahmsweise beweisen. Ich habe ihm nämlich bei seinem Aufbruch auf der letzten Station diese Flasche gegeben, der Wirt ist Zeuge, und dies ist meine Flasche.

DER WIRT *zu sich*: Dummkopf! Jetzt ist nur auch er verloren!

DER RICHTER: Das kann nicht die Wahrheit sein. *Zum Kaufmann:* Er soll Ihnen zu trinken gegeben haben!

DER KAUFMANN: Es muß ein Stein gewesen sein.

DER RICHTER: Nein, es war kein Stein. Sie sehen doch, daß es eine Wasserflasche war.

DER KAUFMANN: Aber ich konnte nicht annehmen, daß es eine Wasserflasche sei. Der Mann hatte keinen Grund, mir zu trinken zu geben. Ich war nicht sein Freund.

DER FÜHRER: Aber er gab ihm zu trinken.

DER RICHTER: Aber warum gab er ihm zu trinken? Warum?

DER FÜHRER: Wohl weil er glaubte, daß der Kaufmann Durst habe. *Die Richter lächeln sich an.* Wahrscheinlich aus Menschlichkeit. *Die Richter lächeln wieder.* Vielleicht aus Dummheit, denn ich glaube, er hatte gar nichts gegen den Kaufmann.

DER KAUFMANN: Dann muß er sehr dumm gewesen sein. Der Mann war durch mich geschädigt worden, unter Umständen für die Zeit seines Lebens. Der Arm! Es war nur richtig von ihm, wenn er es mir zurückzahlen wollte.

DER FÜHRER: Es war nur richtig.

DER KAUFMANN: Für wenig Geld ging der Mann neben mir, der ich viel Geld habe. Aber die Straße war uns beiden gleich beschwerlich.

DER FÜHRER: Das weiß er also.

DER KAUFMANN: Als er müde war, wurde er geschlagen.

DER FÜHRER: Und das ist nicht richtig?

DER KAUFMANN: Anzunehmen, der Kuli würde mich nicht bei der ersten Gelegenheit niederschlagen, hätte bedeutet anzunehmen, er habe keine Vernunft.

DER RICHTER: Sie meinen, Sie haben mit Recht angenommen, der Kuli müsse etwas gegen Sie haben. Dann hätten Sie zwar einen unter Umständen Harmlosen getötet, aber nur weil Sie nicht wissen konnten, daß er harmlos ist. Das haben wir bei unserer Polizei mitunter. Sie schießen in eine Menge, Demonstranten, ganz friedliche Leute, nur weil sie sich nicht vorstellen können, daß diese Leute sie nicht einfach vom Pferd reißen und lynchen. Diese Polizisten schießen eigentlich alle aus Furcht. Und daß sie Furcht haben, ist ein Beweis von Vernunft. Sie meinen, Sie konnten nicht wissen, daß der Kuli eine Ausnahme bildete!

DER KAUFMANN: Man muß sich an die Regel halten und nicht an die Ausnahme.

DER RICHTER: Ja, das ist es: welchen Grund sollte dieser Kuli gehabt haben, seinem Peiniger zu trinken zu geben?

DER FÜHRER: Keinen vernünftigen!

DER RICHTER *singt*:

> Die Regel ist: Auge um Auge!
> Der Narr wartet auf die Ausnahme.
> Daß ihm sein Feind zu trinken gibt
> Das erwartet der Vernünftige nicht.

Zum Gericht: Wir beraten jetzt.

Das Gericht zieht sich zurück.

DER FÜHRER *singt*:

> In dem System, das sie gemacht haben
> Ist Menschlichkeit eine Ausnahme.
> Wer sich also menschlich erzeigt
> Der trägt den Schaden davon.
> Fürchtet für jeden, ihr
> Der freundlich aussieht!
> Haltet ihn zurück
> Der da jemand helfen will!
> Neben dir durstet einer: schließe schnell deine Augen!
> Verstopf dein Ohr: neben dir stöhnt jemand!
> Halte deinen Fuß zurück: man ruft dich um Hilfe!
> Wehe dem, der sich da vergißt! Er

Gibt einem Menschen zu trinken, und
Ein Wolf trinkt.

DER LEITER DER ZWEITEN KARAWANE: Haben Sie keine Angst, daß Sie nie mehr eine Stelle bekommen?

DER FÜHRER: Ich mußte die Wahrheit sagen.

DER LEITER DER ZWEITEN KARAWANE *lächelnd*: Ja, wenn Sie müssen ...

Das Gericht kommt zurück.

DER RICHTER *zum Kaufmann*: Das Gericht stellt noch eine Frage an Sie: Sie hatten doch durch die Erschießung des Kulis nicht etwa einen Vorteil?

DER KAUFMANN: Im Gegenteil. Ich brauchte ihn doch zu dem Geschäft, das ich vorhatte in Urga. Er trug doch die Karten und die Vermessungstabellen, die ich brauchte. Allein war ich doch nicht imstande, meine Sachen zu tragen!

DER RICHTER: Sie haben Ihr Geschäft in Urga also nicht gemacht?

DER KAUFMANN: Natürlich nicht. Ich kam zu spät. Ich bin ruiniert.

DER RICHTER: Dann verkündige ich das Urteil: Das Gericht unterstellt als bewiesen, daß der Kuli nicht mit einem Stein, sondern mit einer Wasserflasche sich seinem Herrn näherte. Aber selbst dies vorausgesetzt, ist es eher noch zu glauben, daß der Kuli seinen Herrn mit der Wasserflasche erschlagen wollte, als ihm zu trinken zu geben. Der Träger gehörte einer Klasse an, die tatsächlich einen Grund hat, sich benachteiligt zu fühlen. Für solche Leute wie den Träger war es nichts als pure Vernunft, sich vor einer Übervorteilung bei der Verteilung des Wassers zu schützen. Ja, sogar gerecht mußte es diesen Leuten bei ihrem beschränkten und einseitigen, nur an der Wirklichkeit haftenden Standpunkt erscheinen, sich an ihrem Peiniger zu rächen. An dem Tag der Abrechnung hatten sie doch nur zu gewinnen. Der Kaufmann gehörte nicht der Klasse an, der sein Träger angehörte. Er mußte sich von ihm des Schlimmsten versehen. Der Kaufmann konnte nicht an einen Akt der Kameradschaft bei dem von ihm zugestandenermaßen gequälten Träger glauben. Die Vernunft sagte ihm, daß er aufs stärkste bedroht sei. Die Menschenleere der Gegend mußte ihn mit Besorgnis erfüllen. Die Abwesenheit von Polizei und Gerichten machte es seinem Angestellten möglich, seinen Teil von Trinkwasser zu erpressen und ermutigte ihn. Der Angeklagte hat also in berechtigter Notwehr gehandelt, gleichgültig, ob er bedroht wurde oder nur sich bedroht fühlen mußte. Den gegebenen Umständen gemäß mußte er sich bedroht fühlen. Der Angeklagte wird also freigesprochen, die Frau des Toten mit ihrer Klage abgewiesen.

DIE SPIELER:

So endet
Die Geschichte einer Reise.
Ihr habt gehört und ihr habt gesehen.

Ihr saht das Übliche, das immerfort Vorkommende.
Wir bitten euch aber:
Was nicht fremd ist, findet befremdlich!
Was gewöhnlich ist, findet unerklärlich!
Was da üblich ist, das soll euch erstaunen.
Was die Regel ist, das erkennt als Mißbrauch
Und wo ihr den Mißbrauch erkannt habt
Da schafft Abhilfe!

Die Bücher kosten nur noch
ein Fünftel ihres früheren Preises . . .

DIE RUNDKÖPFE UND DIE SPITZKÖPFE
oder
REICH UND REICH GESELLT SICH GERN

Ein Greuelmärchen

Mitarbeiter:
E. Burri, H. Eisler, E. Hauptmann, M. Steffin

ENTSTEHUNGSDATUM
1932/1934

Personen:

TSCHUCHEN (*Rundköpfe*): *Der Vizekönig · Missena, sein Staatsrat · Angelo Iberin · Callas, Pächter · Nanna, seine Tochter, Kellnerin in dem Kaffeehaus der Frau Cornamontis · Frau Callas und ihre vier kleinen Kinder · Parr, Pächter · Die Oberin von San Barabas · Der Abt von San Stefano · Alfonso Saz, Pachtherr · Juan Duarte, Pachtherr · Sebastian de Hoz, Pachtherr · Frau Cornamontis, Besitzerin eines Kaffeehauses · Eine Kellnerin · Anwalt der Familie de Guzman · Der Oberste Richter · Zwei Unterrichter · Der Inspektor · Callamassi, Hausbesitzer · Palmosa, Tabakhändler · Die dicke Frau · Ein Schreiber · Eine Klosterfrau · Zazarante, Unterführer des Iberin · Iberinsoldaten · Drei Huas · Pächter · Kleinbürger*

TSCHICHEN (*Spitzköpfe*): *Emanuele de Guzman, ein Pachtherr · Isabella, seine Schwester · Lopez, Pächter · Frau Lopez und ihre drei kleinen Kinder · Ignatio Peruiner, Pachtherr · Ein zweiter Anwalt · Ein Viktualienhändler · Pächter · Kleinbürger*

Die Bevölkerung jener Stadt Luma, in der das Stück spielt, besteht aus Tschuchen und Tschichen, zwei Rassen, von denen die erste runde und die andere spitze Köpfe aufweist. Diese spitzen Köpfe müssen mindestens 15 cm höher sein als die runden. Aber die runden Köpfe müssen nicht weniger abnormal sein als die spitzen.

VORSPIEL

Vor den kleinen Vorhang treten sieben Spieler: der Direktor des Theaters, der Statthalter, der aufständische Pächter, der Pachtherr, seine Schwester, der Pächter Callas und seine Tochter. Die letzten vier sind im Hemd. Der Statthalter, im Kostüm, aber ohne Maske, trägt eine Waage mit zwei spitzen und zwei runden Schädelformen; der aufständische Pächter trägt eine Waage mit zwei noblen und zwei zerlumpten Kleidern; er ist ebenfalls im Kostüm, aber nicht in Maske.

DER DIREKTOR DES THEATERS:

Geehrtes Publikum, das Stück fängt an.
Der es verfaßte, ist ein weitgereister Mann.
(Er reiste übrigens nicht immer ganz freiwillig.) In dem Stück da
Zeigt er Ihnen, was er sah.
Um es Ihnen mit zwei Worten zu unterbreiten:
Er sah furchtbare Streitigkeiten.
Er sah den weißen Mann mit dem schwarzen ringen.
Einen kleinen Gelben sah er einen großen Gelben niederzwingen.
Ein Finne schmiß nach einem Schweden einen Stein
Und ein Mann mit einer Stupsnase schlug auf einen Mann mit einer Hakennase ein.
Unser Stückeschreiber erkundigte sich, worin ihr Streit besteht.
Da erfuhr er: durch die Länder geht
Jetzt der große Schädelverteiler
Das ist der Allerweltsheiler
Der hat allerhand Nasen in seiner Tasche und verschiedenfarbige Haut
Damit trennt er den Freund vom Freund und den Bräutigam von der Braut.
Denn er schreit aus auf dem Land und in der Stadt:
Es kommt an auf den Schädel, den ein Mensch hat.
Darum, wo der große Schädelverteiler war
Schaut man dem Menschen auf Haut, Nase und Haar
Und jeder wird geschlagen krumm und lahm
Der den falschen Schädel von ihm bekam.
Und überall wurde unser Stückeschreiber verhört
Ob ihn der Unterschied der Schädel nicht auch stört
Oder ob er unter den Menschen gar keinen Unterschied sieht.
Da sagte er: ich seh einen Unterschied.
Aber der Unterschied, den ich seh
Der ist größer als der zwischen den Schädeln nur
Und der hinterläßt eine viel tiefere Spur
Und der entscheidet über Wohl und Weh.
Und ich will ihn euch auch nennen gleich:
Es ist der Unterschied zwischen arm und reich.
Und ich denke, wir werden so verbleiben.
Ich werde euch ein Gleichnis schreiben

In dem beweis ich es jedermann
Es kommt nur auf diesen Unterschied an.

Dieses Gleichnis, meine Lieben, wird jetzt hier aufgeführt. Dazu
Haben wir auf unserer Bühne ein Land aufgebaut namens Jahoo.
In dem wird der Schädelverteiler seine Schädel verteilen
Und einige Leute wird sogleich ihr Schicksal ereilen.
Aber der Stückeschreiber wird dafür sorgen dann
Daß man auch unterscheiden kann armen und reichen Mann.
Er wird verschiedene Kleider verteilen lassen
Die zu dem Vermögen der Leute passen.
Schließt also jetzt die Türen!
Der große Schädelverteiler wird gleich seine Schädel vorführen.

DER STATTHALTER *tritt vor und demonstriert unter Blechlärm seine Schädelwaage*:
Hier habe ich zweierlei Schädel, wie jeder sieht.
Sie sehen den gewaltigen Unterschied:
Der eine ist spitz, der andre ist rund.
Der ist krank. Der ist gesund.
Gibt es wo Elend und Ungerechtigkeit
So ist der im Spiel allezeit.
Gibt es wo Ungleichheit, Fettleibigkeit und Muskelschwund
So ist der der Grund.
Wer mit meiner Waage wiegt
Der wird sehen, wo das Recht und wo das Unrecht liegt.

Mit dem Finger drückt er die Schale nieder, auf der die Rundköpfe liegen.

DER DIREKTOR *den aufständischen Pächter vorführend*:
Und nun zeig du Kleiderverteiler deine Kleider her
Die du auf deiner Waage trägst
Und die du den Menschen in ihre Wiegen legst.

DER AUFSTÄNDISCHE PÄCHTER *zeigt seine Kleiderwaage*:
Den Unterschied zu sehen, ist, denk ich, nicht schwer.
Das sind die guten und das sind die schlechten.
Darüber kann man, denk ich, nicht rechten.
Wer in solchen Kleidern wandelt
Wird für gewöhnlich nicht so behandelt
Wie der, der solche Kleider anhat.
Mir scheint, das weiß man in Dorf und Stadt.
Wer mit meiner Waage wiegt
Der kann sehen, wer auf der Welt den Kuchen kriegt.

Mit dem Finger drückt er die Schale nieder, auf der die noblen Kleider liegen.

DER DIREKTOR:
Ihr seht, der Stückeschreiber benutzt zwei Waagen mit verschiedenen Normen.
Auf einer wiegt er Kleider, fein und abgetragen.

Und mit der anderen wiegt er Schädelformen.
Dann kommt sein Witz: er wiegt die beiden Waagen.

Er hat eine der Waagen nach der andern in die Hand genommen, dann beide gegeneinander abgewogen. Jetzt gibt er sie zurück und wendet sich an seine Schauspieler:

Ihr, die ihr Spieler der Parabel seid
Wählt vor dem Publikum jetzt Kopf und Kleid
Wie es euch vorgeschrieben ist im Stück.
Und hat der Stückeschreiber, wie wir glauben, recht
Dann wählt ihr mit dem Kleide das Geschick
Nicht mit der Schädelform. Auf zum Gefecht!

DER PÄCHTER *nach zwei Rundköpfen greifend*:
Wir nehmen uns den Rundkopf, liebe Tochter.

DER PACHTHERR:
Den Spitzkopf tragen wir.

DIE SCHWESTER DES PACHTHERRN:
Auf Wunsch Herrn Bertolt Brechts...

DIE TOCHTER DES PÄCHTERS:
Die Tochter eines Rundkopfs ist ein Rundkopf.
Ich bin ein Rundkopf weiblichen Geschlechts.

DER DIREKTOR:
Und hier die Kostüme.

Die Schauspieler wählen sich die Kleider.

DER PACHTHERR:
Ich mach den Pachtherrn.

DER PÄCHTER:
Ich den Pächter nur.

DIE SCHWESTER DES PACHTHERRN:
Des Pachtherrn Schwester ich.

DIE TOCHTER DES PÄCHTERS:
Und ich die Hur.

DER DIREKTOR *zu den Schauspielern*:
So, das Problem ist hoffentlich verstanden?

DIE SCHAUSPIELER:
Ja.

DER DIREKTOR *noch einmal prüfend*:
Rundkopf und Spitzkopf, erstens: ist vorhanden.
Der Unterschied von arm und reich: ist da.
Und jetzt Kulisse her und Praktikabel
Und frisch die Welt gezeigt in der Parabel!
Wir hoffen, es gelingt uns und Sie sehn
Welch Unterschiede vor den andern gehn.

Sie gehen alle hinter den kleinen Vorhang.

I

Palais des Vizekönigs

Der Vizekönig von Jahoo und sein Staatsrat Missena sitzen übernächtig im Zimmer des Vizekönigs vor Zeitungen und Sektflaschen. Mit einem großen Rotstift streicht der Staatsrat dem Vizekönig bestimmte unangenehme Stellen in den Zeitungen an. Nebenan im Vorzimmer sitzt ein zerlumpter Schreiber neben einer Kerze, und mit dem Rücken zum Zuschauer steht ein Mann.

DER VIZEKÖNIG:
Genug, Missena.
Der Morgen kommt und unser ganzes Forschen
Mit hin und her und noch einmal von vorn
Das Ganze durch ergab zu jeglicher Minute
Doch immer nur, was wir nicht wissen wollten
Und was, selbst wenn wir Monde rechneten
Doch stets herauskäm: völlige Zerrüttung
Des Staats. Zerfall.

MISSENA:
Sprecht das nicht aus!

DER VIZEKÖNIG:
Bankrott.
Da scheinen stärkere Hände nötig als die meinen.
Missena schweigt.

DER VIZEKÖNIG *mit einem Blick auf die Zeitungen*:
Vielleicht sind ihre Zahlen falsch?

MISSENA:
So falsch nicht.

DER VIZEKÖNIG:
Von Zeit zu Zeit les ich die Zeitung gern
Erfahr ich draus den Zustand meines Lands doch.

MISSENA:
Der Überfluß ist's, Herr, der uns verzehrt.
Denn unser Land Jahoo lebt durch Getreide
Und stirbt auch durch Getreide. Und jetzt stirbt's.
Und am Zuviel stirbt's. Denn in solchem Unmaß
Trug unser Acker Korn, daß den Beschenkten
Dieses Geschenk begrub. Der Preis sank so
Daß er die Fracht nicht aufwiegt. Das Getreide
Bringt nicht soviel ein, wie das Mähen kostet.
Gegen die Menschen wuchs das Korn herauf.
Der Überfluß erzeugte Not. Die Pächter
Verweigerten die Pacht. In seinem Grundgefüg
Wankte der Staat. Die Pachtherren kommen schreiend
Der Staat soll ihre Pacht eintreiben! Sie zeigen

Die Pachtverträge. Und im Süden des Lands
Sammeln die Pächter sich um eine Fahne
Auf der groß eine Sichel steht: das Zeichen
Des Bauernaufstands. Und der Staat zerfällt.

Der Vizekönig seufzt. Eine Saite ist in ihm zum Erklingen gebracht worden: er ist selber Gutsbesitzer.

DER VIZEKÖNIG:
Wenn wir die Bahnen noch verpfändeten?

MISSENA:
Sie sind's. Und zweimal.

DER VIZEKÖNIG:
Und die Zölle?

MISSENA:
Sind's auch.

DER VIZEKÖNIG:
Die Großen Fünf? Vielleicht gewähren die
Uns eine Anleih, die uns weiterhilft?
Besitzen sie allein. Die könnten's.
Über ein Drittel allen guten Lands

MISSENA:
Die könnten's.
Nur: sie verlangen, daß man erst den Aufruhr
Der Sichel bricht, der alle Pacht gefährdet.

DER VIZEKÖNIG:
Das wäre freilich gut.

MISSENA:
Die Großen Fünf
Sind gegen uns. Sie sind enttäuscht und wütend.
Wir sind ihnen zu lasch im Pachteintreiben.

DER VIZEKÖNIG:
Sie setzen kein Vertrauen mehr in mich.

MISSENA:
Nun, unter uns: Ihr selbst seid schließlich
Noch immer unser größter Pachtherr.

Das Wort ist gefallen.

DER VIZEKÖNIG *sich ereifernd*:
Ja!
Und ich könnt selbst mir nichts mehr anvertraun.
Als Pachtherr muß ich mir, dem Vizekönig
Heut sagen: Freund, dir keinen Peso mehr!

MISSENA:
Es gäb wohl eine Lösung, aber die
Ist blutig und gefährlich auch ...

DER VIZEKÖNIG:
Nicht das!
Sprich das nicht aus!

MISSENA:

Hier hört uns niemand. Krieg
Könnt neue Märkte schaffen für dies schreckliche
Zuviel an Korn und manche Fundgrub bringen
Für das, was wir entbehren.

DER VIZEKÖNIG *ist ein einziges, großes Kopfschütteln*:

Krieg geht nicht.
Der erste Tank, der uns durch Luma rollte
Möcht einen solchen Aufruhr uns erregen, daß...

MISSENA:
Der innre Feind ist's, der uns daran hindert
Den äußern uns zu langen. Welch ein Zustand!
Was einen Stahlhelm trägt, muß sich verkriechen
Als wär's Geschmeiß! Ein General kann schon
Bei Tage nicht mehr auf die Straße! So als
Wär er ein Mörder, wird er angesehn.
Gäb's diese Sichel nicht, wär alles anders.

DER VIZEKÖNIG:
Es gibt sie aber.

MISSENA:

Man kann sie zerbrechen.

DER VIZEKÖNIG:
Wer kann das, wer? Denn ich kann's nicht. Auch du
Fändst du da einen, der das könnt, ich schriebe
Dir gleich die Vollmacht aus für den.

MISSENA:

Ich wüßte
Wohl einen, der es könnt.

DER VIZEKÖNIG *stark*:

Den will ich nicht.
Dies ein für allemal, den will ich nicht.

Schweigen.

Du übertreibst die Wichtigkeit der Sichel!

MISSENA:
Ich fürcht, ich kränkte Euch. Vielleicht, Ihr wünscht
Allein zu sein. Vielleicht, Ihr kommt allein
Auf einen Einfall, der die Rettung bringt.

DER VIZEKÖNIG:
Auf morgen denn...

MISSENA *verabschiedet sich*:

Ich hoff, ich kränkt Euch nicht.

Zum Zuschauer:

Zeigt ihm den Teufel noch nicht sein Verstand
Dann mal ich ihm den Teufel an die Wand!

An der Tür bleibt er stehen. Mit einem Rotstift malt er plötzlich hastig etwas an die Wand.

Halt, was ist das?

DER VIZEKÖNIG:

Was gibt's

MISSENA:

Ach nichts.

DER VIZEKÖNIG:

Warum

Bist du erschrocken?

MISSENA:

Ich erschrocken?

DER VIZEKÖNIG:

Ja.

Du bist erschrocken.

Er steht auf.

MISSENA:

Kommt nicht hierher. Hier

Ist nichts.

Der Vizekönig geht auf ihn zu.

DER VIZEKÖNIG:

Tritt auf die Seite!

Er holt vom Tisch eine Lampe.

MISSENA:

Herr, ich weiß nicht

Wie dieses Zeichen hierher kommen konnte!

Der Vizekönig sieht erschüttert eine große Sichel an der Wand.

DER VIZEKÖNIG:

So weit ist's also schon. Selbst hier gibt's Hände ...

Pause.

Ich träte gern ins Dunkel einige Zeit
Um manches zu bedenken ...

Plötzlich:

Ich schreib eine Vollmacht.

MISSENA:

Das dürft Ihr nicht!

Pause.

Für wen?

DER VIZEKÖNIG:

So darf ich doch?

Schön. Also wem?

MISSENA:

s' müßt einer sein, der erst uns

Die Pächter duckt. Solang die Sichel steht

Gibt's keinen Krieg. Nun ist zwar diese Sichel
Der reine Abschaum, der nichts zahlen will.
Der kleine Kaufmann. Handwerker, Beamte
Mit einem Wort: der Durchschnitt meint jedoch
Daß uns der Pächter nichts mehr zahlen kann.
Man ist für den Besitz, doch zögert man
Dem blassen Hunger ins Gesicht zu treten.
Drum kann den Aufruhr dieser Pächter uns
Bekämpfen nur ein unverbrauchter Mann
Der nur auf den Bestand des Staats bedacht ist
Uneigennützig – wenigstens als so bekannt.
Es gibt nur einen . . .

DER VIZEKÖNIG *übellaunisch*:

Sag schon: Iberin.

MISSENA:

Der selbst dem Mittelstand entstammt, so weder
Pachtherr noch Pächter ist, nicht reich, doch auch
Nicht grade arm. Drum ist er einfach gegen
Den Kampf der armen und der reichen Klasse.
Reichen wie Armen wirft er Habsucht vor
Niedrigen Materialismus. Er verlangt
Gerechtigkeit und Strenge gegen Arme
Und gegen Reiche. Denn für ihn ist unser
Zusammenbruch ein seelischer.

DER VIZEKÖNIG:

So. Ein seelischer.

Und der da?

Er macht die Gebärde des Geldzählens.

MISSENA:

Kommt von jenem.

DER VIZEKÖNIG:

Schön. Und jener?

Woher kommt der? Was ist der Grund für den?

MISSENA:

Herr, dieser Grund ist eben unseres Iberins
Große Entdeckung!

DER VIZEKÖNIG:

Ei des Kolumbus?

MISSENA:

Ja!

Und zwar ist dieser Grund zweibeinig.

DER VIZEKÖNIG:

Wie?

MISSENA:

Zweibeinig. Dieser Iberin weiß: das Volk
Nicht sehr geübt in Abstraktion, durch Not

Auch ungeduldig, sucht die Schuld für solchen
Zusammenbruch als ein gewohntes Wesen
Mit Mund und Ohr und auf zwei Beinen laufend
Und auf der Straße jedermann begegnend.

Der Vizekönig:
Und einen solchen hat der Mann entdeckt?

Missena:
Hat er entdeckt.

Der Vizekönig:
Und wir sind's nicht?

Missena:
Durchaus nicht.
Er hat entdeckt: in diesem Land Jahoo
Gibt es zwei Völkerstämme, die's bewohnen
Die voneinander ganz verschieden sind
Auch äußerlich, durch ihre Schädelform:
Rund ist der einen Kopf und spitz der andern
Und jedem Kopf entspricht ein andrer Geist:
Dem platten platte Ehrlichkeit und Treue
Dem spitzen ein spitzfindig Wesen, auch
List und Berechnung, Neigung zu Betrug.
Den einen Stamm, den mit dem runden Kopf
Nennt Iberin Tschuch und sagt von ihm, er sei
Der Scholl Jahoos von Anbeginn verwachsen
Und guten Bluts.
Der andere, am spitzen Kopf erkennbar
Ist fremdes Element, hat sich ins Land gedrängt
Selbst ohne Heimat, und wird Tschich genannt.
Der tschichische Geist nun ist's, nach Iberin, der
An allem Unglück dieses Lands die Schuld trägt.
Dies, Herr, ist Iberins große Entdeckung.

Der Vizeköiig:
Sie ist sehr lustig. Doch was will er damit?

Missena:
Er setzt an Stell des Kampf von arm und reich
Den Kampf der Tschuchen gegen die Tschichen.

Der Vizekönig:
Hm.
Das ist nicht schlecht, wie?

Missena:
's ist Gerechtigkeit
Die er erstrebt, so gegen arm und reich.
Auch gegen die Reichen will er vorgehn, wenn
Da Übergriffe sind: die nennt er tschichisch.

Der Vizekönig:
Die nennt er tschichisch ... Was ist mit der Pacht?

MISSENA:
Von solchen Dingen spricht er nicht. Und wenn
Dann undeutlich. Doch er ist für Besitz.
Er spricht von «tschuchischer Freude am Besitz».
Der Vizekönig lächelt. Auch Missena lächelt.

DER VIZEKÖNIG:
Der Mann ist gut! Die Übergriffe – tschichisch
Die Griffe – tschuchisch. Wer steht hinter ihm?

MISSENA:
Hauptsächlich stehn die Mittelständler hinter ihm
Der kleine Kaufmann, Handwerker, Beamte
Die ärmeren Leute mit der höheren Bildung
Die Kleinrentner. Kurz: der verarmte Mittelstand.
Das sammelt er in seinem Iberinbund
Der übrigens ganz gut bewaffnet sein soll.
Wenn einer uns die Sichel zerbricht, ist's der.

DER VIZEKÖNIG:
Doch müßt das Heer ganz aus dem Spiel mir bleiben.
Stahlhelm und Tank sind nicht beliebt.

MISSENA:
Das Heer
Ist für Herrn Iberin nicht nötig.

DER VIZEKÖNIG:
Gut.
Ich schreib dir eine Vollmacht aus für ihn.
Die Nacht vergeht, der Himmel färbt sich schon.
's ist recht; ich will's mit ihm versuchen. Soll er
Sein bestes tun, der Mann. Du kannst ihn rufen.

MISSENA *klingelt*:
Der Mann ist hier. Seit sieben Stunden wartet
Er schon im Vorraum.

DER VIZEKÖNIG *doch noch getroffen*:
Freilich, ich vergaß:
Du bist sehr tüchtig. Halt! Die Großen Fünf!
Sind sie für ihn? Sonst ist es Essig mit ihm.

MISSENA:
Er wurd von einem hergebracht, der ihn
Auch heimlich finanziert.

DER VIZEKÖNIG *die Vollmacht unterschreibend, Hut auf, Mantel an, Stock im Arm*:
Ich aber will dann
Für einige Zeit dies alles abtun und
Nur ein paar Reiseschecks als Wegzehrung bei mir
Und ein paar Bücher, die ich lange gern
Einmal gelesen hätt, mich wegbegeben von hier
Auch ohne Ziel. Mich mischend ins Gewühl

Der buntbewegten Straßen, sehend des Lebens
Erstaunlich Schauspiel. So auf irgendeiner Treppe
Gelassen sitzend, werd ich dieses Mondes
Lautlosen Wechsel sehn.

MISSENA:

Das wird die Zeit sein, wo
Die Sichel Luma stürmt, wenn nicht...

mit großer Geste auf die Tür weisend

Herr Iberin!

Der wartende Mann im Vorzimmer hat sich, vom zerlumpten Schreiber aufmerksam gemacht, erhoben. In die Tür tretend, verneigt er sich tief.

2

Gasse der Altstadt

Aus dem Kaffeehaus der Frau Cornamontis hängen Mädchen eine große weiße Fahne heraus, auf der der Kopf des Iberin aufgedruckt ist. Unten steht Frau Cornamontis und dirigiert das Aufhängen. Bei ihr stehen ein Polizeiinspektor und ein Gerichtsschreiber, beide barfuß und zerlumpt. Ein Viktualienladen links ist durch Rolläden geschlossen. Vor dem Tabakladen steht der Tabakhändler Palmosa, die Zeitung lesend. In einem Fenster dieses Hauses sieht man einen Mann sich rasieren, es ist der Hausbesitzer Callamassi. Vor einem Viktualienladen rechts stehen eine dicke Frau und ein Soldat der Iberinmiliz mit weißer Binde und großem Strohhut, bis an die Zähne bewaffnet. Alle sehen dem Heraushängen der Fahne zu. Aus der Ferne hört man undeutlich den Marschtritt vorüberziehender Truppen sowie Zeitungsausrufer: «Kauft den Aufruf des neuen Statthalters!»

FRAU CORNAMONTIS: Schieb die Fahnenstange weiter heraus, daß sich der Wind im Tuch fangen kann. Und jetzt mehr der Seite zu!

Durch große Gesten gibt sie an, wie die Fahne hängen soll.

NANNA: Mal nach links, mal nach rechts, aber ganz wie Sie wollen!

DER INSPEKTOR: Frau Cornamontis, wie denken Sie als Geschäftsfrau über den neuen Kurs?

FRAU CORNAMONTIS: Meine Fahne wird eben herausgehängt, das sagt doch genug. Und verlassen Sie sich darauf, daß ich in meinem Haus kein tschichisches Mädchen mehr beschäftigen werde.

Sie setzt sich auf einen Strohstuhl vor ihrem Haus und liest wie alle andern die Zeitung.

DER HAUSBESITZER CALLAMASSI *der Mann, der sich im Fenster rasiert*: Der heutige Tag, der elfte September, geht in die Geschichte ein! *Er blickt auf seine Fahne.* Sie hat ein schönes Stück Geld gekostet.

DER TABAKHÄNDLER PALMOSA: Wird es nun Krieg geben? Mein Gabriele ist gerade zwanzig geworden.

DER IBERINSOLDAT: Wo denken Sie hin? Kein Mensch will Krieg. Herr Iberin ist ein Freund des Friedens, wie er ein Freund des Volkes ist. Bereits heute früh wurde alles, was zum Heer gehört, aus der Stadt gezogen. Herr Iberin verlangte das ausdrücklich. Sehen Sie irgendwo einen Stahlhelm? Die Straße wurde vollständig uns, den Iberinsoldaten, überlassen.

DER TABAKHÄNDLER PALMOSA: Ich lese auch eben in der Zeitung, Iberin, welcher ein großer Freund des Volkes sei, habe die Macht nur ergriffen, um der zunehmenden Bedrückung der ärmeren Schichten der Bevölkerung Einhalt zu gebieten.

DER IBERINSOLDAT: Ja, das ist die Wahrheit.

EINE DICKE FRAU *die Besitzerin des Viktualienladens rechts*: Dann muß er aber erst einmal dafür sorgen, daß in einer so kleinen Straße nicht zwei Lebensmittelgeschäfte nebeneinander liegen, wo kaum eines bestehen kann. Das Geschäft dort drüben ist meiner Meinung nach vollständig überflüssig.

DER SCHREIBER: Herr Inspektor, wenn die neue Regierung wieder keine Linderung für uns Beamte bringt, traue ich mich am nächsten Ersten nicht mehr nach Hause.

DER INSPEKTOR: Mein Gummiknüppel ist schon so brüchig, daß er an einem Spitzkopf zerschellen würde. Meine Signalpfeife, womit ich meine Leute herbeirufen muß, wenn ich in Bedrängnis bin, ist seit Monaten durchgerostet. *Er versucht zu pfeifen.* Hören Sie einen Ton?

DER SCHREIBER *schüttelt den Kopf*: Ich habe gestern aus dem Kübel eines Tünchers bei dem Neubau drüben Kalk entwenden müssen, um meinen Stehkragen zu weißen. Glauben Sie wirklich, Herr Inspektor, daß wir am Ersten unsere Gehälter bekommen?

DER INSPEKTOR: Das glaube ich so bestimmt, daß ich mir daraufhin heute morgen eine Zigarre genehmigen werde bei Herrn Palmosa.

Beide gehen in den Tabakladen hinein.

DER HAUSBESITZER CALLAMASSI *zeigt auf den Inspektor und den Schreiber*: Das größte Glück wird sein, wenn jetzt endlich die Beamten abgebaut werden. Es gibt zu viele und sie werden zu hoch bezahlt.

FRAU CORNAMONTIS: Das müssen Sie Ihrem Mieter sagen, daß Sie seine letzten Kunden abbauen wollen!

DER IBERINSOLDAT: Was sagen Sie zu meinen neuen Stiefeln? Solche bekommt jetzt jeder! *Liest dem Hausbesitzer und der dicken Frau vor:* «Schon die Art, wie Iberin die Macht ergriff, zeigt den ganzen Mann: Mitten in der Nacht, als im Regierungsgebäude alles schläft, dringt er mit einer Handvoll todesmutiger Männer dort ein und verlangt mit vorgehaltener Pistole den Vizekönig zu sprechen. Er soll ihn nach kurzem Wortwechsel einfach abgesetzt haben. Der Vizekönig soll schon auf der Flucht sein.»

DIE DICKE FRAU: Dann ist es aber doch mehr als merkwürdig, daß es in dieser Straße, wo alle Häuser geflaggt haben, ein Haus gibt, wo man es nicht für der Mühe wert hält zu flaggen.

Sie zeigt auf den Viktualienladen gegenüber.

DER IBERINSOLDAT *erstaunt*: Tatsächlich, er flaggt nicht.

Er sieht alle der Reihe nach an. Alle schütteln den Kopf.

DER IBERINSOLDAT: Da kann man vielleicht nachhelfen, wie?

DIE DICKE FRAU: Der Mann hat es ja auch nicht nötig! Er ist ja auch ein Tschiche!

DER IBERINSOLDAT: Dann ist es aber wirklich der Gipfel der Frechheit. Also, Frau Tomaso, dem Schweinekerl werden wir beibringen, wie man den Regierungsantritt Iberins feiert. Da sind schon meine Kollegen. Das sind die Huas, die gefürchtete Hutabschlägerstaffel des blutigen Zazarante, Lagerkommandanten von Heilig Kreuz. Keine Furcht! Sie schauen unter die Hüte, aber wenn sie da keinen Spitzkopf entdecken, sind es die besten Menschen.

Man hört schreien: «Hut ab! Kopfkontrolle!» Hinten in der Straße tauchen die drei Hutabschläger – die «Huas» – auf. Sie hauen einem Passanten den Hut vom Kopf.

ERSTER HUA: Mein Herr, der Hut ist Ihnen heruntergefallen.

ZWEITER HUA: Starker Wind heute, was?

DER PASSANT: Entschuldigen Sie!

DIE DREI HUAS: Keine Ursache!

DIE DICKE FRAU: Meine Herren! Herr Kopfkontrollör! Wenn Sie einen echten Spitzkopf, aber schon einen ganz spitzigen, sehen wollen, dann klopfen Sie mal bei dem Viktualienladen dort drüben an!

DER IBERINSOLDAT *meldet*: Tschichischer Viktualienhändler. Zeigt seine Mißachtung der Iberinregierung durch demonstratives Nichtflaggen.

Aus dem Viktualienladen tritt bleich ein Spitzkopf mit einer Leiter und einer Fahne. Alle sehen ihn an.

ERSTER HUA: Ich traue meinen Augen nicht. Er flaggt!

ZWEITER HUA: Die Iberinflagge in den schmierigen Pfoten eines Vollbluttschichen!

Der Hua sieht alle der Reihe nach an. Sie schütteln den Kopf.

DER IBERINSOLDAT: Das ist der Gipfel der Frechheit!

Die drei gehen auf den Spitzkopf zu.

DRITTER HUA: Sautschich! Du gehst sofort hinein und holst deinen Hut! Meinst du, wir wollen deinen Spitzkopf sehen?

DIE DICKE FRAU: Der Tschich glaubt wohl, der Iberin ist für die Tschichen! Wenn der eine Fahne heraushängt, so will er doch damit sagen, daß er sich freut, daß der Iberin an die Regierung gekommen ist. Das bedeutet doch ganz sonnenklar, daß er die Regierung beleidigt, indem er sagt, daß sie für die Tschichen ist.

Der Spitzkopf wendet sich, seinen Hut zu holen.

ERSTER HUA *auf ihn deutend*: Fluchtversuch!

Sie schlagen auf ihn ein und schleppen ihn weg.

ERSTER HUA: Widerstand leistet er auch noch. Ich hau ihm ins Auge, und er hebt den Arm. Das muß ich doch als Absicht zur Widersetzlichkeit auffassen!

ZWEITER HUA *während er immerfort auf den Spitzkopf einprügelt*: Der kommt in den Schutzkamp. Da schützen wir solche Elemente vor unserer gerechten Empörung.

DIE DICKE FRAU: Heil Iberin!

Der dritte Hua hängt an dem Viktualienladen links ein Plakat «Tschichisches Geschäft» auf.

DRITTER HUA *zu der dicken Frau, während er ein Plakat aus der Tasche zieht*: Liebe Frau und Volksgenossin, Sie sehen, daß man in diesen Zeiten gut tut, es schwarz auf weiß zu haben, wo man rassenmäßig steht. Das Plakat kostet dreißig Pesos. Aber das Geld verzinst sich mit dreihundert Prozent, das kann ich Ihnen versichern!

DIE DICKE FRAU: Geht es nicht für zehn? Ich verkaufe doch nichts.

DER IBERINSOLDAT *drohend*: Es gibt auch Leute, die den Spitzkopf im Herzen haben!

DIE DICKE FRAU: Geben Sie her! *Sie zahlt aufgeregt.* Können Sie auf fünfzig herausgeben?

Sie hängt das Plakat «Tschuchisches Geschäft» auf.

DRITTER HUA: Jawohl. Zwanzig Pesos zurück. Treu im Kleinen.

Aber er geht weg, ohne zurückzugeben.

DIE DICKE FRAU: Er hat überhaupt nicht herausgegeben! *Der Iberinsoldat sieht sie drohend an.* Wenigstens mußte der Tschiche dort drüben heraus! Vor zwei Wochen hat er noch gesagt, der Iberin werde das Kraut auch nicht fett machen.

FRAU CORNAMONTIS: Das ist ein echt tschichischer Standpunkt! Eine Nation wacht auf, und er redet von Krautfettmachen.

DER IBERINSOLDAT: Der Tschiche ist eben von niedrigem Materialismus beherrscht. Nur nach seinem Vorteil strebend, verleugnet er sein Vaterland, in das er überhaupt nicht hineingehört. Der Tschiche kennt keinen Vater und keine Mutter. Das kommt vielleicht daher, daß er keinen Humor hat. Sie haben es eben gesehen. Da der Tschiche von krankhafter Sinnlichkeit besessen ist, ist er andrerseits ganz hemmungslos. Dabei steht ihm nur sein Geiz im Wege, eben der tschichische Materialismus, Sie verstehen.

DER TABAKHÄNDLER PALMOSA *ruft in den ersten Stock hinauf zu dem Mann, der sich im Fenster rasiert, dem Hauswirt Callamassi*: Mit dem Materialismus ist es jetzt aus! Herr Callamassi, Sie sind sich wohl darüber klar, daß es mit dem Zahlen von Ladenmieten jetzt vorbei sein muß?

DER IBERINSOLDAT: Sehr richtig!

DER HAUSBESITZER CALLAMASSI: Im Gegenteil, mein Lieber! Die Ladenmieten werden in Zukunft pfändbar sein. Hören Sie den Marschschritt der Bataillone? Das sind die Kampfstaffeln des Iberinbundes. Sie marschieren, um die aufständischen Pächter, die ihre Pachten nicht zahlen wollen, niederzuwerfen! Überlegen Sie sich das, Herr Palmosa, der Sie Ihre Ladenmiete nicht bezahlen wollen!

Der Iberinsoldat: So ist es.

Der Tabakhändler Palmosa: Sie haben wohl vergessen, Herr Callamassi, daß mit diesen Truppen mein Sohn marschiert! *Zu der dicken Frau:* Ich sagte zu ihm heute morgen, als er sich von mir verabschiedete, um nach dem Süden zu marschieren: Mein Sohn, bring mir eine erbeutete Sichelfahne und ich werde dir das Rauchen erlauben! Die Bankiers, heißt es, werden die Schulden der bis gestern noch ruinierten Handwerker und Ladeninhaber übernehmen und neue Kredite bewilligen, besonders an die schlechtgehenden Unternehmungen.

Der Iberinsoldat: Hoch Iberin!

Die dicke Frau *zu ihrer Hausbesitzerin, Frau Cornamontis*: Haben Sie gehört, die Mieten sollen jetzt gesenkt werden!

Der Iberinsoldat: Ja, das ist richtig.

Frau Cornamontis: Nein, meine Liebe, ich habe gehört, sie sollen erhöht werden.

Der Iberinsoldat: Ja, das stimmt auch.

Die dicke Frau: Das kann nicht stimmen. Höchstens die der Tschichen. Ich jedenfalls zahle Ihnen so bald keine Miete mehr.

Frau Cornamontis: Sehr bald, Frau Tomaso, sehr bald! Und zwar eine höhere! *Zu dem Iberinsoldaten:* Diese einfachen Leute haben von Politik keine Ahnung.

Die dicke Frau: Noch höhere Mieten?

Der Iberinsoldat *unterbrechend*: Für heute sollen noch große Tschichenverfolgungen angesetzt sein. *Liest aus der Zeitung vor:* «Iberin sagt ausdrücklich, das einzige Ziel ist: Ausrottung der Spitzköpfe, wo immer sie nisten!»

Der Marschtritt der Truppen hinten wird stärker. Man hört Singen.

Der Iberinsoldat: Achtung! Iberin-Choral! Alles mitsingen! Spontan!

Alle singen, dirigiert vom Iberinsoldaten.

HYMNE DES ERWACHENDEN JAHOO

1

Bitte den Iberin, daß er die Mieten uns senke!
Und sie zugleich
Auch noch erhöh in sein'm Reich
So auch des Hauswirts gedenke!

2

Mög er dem Landvolk den höheren Brotpreis bewilligen!
Aber zugleich
Mög er uns Städtern im Reich
Doch auch das Brot recht verbilligen!

3

Mög er dem Kleinhandel helfen aus drückenden Schulden!
Aber zugleich
Mög er für die, so nicht reich
Doch auch das Warenhaus dulden!

4

Lobet den Führer, den jeder durch Mark und durch Bein spürt!
Dort ist der Sumpf
Und hier erwarten wir dumpf
Daß uns ein Führer hineinführt!

Frau Cornamontis *zum Iberinsoldaten*: Kommen Sie unsere ruhmreichen Kämpfer ansehen, welche dieses Holzschuhvolk mit seiner Sichel ausrotten werden!

Sie und der Iberinsoldat ab.

Die dicke Frau und der Tabakhändler Palmosa *gleichzeitig*: Ich kann doch das Geschäft nicht im Stich lassen; gesetzt, da kommt ein Kunde.

Sie kehren in ihre Läden zurück.

Nanna Callas *kommt mit einem Brief in der Hand aus dem Kaffeehaus der Frau Cornamontis*: Eben ging der Herr de Guzman die Straße hinunter. Er macht seinen Spaziergang vor dem Essen und muß sofort zurückkommen. Ich muß mit ihm sprechen. Meine Mutter schreibt mir, daß mein Vater, der Pächter, weil er die Pacht wieder nicht bezahlen kann, auf unrechte Wege gerät. Er hat sich schon dem Bund der Sichelfahne angeschlossen, der einen gewaltsamen Aufstand aller Bauern plant. Da will ich lieber bei Herrn de Guzman um Pachterlaß nachsuchen! Hoffentlich empfindet er für mich noch genug, um meiner Bitte Gehör zu schenken. Es sind jetzt fast drei Jahre her, daß ich ihm näher stand. Er war mein erster Liebhaber und eigentlich der Anlaß, daß ich, eine einfache Pächterstochter, in das gutgehende Haus der Frau Cornamontis kam. Meine Familie hatte damals so manchen Vorteil von ihm. Daß ich ihn jetzt wieder um etwas bitten soll, ist mir nicht angenehm. Aber so etwas geht ja schnell vorüber. *Sie singt*:

NANNAS LIED

1

Meine Herren, mit siebzehn Jahren
Kam ich auf den Liebesmarkt
Und ich habe viel erfahren.
Böses gab es viel

Doch das war ein Spiel.
Aber manches hab ich doch verargt.
(Schließlich bin ich ja auch ein Mensch.)
Gott sei Dank geht alles schnell vorüber
Auch die Liebe und der Kummer sogar.
Wo sind die Tränen von gestern abend?
Wo ist der Schnee vom vergangenen Jahr?

2

Freilich geht man mit den Jahren
Leichter auf den Liebesmarkt
Und umarmt sie dort in Scharen.
Aber das Gefühl
Wird erstaunlich kühl
Wenn man damit allzuwenig kargt.
(Schließlich geht ja jeder Vorrat zu Ende.)
Gott sei Dank geht alles schnell vorüber
Auch die Liebe und der Kummer sogar.
Wo sind die Tränen von gestern abend?
Wo ist der Schnee vom vergangenen Jahr?

3

Und auch wenn man gut das Handeln
Lernte auf der Liebesmess':
Lust in Kleingeld zu verwandeln
Wird doch niemals leicht.
Nun, es wird erreicht.
Doch man wird auch älter unterdes.
(Schließlich bleibt man ja nicht immer siebzehn.)
Gott sei Dank geht alles schnell vorüber
Auch die Liebe und der Kummer sogar.
Wo sind die Tränen von gestern abend?
Wo ist der Schnee vom vergangenen Jahr?

NANNA: Da kommt er. Leider sind drei Herren bei ihm, unter ihnen der reiche Herr Peruiner. Ich kann ihn kaum ansprechen.

Sie winkt Herrn de Guzman, der auf sie zutritt. Seine drei Freunde bleiben wartend stehen.

HERR DE GUZMAN: Guten Tag, Nanna.

NANNA: Ich muß Ihnen etwas sagen. Treten Sie hier in den Hauseingang. *Es geschieht.* Mein Vater schreibt mir, daß er die Pacht wieder nicht zahlen kann.

HERR DE GUZMAN: Leider ist es diesmal nötig. Meine Schwester tritt in das Kloster San Barabas ein und braucht ihre Mitgift.

NANNA: Sie werden doch nicht wollen, daß deswegen meine Eltern hungern.

HERR DE GUZMAN: Liebe Nanna, meine Schwester ist im Begriffe, sich bei den Bedürftigen Schwestern von San Barabas einem jungfräulichen Leben zu weihen. Das sollten auch Sie achten. Denn wenn es auch nicht nötig ist, daß alle Mädchen keusch leben, so ist es doch nötig, daß sie hoch davon denken.

NANNA: Wenn ihr dem jungen Ding einen Liebhaber und nicht einen Titelhalter zum Mann geben würdet, dächte sie nicht daran, ins Kloster zu gehen. Aber ihr verheiratet ja nicht Menschen, sondern Landgüter.

HERR DE GUZMAN: Du hast dich sehr zum Schlechteren verändert, Nanna; ich erkenne dich nicht wieder.

NANNA: Dann hat es wohl auch keinen Wert, Ihnen zu sagen, daß meine Leute schon darum keine Pacht mehr zahlen können, weil sie unbedingt endlich einen Gaul brauchen, da das Dorf zu weit von der Bahnstation entfernt liegt.

HERR DE GUZMAN: Sie können sich einen Gaul vom Gutshof ausleihen.

NANNA: Aber dann kostet er Geld.

HERR DE GUZMAN: So ist es auf der Welt, mich kostet mein Gaul auch Geld.

NANNA: Du liebst mich also gar nicht mehr, Emanuele!

HERR DE GUZMAN: Das hat mit uns beiden nichts zu tun. Ich werde dich heute nachmittag besuchen. Dann wirst du schon sehen, daß meine Gefühle für dich unverändert sind.

NANNA: Bleiben Sie noch einen Augenblick hier. Es kommen Leute, die Sie als Tschichen belästigen könnten.

Die drei Huas kommen wieder die Straße herunter.

ERSTER HUA: Immer ist man, wohin man auch trat, auf einen Tschichen getreten. Jetzt auf einmal ist weit und breit keiner mehr zu sehen.

ZWEITER HUA: Nur die Hoffnung nicht sinken lassen!

NANNA: Wenn ich es mir richtig bedenke, Emanuele, so hast du mich immer wie ein Handtuch benützt. Du könntest dir ruhig einen Stoß geben und bezahlen, was du an mir verübt hast!

HERR DE GUZMAN: Um Gottes willen, sei still!

NANNA: Du willst also nicht bezahlen?

DRITTER HUA: Ich höre etwas.

NANNA: Wenn ich mich jetzt an diese Herren wenden würde, würden sie mir sicher recht geben. Es ist nicht Unbilliges, was ich fordere.

ERSTER HUA: Da spricht doch jemand?

NANNA *laut*: Meine Herren, sagen Sie selbst, kann ein armes Mädchen erwarten, daß der Mann, der sie auf die schiefe Bahn gebracht hat, sich erkenntlich zeigt? Oder kann sie das nicht?

HERR DE GUZMAN: Ich muß mich über dich wundern, Nanna!

NANNA: Das hätten Sie nicht nötig gehabt.

Die drei Huas treten heran.

ERSTER HUA: Das ist ein feiner Herr, schaut mal her, was der für eine Schale anhat!

ZWEITER HUA: Ihr Hut gefällt mir, Herr, so einen möcht ich auch kaufen. Zeigen Sie mir den mal *innen*, damit ich die Firma sehen kann.

Er schlägt ihm den Hut ab und zeigt auf de Guzmans Spitzkopf. Die drei Huas erheben ein tierisches Gebrüll.

DIE DREI HUAS: Ein Tschich!

ERSTER HUA: Haut ihn auf seinen Spitzkopf! Obacht, daß er nicht wegläuft!

DER REICHE HERR SAZ: Wir müssen eingreifen, unser Freund de Guzman hat Schwierigkeiten.

DER REICHE HERR PERUINER *hält ihn zurück*: Erregen Sie kein Aufsehen! Ich bin selber Tschiche!

Die drei reichen Pachtherren gehen eilig weg.

DRITTER HUA: War's mir doch gleich, als ob's hier nach einem Tschichen gerochen hätte.

ZWEITER HUA: Ein Tschich! Der muß vors Gericht!

Zwei Huas schleifen Herrn de Guzman weg. Der dritte bleibt bei Nanna stehen.

DRITTER HUA: Sagten Sie nicht etwas von Geld, das er Ihnen schuldet, Fräulein?

NANNA *mürrisch*: Ja, er will nicht bezahlen.

DRITTER HUA: So sind diese Tschichen!

Der dritte Hua ab. Nanna geht langsam in das Kaffeehaus der Frau Cornamontis. Auf den Lärm hin ist wieder der Hauswirt Callamassi im Fenster und die dicke Frau in der Ladentür aufgetaucht. Auch der Tabakhändler ist wieder unter die Tür getreten.

DER HAUSBESITZER CALLAMASSI: Was ist denn los?

DIE DICKE FRAU: Sie haben eben einen offenbar sehr wohlhabenden tschichischen Herrn erwischt, wie er eine der Kellnerinnen der Frau Cornamontis angesprochen hat.

DER TABAKHÄNDLER PALMOSA: Ja, ist denn das jetzt verboten?

DIE DICKE FRAU: Sie sagten, es sei ein tschuchisches Mädchen. Der Herr soll einer der Großen Fünf sein.

DER HAUSBESITZER CALLAMASSI: Was Sie nicht sagen!

DER TABAKHÄNDLER PALMOSA *in seinen Laden zurückkehrend*: Herr Inspektor! Hier ist einer der Großen Fünf überfallen und weggeschleppt worden!

DER INSPEKTOR *mit dem Schreiber weggehend*: Das geht uns von der Polizei nichts an.

DIE DICKE FRAU: Jetzt geht es den Reichen an den Kragen!

DER HAUSBESITZER CALLAMASSI: Meinen Sie?

DER TABAKHÄNDLER PALMOSA: Die Pachtherren werden nichts zu lachen haben!

Der Hausbesitzer Callamassi: Aber gegen die Pächter, die die Pacht nicht zahlen wollen, geht es auch!

Der Tabakhändler Palmosa: In der Zeitung steht heute morgen: jetzt beginnt eine neue Zeit!

ZWISCHENSPIEL

Auf einem großen Karton ist die Gasse der Altstadt aufgemalt. Die Iberinsoldaten kommen gelaufen mit Töpfen und Bottichen voll Tünche. Mit lang- und kurzstieligen Bürsten streichen sie die Sprünge und Risse der Häuser mit weißer Tünche zu.

DAS LIED VON DER TÜNCHE

Ist wo etwas faul und rieselt's im Gemäuer
Dann ist's nötig, daß man etwas tut
Und die Fäulnis wächst ganz ungeheuer.
Wenn das einer sieht, das ist nicht gut.
Da ist Tünche nötig, frische Tünche nötig!
Wenn der Saustall einfällt, ist's zu spät!
Gebt uns Tünche, dann sind wir erbötig
Alles so zu machen, daß es noch mal geht.
Da ist schon wieder ein neuer
Häßlicher Fleck am Gemäuer!
Das ist nicht gut. (Gar nicht gut.)
Da sind neue Risse!
Lauter Hindernisse!
Da ist's nötig, daß man noch mehr tut!
Wenn's doch endlich aufwärtsginge!
Diese fürchterlichen Sprünge
Sind nicht gut! (Gar nicht gut.)
Drum ist Tünche nötig! Viele Tünche nötig!
Wenn der Saustall einfällt, ist's zu spät!
Gebt uns Tünche, und wir sind erbötig
Alles so zu machen, daß es noch mal geht.
Hier ist Tünche! Macht doch kein Geschrei!
Hier steht Tünche Tag und Nacht bereit.
Hier ist Tünche, da wird alles neu
Und dann habt ihr eure neue Zeit!

3

KOMMST DU MIT FISCHEN?
FRAGTE DER FISCHER DEN WURM.

An einem dörflichen Ziehbrunnen

Der rundköpfige Pächter Callas, seine Frau und seine Kinder und der spitzköpfige Pächter Lopez, seine Frau und seine Kinder bei der Bewässerungsarbeit.

DIE PÄCHTER CALLAS UND LOPEZ:

Wir schuften mit dem Schaum vorm Maul.
Weil der Pachtherr uns keine Gäule gibt
Ist jeder von uns sein eigener Gaul.

FRAU LOPEZ: Horcht, jetzt gehen sie auch von unserem Dorf zur Sichel.

Man hört das Klappern vieler Holzschuhe. Ein rundköpfiger Pächter tritt auf mit zwei Gewehren unterm Arm.

DER DRITTE PÄCHTER: In der furchtbaren Lage, in der wir uns alle befinden, seit die Kornpreise so gefallen sind, haben wir Pächter Jahoos, alles, was in Holzschuhen läuft, uns in heimlichen und in letzter Zeit offenen Versammlungen zusammengetan und beschlossen, zu den Waffen zu greifen und lieber unter der Sichelfahne zu kämpfen, als die Pacht weiterzuzahlen. Es ist Zeit, Callas und Lopez, hier sind die Gewehre.

Er gibt ihnen die Gewehre und geht ab.

DER PÄCHTER LOPEZ: Du wolltest noch warten, Callas, ob nicht eine günstige Nachricht für dich aus der Stadt von deiner Tochter eintreffen würde.

DER PÄCHTER CALLAS: Die Hilfe ist nicht eingetroffen und ich bin einverstanden, mit euch zu kämpfen.

DER PÄCHTER LOPEZ: Gib mir die Hand, Callas, ihr, gebt euch die Hand, auch die Kinder! Es ist heute der elfte September, ein Tag, den ihr euch merken müßt, denn an ihm greifen die Pächter zu den Waffen, um für alle Zeiten die Unterdrückung der Pachtherren abzuschütteln oder zu sterben.

Sie geben sich alle die Hand und singen das Sichellied.

SICHELLIED

Bauer, steh auf!
Nimm deinen Lauf.
Laß es dich nicht verdrießen
Du wirst doch sterben müssen.
Niemand kann Hilf dir geben
Mußt selber dich erheben.
Nimm deinen Lauf.
Bauer, steh auf!

ALLE: Immer für die Sichel!

In diesem Augenblick beginnen die Glocken zu läuten.

FRAU LOPEZ: Horcht! Was sind das für Glocken?

FRAU CALLAS *schreit nach hinten*: Was ist los, Paolo?

STIMME VON HINTEN: Soeben kommt die Nachricht aus der Stadt, daß eine volksfreundliche Regierung das Ruder ergriffen hat.

FRAU CALLAS: Ich will hingehen und Genaueres in Erfahrung bringen.

Sie geht weg. Die andern warten. Man hört vom Radio den «Aufruf des neuen Statthalters an die Landbevölkerung».

STIMME DES IBERIN:

Tschuchisches Volk! Befallen ist seit langem
Dies Land Jahoo, ob arm, ob reich, von fremdem
Niedrigem Geist, der's zu vernichten droht:
Dem Geist der Habsucht und des Bruderzwists.
Tschuchisches Volk, das du im Elend lebst!
Bedrückt und ausgesaugt! Wer saugt dich aus?
Und wer bedrückt dich? Unter dir geht um
Ein schlimmer Feind, den du nicht kennst: der Tschiche!
An allem Elend dieses Landes trägt er
Allein die Schuld. Ihn mußt du drum bekämpfen.
Wie aber kennst du ihn heraus? Am Kopf!
Am spitzen Kopf erkennst du ihn! Der Spitzkopf
Ist's, der dich aussaugt! Und drum habe ich
Angelo Iberin, mich jetzt entschlossen, das Volk
Neu einzuteilen in Rund- und Spitzkopf und
Was tschuchisch ist, zu sammeln gegen alles
Was tschichisch ist! Und unter Tschuchen gibt's
Von heut an nicht mehr Zwist noch Habsucht! Tschuchen!
Eint unter Iberins weißer Fahne euch
Jetzt gegen euren Feind, den tschichischen Spitzkopf!

Während dieses Aufrufs haben die Anwesenden mehr oder minder offen an ihre Köpfe gelangt. Die rundköpfigen Kinder zeigen einander grinsend die Spitzköpfe.

DER PÄCHTER LOPEZ: Das sind wieder nur Worte! Sie erfinden alle naselang etwas anderes. Ich will wissen, ob gegen die Pachtherren vorgegangen wird, sonst gar nichts.

DER PÄCHTER CALLAS: Das stimmt.

Frau Callas ist zurückgekehrt. Sie sieht die Lopez nicht an und gruppiert ihre Kinder enger um sich.

DER PÄCHTER LOPEZ: Gute Nachrichten, Frau Callas?

FRAU CALLAS: Unser Pachtherr Herr de Guzman ist verhaftet!

DER PÄCHTER LOPEZ: Warum?

DER PÄCHTER CALLAS: Lopez, ich glaube, wir brauchen nicht nach dem Warum zu fragen, weil das klar ist. Der Grund ist Pachtwucher.

FRAU LOPEZ: Frau Callas, dann sind wir gerettet.

Der Pächter Callas: Das klingt schon besser, wie, Lopez? Die Zeiten des Elends, Kinder, haben ein Ende!

Er stellt sein Gewehr an den Ziehbrunnen.

Frau Lopez: Das ist ein großer Tag!

Frau Callas: Freuen Sie sich nicht zu sehr, Frau Lopez! Leider sind die Nachrichten für Sie nicht so gut. Angelo Iberin ist ans Ruder gekommen, und ihr seid Tschichen! In der Hauptstadt sollen schon große Tschichenverfolgungen im Gange sein. Auch Herr de Guzman ist verhaftet worden, weil er Tschiche ist.

Der Pächter Lopez: Das sind schlechte Nachrichten und ein großes Unglück.

Der Pächter Callas: Ich finde nicht, daß es ein Unglück ist. Jedenfalls nicht für alle. Für uns ist es kein Unglück.

Frau Callas: Nur für Sie!

Der Pächter Callas: Für uns, die wir Tschuchen sind, ist diese Nachricht sogar sehr gut.

Frau Callas: In dieser Minute bewegt uns eine Hoffnung, die Sie, Herr Lopez, nicht verstehen können. Sie sind vielleicht eine andere Art Mensch, ich sage nicht, eine schlechtere.

Der Pächter Lopez: Bisher war dir mein Kopf nicht zu spitz, Callas.

Callas schweigt. Die beiden Familien haben sich getrennt, auf der einen Seite stehen die Spitzköpfe, auf der anderen die Rundköpfe.

Der Pächter Lopez: Unsere Abgaben waren gleich. Noch vor fünf Minuten wolltest du mit uns unter der Sichelfahne kämpfen, welche den Pachtzins abschaffen wird, was doch nur mit Gewalt geht. Nimm du das Gewehr, Frau.

Frau Lopez nimmt zögernd das Gewehr an sich.

Der Pächter Callas: Die Aussicht ist zu gering! Wenn es ginge, wäre es das Beste. Aber es geht nicht.

Der Pächter Lopez: Warum davon reden, daß die Aussicht gering ist, wenn es die einzige ist, die es für uns gibt?

Der Pächter Callas: Vielleicht ist sie für mich nicht die einzige?

Frau Callas: Wir rechnen natürlich jetzt damit, daß die Pacht für uns wegfällt.

Der Pächter Lopez: Ich verstehe, was die kleinste Aussicht für dich bedeutet. Aber du wirst dich täuschen. Niemals habe ich gehört, daß von diesen Leuten jemand etwas herschenkt um der Form eines Kopfes willen.

Der Pächter Callas: Genug, Lopez, ich habe keinen Grund, an dieser Regierung zu zweifeln. Sie ist erst fünf Stunden im Amt und mein Pachtherr ist schon verhaftet.

Frau Callas: Ich habe auch im Dorf sagen hören, man solle jetzt nicht mehr zur Sichel gehen.

Fünf Pächter, darunter der Pächter Parr, kommen aufgeregt. Es sind alles Rundköpfe. Einer trägt eine Fahne mit dem Sichelzeichen, alle tragen Gewehre.

Der Pächter Parr: Was macht ihr? Wir wollten heute abend alle zur Sichel, wie es ausgemacht ist. Aber jetzt ist dieser Aufruf und die Nachricht über Verhaftungen von Pachtherren gekommen. Sollen wir jetzt noch kämpfen?

Der Pächter Callas: Ich gehe in die Stadt Luma und melde mich bei dem Iberin. Wenn er mir Ackergäule verschafft und die Pacht erläßt, brauche ich nicht mehr zu kämpfen. Der de Guzman ist ein Tschiche und muß das Maul halten.

Erster Pächter: Ja, euer Pachtherr ist ein Tschiche, aber unserer ist ein Rundkopf!

Der Pächter Parr: Aber vielleicht kann auch der unsrige uns die Pacht erlassen, wenn die Tschichen weg sind. Er hat Schulden bei einer tschichischen Bank, die ihm wohl jetzt erlassen werden.

Der Pächter Lopez: Sie werden ihm vielleicht erlassen werden. Aber er wird die Pacht doch einfordern.

Dritter Pächter: Hinter dem Iberin stecken doch nur die Pachtherren.

Der Pächter Parr: Das soll nicht wahr sein. Ich habe gehört, er lebt ganz einfach, trinkt nicht, raucht nicht und ist selber Sohn eines Pächters. Er ist uneigennützig, das steht in der Zeitung. Er sagt auch, das Parlament kann nichts, und das ist die Wahrheit.

Erster Pächter: Ja, das ist die Wahrheit.

Stille.

Dritter Pächter: Also sollen die Pächter jetzt nicht mehr gegen die Pachtherren vorgehen?

Der Pächter Parr: Doch: die tschuchischen Pächter gegen die tschichischen Pachtherren.

Der Pächter Lopez: Und die tschichischen Pächter, sollen die auch gegen die tschuchischen Pachtherren vorgehen?

Der Pächter Parr: Tschichische Pächter gibt es wenige. Der Tschich arbeitet ungern.

Fünfter Pächter: Aber tschuchische Pachtherren gibt es viele.

Der Pächter Parr: Das ist diese Zwietracht: Tschuchen gegen Tschuchen, die aufhören muß.

Der Pächter Lopez: Daß der Regen durch unsere Dächer läuft, muß auch aufhören.

Der Pächter Callas: Unser Tschich ist auch schon verhaftet.

Vierter Pächter: Aber durch mein Dach regnet es auch, und mein Pachtherr ist ein Tschuch.

Dritter Pächter: Das ist alles Schwindel! Ich will jetzt wissen: wird euer Iberin die Pachtherren zum Teufel jagen, und zwar alle?

Der Pächter Parr: Er wird die tschichischen zum Teufel jagen und die tschuchischen zwingen, den Pflock etwas zurückzustecken.

Dritter Pächter: Das hilft nichts: Tschuch oder Tschich, Pachtherr ist Pachtherr! Sie müssen zum Teufel gejagt werden. Ich geh zur Sichel. Ich traue keinem mehr, als mir selber. Wer aus seinem Elend heraus will, der kommt mit zur Sichel. Es ist ein Schwindel mit diesem Iberin.

Zum Publikum:

Pachtherr und Pächter sollen einig sein
Weil ihre Köpfe rund sind und nicht spitz!
Ich zahl die Pacht und jener steckt sie ein!
Und beide sind wir einig! 's ist ein Witz!
Was soll das, daß wir beide tschuchisch sind?
Dann soll er mich nur von der Pacht befrein!
Sonst trennt uns eben Hunger, Frost und Wind.
Das teilt uns mächtig in zwei Teile ein!

DER PÄCHTER CALLAS: Denkt, wie ihr wollt: ich werde es mit dem Iberin versuchen!

DIE PÄCHTER:

Her zu uns, Lopez!
Rund- oder Spitzkopf, das ist für uns gleich!
Bei uns gilt immer nur: arm oder reich!

Sie reichen ihm die Hand und gehen weg.

FRAU LOPEZ: Ich glaube, es ist besser, wenn wir jetzt auch heimgehen.

FRAU CALLAS: Nein, das werden Sie nicht können, Frau Lopez. Als ich vorhin am Dorfteich vorüberkam, hörte ich ein paar Leute sagen, daß man mit Ihnen abrechnen müsse. Und als ich in die Richtung Ihres Hauses sah, sah ich einen roten Schein.

FRAU LOPEZ: O Gott!

DER PÄCHTER LOPEZ: Ich bitte dich, meine Familie bei dir zu verstecken, Callas, bis die erste Zeit der Verfolgungen vorüber ist.

Schweigen.

DER PÄCHTER CALLAS: Es wäre mir lieber, wenn ihr diese Nacht und die nächste Zeit nicht unter meinem Dach zu finden wäret...

DER PÄCHTER LOPEZ: Könntest du wirklich nicht meine Kinder wenigstens für diese ersten Tage bei dir verstecken?

DER PÄCHTER CALLAS: Vielleicht könnte ich es. Aber da du einer von der Sichel bist, ist es für meine eigene Familie gefährlich, wenn irgend jemand von euch bei mir verkehrt.

DER PÄCHTER LOPEZ: Wir gehen also, Callas.

Callas schweigt.

DIE BEIDEN FRAUEN:

Durch unsere Not bisher vereint
Sind wir durch unseres Kopfes Form uns nunmehr Feind.

Die Familie Lopez geht zögernd weg.

FRAU CALLAS: Du aber, Mann, geh jetzt schleunigst nach Luma und nütze die günstige Zeit! Bezahle keine Pacht, und laß es dir bescheinigen, daß du keine zahlen mußt!

DER PÄCHTER CALLAS: Das kann ich euch sagen: ich komme nicht ohne Bescheinigung zurück!

4
Palais des Vizekönigs

Im Hof findet eine Gerichtssitzung statt. Als Parteien stehen einander gegenüber die Oberin von San Barabas und der Abt von San Stefano. Leuchtschrift: «Die Sichel im Vormarsch auf die Reichshauptstadt.»

DER RICHTER: In dem Prozeß der Barfüßigen Bettelmönche von San Stefano gegen die Bedürftigen Schwestern von San Barabas wird von den Barfüßigen Bettelmönchen der Schadensanspruch auf sieben Millionen festgelegt. Worin erblicken die Brüder einen Schaden von solcher Höhe?

DER ABT VON SAN STEFANO: In dem Bau einer neuen Wallfahrtskirche durch das Stift San Barabas, wodurch die Gläubigen unseres Sprengels abgezogen werden.

DIE OBERIN VON SAN BARABAS: Wir stellen dem Gericht anheim, durch Einblick in die Bücher der neuen Wallfahrtskapelle von San Sebastian, um die es sich hier handelt, festzustellen, daß die Einnahmen nicht sieben Millionen, wie die Brüder behaupten, sondern nur knappe vier Millionen betragen.

DER ABT VON SAN STEFANO: Ja, in den Büchern! Ich weise darauf hin, daß die Bedürftigen Schwestern von San Barabas schon einmal hier vor dem Hohen Gerichtshof gesessen haben, wobei es sich um eine Steuerhinterziehung von eineinhalb Millionen gehandelt hat und wo sich die Schwestern ebenfalls auf ihre «Bücher» gestützt haben.

Sie schütteln gegeneinander die Fäuste. Ein Gerichtsschreiber taucht auf.

DER RICHTER: Was ist los? Ich wünsche bei der Verhandlung, die um hohe Werte geht, nicht gestört zu werden.

DER SCHREIBER: Euer Gnaden, auf das Gerichtsgebäude zu bewegt sich eine Menge, die den Pachtherrn de Guzman vor Gericht schleift. Die Leute behaupten, durch den de Guzman sei ein tschuchisches Mädchen vergewaltigt worden.

DER RICHTER: Lächerlich. Herr de Guzman ist einer der fünf größten Pachtherren des Landes. Er ist bereits vor drei Tagen aus seiner ungesetzlichen Haft entlassen worden.

Die Menge dringt ein. Sie stößt de Guzman vor den Richtertisch. Auch Frau Cornamontis und Nana werden hereingeschoben. Während der Richter erregt läutet, wird de Guzman von der Menge betastet und bespien.

STIMMEN: Was allein der Anzug kostet, davon kann eine sechsköpfige Familie einen Monat leben. – Schau mal diese feinen Händchen an, der hat auch noch nie eine Schippe in der Hand gehabt. – Den hängen wir mit einem Seidenstrick.

Die Huas beginnen, um die Ringe des Pachtherrn zu würfeln.

EIN MANN: Herr Richter, das Volk von Jahoo verlangt, daß das Verbrechen dieses Menschen bestraft wird.

DER RICHTER: Liebe Leute, der Fall wird untersucht werden. Aber wir verhandeln hier gerade einen Fall von großer Dringlichkeit.

DER ABT VON SAN STEFANO *zu dem die Oberin getreten ist, aufgeregt*: Wir halten es nicht für notwendig, unsere kleinen Differenzen vor der großen Öffentlichkeit zu verhandeln. Wir wären mit einer Vertagung einverstanden.

RUFE: Schluß mit dem Verschieben! – Wir haben gleich gesagt, diese Bude muß man unten anzünden! – Der Richter muß auch aufgehängt werden! – Man muß das ganze Pack aufhängen, ohne Verhandlung!

DER MANN *zu der Menge draußen*:

Dies ist die wahre Milde, die hier spricht:
Sie ist mild für das Opfer und für die Verbrecher nicht!
Der spricht für die Betroffenen mitleidsvoll
Der sagt, daß man die Betreffer ohne Mitleid treffen soll.

EIN ANDERER MANN: Auch das Gericht soll wissen, daß für das Land Jahoo eine neue Zeit und eine neue Gerechtigkeit angebrochen ist!

Leuchtschrift: «Der Statthalter bezeichnet in einer Rede vor den Schullehrern den Kampf im Süden als einen Kampf des Rechts gegen das Unrecht.»

DER MANN *zu der Menge*: Setzt euch alle nieder und geht nicht weg, bevor hier ein gerechtes Urteil gefällt und der Pachtherr gehängt ist!

Sie setzen sich auf den Boden, rauchen, entfalten Zeitungen, spucken und schwatzen.

DER INSPEKTOR *kommt und bespricht sich mit dem Richter*: Der Statthalter läßt Ihnen sagen, Sie müssen der Menge nachgeben und die Verhandlung führen. Das Gericht hat sich nicht mehr an die trockenen Buchstaben des Gesetzes zu halten, sondern dem natürlichen Rechtssinn des Volkes Rechnung zu tragen. Die Schlacht im Süden steht sehr schlecht für die Regierung, und die Hauptstadt wird immer unruhiger.

DER RICHTER *zum Zuschauer*: Diese Aufregungen sind zuviel für mich. Ich bin körperlich geschwächt und besonderen Anforderungen nicht mehr gewachsen. Seit zwei Monaten haben wir hier kein Gehalt bekommen. Die Lage ist recht unsicher, ich muß an meine Familie denken. Heute habe ich in der Frühe eine Tasse dünnen Tee getrunken und ein altes Brötchen verzehrt. Mit leerem Magen kann man nicht Recht sprechen. Einem Mann, der nicht gefrühstückt hat, glaubt man nicht, er hat keinen Schwung. Da wird das Recht glanzlos.

Die de Guzmanschen Anwälte kommen mit fliegenden Roben ins Vorzimmer gestürzt, hinter ihnen einige Pachtherren.

DER TSCHUCHISCHE ANWALT *im Vorzimmer zum zweiten*: Bleiben Sie im Anwaltszimmer. Es ist besser, wenn Sie als Tschiche hier nicht auftreten.

DER TSCHICHISCHE ANWALT: Sehen Sie zu, daß Sie ihn für acht Tage ins Gefängnis bringen. Ich wollte, ich wäre auch dort.

Der tschuchische Anwalt und die Pachtherren in den Hof.

RUFE: Fangt endlich an! – Es ist jetzt schon fast zu dunkel, wenn wir den Mann noch aufhängen wollen!

DER RICHTER: Die Leute sollen sich wenigstens hinsetzen, wie es sich gehört. Wir müssen den Fall zuerst klären. So wild geht es denn doch nicht. *Zu Frau Cornamontis:* Wer sind Sie?

FRAU CORNAMONTIS: Frau Cornamontis, Emma. Besitzerin des Kaffeehauses El Paradiso, Estrada 5.

DER RICHTER: Was wollen Sie hier?

FRAU CORNAMONTIS: Gar nichts.

DER RICHTER: Warum sind Sie dann hier?

FRAU CORNAMONTIS: Vor etwa einer halben Stunde gab es vor meinem Haus eine Ansammlung, und die Leute verlangten, daß eine meiner Kellnerinnen, hier ist sie, mit aufs Gericht geht. Da ich mich weigerte sie wegzulassen, wurde auch ich gezwungen, mitzukommen. Ich komme in die ganze Sache wie der Pontius ins Credo.

DER RICHTER *zu Nanna*: Und Sie sind das Mädchen? Nehmen Sie hier auf der Anklagebank Platz.

Pfeifen aus der Menge.

RUF: Oho, da gehören doch die anderen hin.

Leuchtschrift: «Regierungstruppen setzen dem Vormarsch der Sichel hartnäckigen Widerstand entgegen.»

DER RICHTER: Wer auf die Anklagebank kommt, entscheide ich. *Zu Nanna:* Sie haben den Herrn auf offener Straße angesprochen. Sie wissen, daß darauf drei Wochen Arbeitshaus stehen. *Als Nanna schweigt, zu Herrn de Guzman, sich verneigend:* Bitte näher zu treten, Herr de Guzman. War es so?

HERR DE GUZMAN: Jawohl, Herr Richter. Ich wurde von ihr angesprochen, als ich meinen Vormittagsspaziergang machte. Sie ist die Tochter eines meiner Pächter und bat mich, ihrem Vater die Pacht zu erlassen. *Leise:* Ich bitte, mich in Haft zu nehmen, ich bin Tschiche.

DER ANWALT: Ich bin der Anwalt der Familie de Guzman und übernehme die Vertretung meines Klienten.

DER RICHTER: Sie haben Zeugen beigebracht?

DER ANWALT: Hier sind die Herren Saz, Duarte und de Hoz.

RUF: Feine Herren gegen arme Leute als Zeugen!

Pfiffe.

DER RICHTER: Ruhe! *Zu den Zeugen:* Was haben Sie auszusagen? Ich mache Sie darauf aufmerksam, daß Sie wegen Meineids belangt werden können.

RUF: Das klingt schon besser!

DER REICHE HERR SAZ: Herr de Guzman wurde von dem Mädchen auf der Straße angesprochen.

DER ANWALT: Auch die soziale Stellung meines Klienten, der auf der andern Seite höchstens die Aussage einer gewöhnlichen Kellnerin eines Kaffeehauses gegenüberstehen könnte, verbürgt, denke ich, die Wahrheit.

EINE STIMME VON OBEN: Oho! Vielleicht umgekehrt! Nimm einmal deine Kappe herunter, mein Junge! Wir wollen sehen, was du für einen Kopf aufhast! Bei den Ansichten!

ZWEITE STIMME VON OBEN: Kappe herunter!

DER ANWALT *nimmt die Kappe ab*: So rund wie Ihrer ist der meine noch lange!

DIE STIMME VON OBEN: Vielleicht fragst du deinen Klienten, wer von ihrem Vater so viel Pacht verlangt, daß sie sich verkaufen muß?

ZWEITE STIMME VON OBEN: Immer von vorn anfangen!

DER RICHTER *zu Nanna*: Setzen Sie sich endlich auf die Anklagebank, damit wir anfangen können!

DIE STIMME VON OBEN: Du, setz dich nicht! Wir sind hierhergekommen, damit du recht kriegst, und nicht, damit du auf der Anklagebank sitzt!

DER ANWALT: Auf der Straße kann man nicht verhandeln. Es stehen so subtile Fragen zur Entscheidung. Hier sind Köpfe nötig.

DIE STIMME VON OBEN: Wohl spitze?

Gelächter.

ZWEITE STIMME VON OBEN: Da muß eben der Iberin her!

RUF: Wir verlangen, daß folgende Personen auf der Anklagebank sitzen: der Pachtwucherer, die Kuppelmutter und der Rechtsverdreher!

DIE STIMME VON OBEN: Und daß der Iberin geholt wird. Der ist sich wohl zu gut?

STIMMEN: Iberin! Iberin! Iberin!

Iberin ist kurz vorher unbemerkt eingetreten und hat sich abseits hinter den Richtertisch gesetzt.

ANDERE STIMMEN: Da ist ja der Iberin!

EINIGE: Hoch Iberin!

DER RICHTER *zu Iberin*: Exzellenz, ich stütze mich auf die Aussagen einiger der bedeutendsten Pachtherren des Landes.

IBERIN: Stützen Sie sich lieber auf die Meldungen vom Kriegsschauplatz!

Leuchtschrift: «Die mangelhafte Ausrüstung der regierungstreuen Armee macht sich noch stark bemerkbar! Munitionsmangel und dürftige Verpflegung hemmen sichtbar den prächtigen Kampfgeist der Truppen.»

Es ensteht eine Unruhe. In einem Haufen Leute betritt der Pächter Callas den Hof.

DIE STIMME VON OBEN: Und hier ist der Vater des Mädchens.

NANNA: O je, mein Vater! Ich muß mich verstecken, damit er mich nicht sieht, denn diesmal habe ich eine Dummheit gemacht, die die zu Hause jetzt ausbaden müssen.

DER RICHTER *zu Callas*: Was suchen Sie hier?

DIE STIMME VON OBEN: Er sucht sein Recht!

BEGLEITER DES PÄCHTERS CALLAS: Wir haben den Mann auf der Straße getroffen. Er fragte uns, wann und wo der Fall de Guzman verhandelt würde. Wir sagten ihm, daß die Verhandlung eben jetzt stattfinde und er nur im Strom der Leute weiterzugehen brauche, denn sie gingen alle hierher.

DER PÄCHTER CALLAS: Das stimmt. Ich bin von meinem Pachthof hierhergekommen, um im Verfahren gegen meinen Pachtherrn, welcher wegen Pachtwucher vor Gericht steht, als Zeuge aufzutreten.

DER RICHTER: Es handelt sich nicht um Pachtwucher.

DER PÄCHTER CALLAS: Doch: ich kann bezeugen, daß die Pacht unerschwinglich war. Der Boden ist sumpfig und die einzelnen Äcker liegen weit auseinander, aber das Ackergerät ist primitiv, und für das Fuhrwerk mußten wir die Kuh verwenden. Wir arbeiteten den ganzen Sommer von drei Uhr früh an, auch die Kinder halfen uns. Die Getreidepreise konnten wir nicht bestimmen, sie waren jedes Jahr verschieden, aber die Pacht war die nämliche. Unser Pachtherr tat nichts und schob das Geld ein. Ich beantrage daher, daß die Pachtsumme ein für allemal gestrichen wird und der Getreidepreis so ist, daß wir von unserer Arbeit leben können.

DIE STIMME VON OBEN: Sehr richtig.

Klatschen.

DER MANN *steht auf und spricht nach hinten zur Straße*: Der Vater des belästigten Mädchens, der der Pächter des Angeklagten ist, verlangt die Streichung der Pacht und gerechte Getreidepreise.

Hinten Beifall einer großen Menschenmenge.

DER RICHTER *zu Iberin*: Exzellenz, wie wünschen Sie diesen Fall behandelt?

IBERIN: Tun Sie, was Sie für richtig halten.

Leuchtschrift: «Aus allen Teilen des Südens kommen Meldungen über widerrechtliche Aneignungen der Ländereien durch die Pächter.»

DER RICHTER: Nach den Paragraphen des Gesetzbuches hat allein das Mädchen sich schuldig gemacht. Sie darf außerhalb der Schankstätte, in der sie arbeitet, keinen Herrn ansprechen.

IBERIN: Mehr haben Sie nicht zu sagen? Das ist wenig.

DIE STIMME VON OBEN: Bravo! Habt ihr gehört, wie der Statthalter dem Richter über das Maul gefahren ist? Er sagt ihm, das ist wenig.

DER MANN *nach hinten zur Straße*: Der Statthalter hat eingegriffen. Er hat dem Obersten Richter bereits einen Verweis erteilt. Er bezeichnete die Rechtskenntnisse des Richters als sehr gering. Es geht weiter.

IBERIN: Vernehmen Sie den Vater des Mädchens genauer! Und kommen Sie endlich auf den Kern der Sache.

DER RICHTER: Sie behaupten also, daß Ihr Pachtherr bei der Bemessung des Pachtzinses über das gesetzlich zulässige Maß hinausging?

DER PÄCHTER CALLAS: Sehen Sie, die Pacht konnte nie und nimmer hereinkommen. Wir lebten von Holzabfällen und Wurzeln, da wir das Getreide in der Stadt abliefern mußten. Unsere Kinder sind fast das ganze Jahr unbekleidet. Die Schäden am Haus können wir nicht reparieren, so daß es langsam über unseren Köpfen zusammenfällt. Die

Steuern sind ebenfalls zu hoch. Ich beantrage auch die vollständige Streichung aller Steuern für diejenigen, die sie nicht bezahlen können.

Allgemeiner Beifall.

DER MANN *nach hinten zur Straße*: Der Pächter beantragt die vollständige Streichung aller Steuern für die, die sie nicht zahlen können! Es geht aber noch weiter.

Ungeheurer Beifall hinten.

DER RICHTER: Wie hoch ist die Pachtsumme? Wie hoch ist die Steuer?

IBERIN *steht so heftig auf, daß der Stuhl umfällt*: Wissen Sie nichts Wichtigeres zu fragen? Sagt Ihnen keine innere Stimme, was das Volk wirklich braucht?

DER PÄCHTER CALLAS: Gäule! Zum Beispiel Gäule!

IBERIN *streng*: Ruhe! Was sind da Gäule? Hier geht's um mehr! *Zum Richter*: Sie können gehen. Verlassen Sie diesen Platz, den auszufüllen Sie nicht imstande sind. Diese Verhandlung führe ich zu Ende.

Der Richter packt seine Papiere zusammen und verläßt in schrecklicher Betretenheit den Richtertisch und den Hof.

DER MANN *nach hinten zur Straße*: Der Statthalter hat den Obersten Richter seines Amtes enthoben und übernimmt selbst die Führung der Verhandlung. Der Oberste Richter verläßt den Saal. Hoch Iberin!

DER PÄCHTER CALLAS: Habt ihr's gehört: Was sind Gäule? Es geht um mehr!

DER MANN *hinten*: Jetzt, wo der größte Pachtwucherer, der Vizekönig, verjagt ist, warum soll da das Land nicht aufgeteilt werden?

Beifall.

Leuchtschrift: «Auch aus den nördlichen Bezirken werden jetzt kleinere Aktionen aufständischer Pächter gemeldet.»

IBERIN: Da das Gericht den Kern der Sache nicht herausfinden konnte, übernehme ich den Fall. Im Namen des tschuchischen Volkes.
Als einfaches Beispiel tschuchischer Rechtspflege soll
Dieser Fall uns dienen. Ein bestimmter Geist
Soll hier bekämpft werden. So wie unsere Truppen
Den aufsässigen Pächter zügeln werden
Wird das Gericht den zügellosen Pachtherrn
Verweisen in die Schranken tschuchischen Rechts.
Hier gilt nicht die Person, ob arm, ob reich:
Ist gleich der Übergriff, sei auch das Urteil gleich.
Auf der Anklagebank nehmen Platz: der Pachtherr de Guzman sowie – *auf Frau Cornamontis zeigend* – diese Person, und den Sitz des Klägers nehmen ein: dieses Mädchen und ihr Vater.

DER MANN *nach hinten zur Straße*: Der Statthalter will ein Beispiel tschuchischer Rechtspflege geben. Er bringt zunächst Ordnung in das Prozeßverfahren. Er weist Angeklagten und Klägern ihre Plätze zu.

IBERIN *zu Callas*: Treten Sie vor! Sehen Sie sich Ihre Tochter an!

DER PÄCHTER CALLAS: Ach, du bist hier, Nanna?

IBERIN: Erkennen Sie sie wieder?

DER PÄCHTER CALLAS: Natürlich.

IBERIN: Ich frage Sie deshalb, weil sie sich doch sicher verändert haben muß.

DER PÄCHTER CALLAS: Nicht besonders.

IBERIN: Sind das die Kleider, die Sie ihr gekauft haben?

DER PÄCHTER CALLAS: Nein, natürlich nicht.

IBERIN: Nicht wahr, das sind nicht die Kleider, die ein einfacher Bauer, der mit der schwieligen Hand die Scholle bearbeitet, seiner Tochter kauft.

DER PÄCHTER CALLAS: Das kann ich ja gar nicht. Bei der Pacht!

IBERIN: Und Sie würden es auch nicht, wenn Sie könnten? Ihrem einfachen und geraden Geschmack sind solche Fetzen zuwider. Wieso kann Ihre Tochter solche Kleider kaufen?

DER PÄCHTER CALLAS: Sie verdient doch ganz gut.

IBERIN *schärfer*: Furchtbare Antwort! Ich frage Sie noch einmal, erkennen Sie in diesem der Mode des Tages gekleideten Mädchen das fröhliche Kind wieder, das an Ihrer Hand über die Felder ging? *Der Pächter Callas glotzt verständnislos.* Ahnten Sie, daß Ihre Tochter schon im zarten Alter von sechzehn Jahren mit ihrem Pachtherrn sträfliche Beziehungen einging?

DER PÄCHTER CALLAS: Jawohl, die Vorteile, die wir davon hatten, waren aber ganz unbedeutend. Wir konnten einige Male die Pferde zum Holzfahren benutzen. Aber wenn Sie – *zu den Umstehenden* – eine Pacht zahlen sollen, die zehnmal zu groß ist, dann nützt es Ihnen gar nichts, wenn Ihnen hie und da ein Drittel erlassen wird. Und das noch unregelmäßig! Was ich brauche, das sind eigene Pferde.

IBERIN: Der Pachtherr mißbrauchte also seine wirtschaftliche Machtstellung, um Ihre Tochter ins Unglück zu stürzen?

DER PÄCHTER CALLAS: Unglück? Den ganzen Vorteil hatte das Mädchen! Sie bekam wenigstens anständige Kleider! Die hat nie gearbeitet. Aber wir! Pflügen Sie einmal ohne Gäule!

IBERIN: Wissen Sie, daß es jetzt mit Ihrer Tochter so weit gekommen ist, daß sie sich im Haus der Frau Cornamontis aufhält?

DER PÄCHTER CALLAS: Jawohl. Guten Tag, Frau Cornamontis.

IBERIN: Wissen Sie, was das für ein Haus ist?

DER PÄCHTER CALLAS: Jawohl. Ich möchte noch hinzufügen, daß sogar die Benutzung der Pferde des Gutshofs extra berechnet wurde. Und zwar ganz unverschämt. Und die Benutzung anderer Pferde war uns verboten.

IBERIN *zu Nanna*: Wie kamen Sie in dieses Haus?

NANNA: Ich hatte keine Lust mehr zur Feldarbeit. Da ist man mit fünfundzwanzig Jahren wie eine Vierzigjährige.

IBERIN: Das Wohlleben, das Sie durch Ihren Verführer kennenlernten, hat Sie dem einfachen Leben in Ihrem Elternhaus entfremdet. War der Gutsherr Ihr erster Mann?

NANNA: Jawohl.

IBERIN: Schildern Sie das Leben in dem Kaffeehaus, in das Sie kamen.

NANNA: Ich beklage mich nicht. Nur die Wäschegelder sind hoch und die Trinkgelder bleiben uns nicht. Wir sind alle sehr an die Besitzerin verschuldet, dabei mußte ich bis spät in die Nacht hinein servieren.

IBERIN: Aber Sie sagen, Sie beklagen sich nicht über die Arbeit. Wir alle müssen ja arbeiten. Aber es gab da anderes, worüber Sie sich beklagen müssen.

NANNA: Nun ja, es gibt auch Schankstätten, in denen es dem Personal freigestellt ist, bestimmte Gäste zu bevorzugen.

IBERIN: Aha! In diesem Haus waren Sie also gezwungen, die Umarmungen jedes bezahlenden Gastes zu erdulden?

NANNA: Jawohl.

IBERIN: Das genügt. *Zum Pächter Callas:* Was für eine Anklage erheben Sie als Vater gegen den Angeklagten?

DER PÄCHTER CALLAS: Pachtwucher.

IBERIN: Sie haben Grund, sich über mehr zu beklagen.

DER PÄCHTER CALLAS: Ich denke, das ist gerade genug.

IBERIN: Ihnen ist furchtbareres Unglück zugefügt worden als nur Pachtwucher. Sehen Sie das nicht?

DER PÄCHTER CALLAS: Jawohl.

IBERIN: Was ist Ihnen angetan worden? *Der Pächter Callas schweigt. Iberin zu de Guzman:* Geben Sie zu, daß Sie Ihre wirtschaftliche Macht mißbraucht haben, als Sie die Tochter Ihres Pächters verführten?

HERR DE GUZMAN: Ich hatte den Eindruck, daß es ihr nicht unangenehm war, als ich mich ihr näherte.

IBERIN *zu Nanna*: Was sagen Sie dazu? *Nanna schweigt. Iberin zum Inspektor:* Führen Sie den Angeklagten hinaus! *De Guzman wird hinausgeführt. Iberin zu Nanna:* Wollen Sie sich jetzt darüber äußern, ob Ihnen die Annäherung des de Guzman angenehm war oder nicht?

NANNA *unwillig*: Ich kann mich nicht erinnern.

IBERIN: Entsetzliche Antwort!

DER ANWALT *zu Nanna*:

Vielleicht war's Liebe?
Herr, undurchsichtig ist der Menschen Handeln.
Sie selbst kaum kennen ihre Gründe meist
Und jetzt erst andere! Auch der schärfste Blick
Durchdringt oft nicht die unerklärliche Wirrnis
Der menschlichen Natur. Hier steht ein Mann, beschuldigt
Daß er ein Mädchen einst verführt und dann bezahlt
Und so gekauft hab, was nicht käuflich ist.
Herr, wer dies sagt, beschuldigt Mann und Mädchen.
Denn wurd von ihm gekauft, so wurd verkauft von ihr.
Nun frage ich: ist nur durch Kauf und Verkauf
Erklärbar dieses dunkle, süße, ewige
Spiel zwischen Mann und Weib? Kann's nicht auch Liebe
Und nichts als Liebe sein? Herr, in dem Fall
Der uns beschäftigt hier, war's Liebe.

Setzt sich.

So.

IBERIN *zum Inspektor*: Man muß ihn wieder holen!

De Guzman wird hereingeholt.

Nun, wenn es Liebe war, hat dieser sie erregt!

Allgemeines Gelächter.

DER ANWALT:

Herr, was ist Liebe? Warum liebt der Mensch?
Der eine findet einen Menschen und
Er liebt ihn. Und der andere will lieben
Und sucht sich einen Menschen dazu. So
Liebt einer den Geliebten und der andere
Das Lieben. Doch das eine nenn ich Schicksal
Das andere Brunst. Vielleicht war's in dem Fall
Der uns beschäftigt, niedere, trübe Brunst?

FRAU CORNAMONTIS *steht auf*: Ich möchte eine Aussage machen. *Iberin nickt.* Ich muß sagen, daß Nanna Callas eines meiner anständigsten Mädchen ist. Sie spart und schickt das Geld nach Hause.

IBERIN *zum Anwalt*: Sie können gehen. Eine gerechte Sache verteidigt sich selbst.

Der Anwalt packt seine Papiere zusammen und verläßt den Hof.

IBERIN *zu de Guzman*: Angeklagter, geben Sie zu, daß Sie Ihre wirtschaftliche Macht mißbraucht haben? *De Guzman schweigt. Iberin plötzlich:* Was sind Sie?

HERR DE GUZMAN: Pachtherr.

IBERIN: Was sind Sie?

HERR DE GUZMAN: Mitglied des Landadels.

IBERIN: Ich frage, was Sie sind?

HERR DE GUZMAN: Katholik.

IBERIN *langsam*: Was sind Sie? *De Guzman schweigt.* Sie sind Tschiche, und Sie haben Ihre wirtschaftliche Macht mißbraucht, um ein tschuchisches Mädchen zu verführen. *Zu Frau Cornamontis:* Und Sie, eine Tschuchin, haben sich nicht entblödet, dieses tschuchische Mädchen an Tschichen zu verkaufen. Das ist der Kern der Sache.

Zu de Guzman:

Seht ihn jetzt stehn mit seinem spitzen Kopf!
Ertappt auf niederm Mißbrauch seiner Macht!
Denn nicht die Macht ist schlecht; der Mißbrauch ist's.
Ihr, die ihr kauft, was da nicht käuflich ist
Und nicht entstand durch Kauf; ihr, die nur kennt
Was Wert hat, wenn's entäußert wird, und nichts kennt
Was unveräußerlich ist, wie dem Baum das Wachstum
Untrennbar von ihm wie die Form der Blätter;
Ihr, die ihr selber fremd, uns uns entfremdet habt:
Das Maß ist voll!

Zu den andern:

Ihr aber seht, wie schwer dies ist, das Recht
Herauszuschälen aus dem Wust des Unrechts
Und zu erkennen unter all dem Schutt die
Einfache Wahrheit.

EIN HUA: Heil Iberin!

IBERIN: Ich urteile so: Das Mädchen wird freigesprochen. Das Kaffeehaus der Frau Cornamontis wird, da in ihm ein tschuchisches Mädchen mit Tschichen verkuppelt wurde, geschlossen ...

FRAU CORNAMONTIS *halblaut*: Das kommt gar nicht in Frage.

IBERIN: ... für Tschichen. Der tschichische Verführer aber wird zum Tode verurteilt.

DER PÄCHTER CALLAS *schreit*: Und die Pacht wird gestrichen! Oh, Lopez, jetzt sage noch was gegen diesen großen Mann!

IBERIN:

Was redest du von Pacht? Das ist das kleinste
Was dir geschah. So nebensächlich ist's
Und du erhebst dich nicht zu mehr, wo mehr ist?
Ein tschuchischer Vater, du! Und du, die tschuchische Tochter!
Bedrückt von Tschichen! Immerfort! Nun frei!

DER PÄCHTER CALLAS: Frei! Da hör her, Lopez!

IBERIN:

Dir gebe ich dein Kind zurück, das einst
An deiner Hand auf tschuchischen Feldern ging.
Ihr aber sagt: das ist ein tschuchisches Urteil.
Das ist der Sinn: hier teil ich Schwarz von Weiß
Und teil dies Volk jetzt in zwei Teile ein
Und rott den einen aus, damit der andere
Genesen kann. Denn diesen andern heb ich
Empor wie diesen Pächter aus seiner Dumpfheit
Und seine Tochter, die ich aus dem Sumpf hol.
So handelnd aber teil ich Tschuch von Tschich
Unrecht von Recht! Mißbrauch von Brauch!

DIE MENGE: Hoch Iberin!

Die Menge klatscht wie besessen. Während Nanna auf den Schultern hinausgetragen wird, berichtet der Mann nach hinten zur Straße.

DER MANN: Der Statthalter hat gegen den Tschichen de Guzman wegen Verführung eines tschuchischen Mädchens das Todesurteil ausgesprochen. Das Mädchen, das Genugtuung erhielt, wird eben auf den Schultern aus dem Gerichtssaal getragen. Hoch Iberin!

Die Menge nimmt den Ruf auf, Iberin geht rasch weg.

DER ABT VON SAN STEFANO *laut zu den Umstehenden*: Das ist ein ungeheuerliches Urteil: die Familie de Guzman ist eine der vornehmsten in ganz Jahoo. Man wagt, sie dem Straßenpöbel preiszugeben! Und die Schwester des Verurteilten steht vor ihrem Eintritt ins Kloster!

De Guzman wird weggeführt. Er kommt an der Gruppe reicher Pachtherren vorbei, welche wegschauen.

HERR DE GUZMAN:
Oh, Don Duarte, hilf mir! Und ihr Herren
Ihr müßt mir beistehn heut! Erinnert euch
Wie wir an manchem Tisch gemeinsam aßen.
Alfonso, du kannst für mich sprechen! Du
Hast einen runden Kopf! Drauf kommt's heut an.
Sag, daß du das, was ich getan, auch tatest!
Was schaut ihr weg? Schaut nicht weg! Oh, nicht gut
Ist's, was ihr an mir tut! Schaut diesen Rock an!
Wenn ihr mich preisgebt, kommt ihr morgen dran!
Und euer runder Kopf hilft euch nichts mehr!

Die Pachtherren tun weiter, als kennten sie ihn nicht. Er wird abgeführt.

DIE IBERINSOLDATEN *indem sie ihn schlagen*: Ein alter Pachtwucherer! Tschuchische Mädchen schänden! Haut ihn auf den Spitzkopf! Und betrachtet euch seine Freunde etwas genauer!

Die Pachtherren gehen eilig weg.

DER PÄCHTER CALLAS *auf de Guzman zeigend*: Und das war einmal mein Pachtherr! Frau Cornamontis, meine Tochter kündigt Ihnen! Sie hat in einem Hause wie dem Ihren nichts mehr zu schaffen.

DER TABAKHÄNDLER PALMOSA: So etwas ist nie dagewesen! Das ist die neue Zeit. Der Pachtherr muß hängen! Der Pächter steigt auf, Frau Cornamontis!

FRAU CORNAMONTIS: Herr Palmosa, ich höre Sie immer so gern reden: Sie haben sich Ihren reinen Kinderglauben bewahrt.

DER HAUSBESITZER CALLAMASSI: Meinen Sie nicht, Frau Cornamontis, daß auch einmal ein armer Mann im Kampf mit einem reichen siegen kann?

FRAU CORNAMONTIS: Ich werde euch meine Meinung über solche Fälle sagen.

Frau Cornamontis singt die Ballade vom Knopfwurf.

DIE BALLADE VOM KNOPFWURF

1

Kommt zu mir ein krummer Mann
Und fragt schüchtern bei mir an:
Ob ihn wohl mein schönstes Mädchen liebt
Sag ich ihm, daß es das manchmal gibt.
Aber dann reiß ich ihm einen Knopf vom Kragen
Und sag: Laß uns, Freund, das Schicksal fragen!
Wollen sehn:
Wenn die Löcher aufwärts schauen
Kannst du ihr vielleicht nicht trauen
Und mußt ein Haus weitergehn.

Laß mich sehen, ob du ohne Glück bist!
Und ich werf den Knopf und sag: Du bist es.
Sagen sie dann: aber diese Löcher
Gehn doch durch! Dann sage ich: So ist es.
    Und ich sag: das Glück hat gegen dich entschieden!
    Siehst du's ein, ersparst du dir nur Qualen.
    Dir wird Liebe nicht geschenkt hienieden
    Wenn du Liebe brauchst, mußt du bezahlen.

2

Kommt zu mir ein dummer Mann
Und fragt zweifelnd bei mir an
Ob sein Bruder ehrlich teilen mag.
Sage ich: Das gibt es. Ohne Frag.
Aber dann reiß ich ihm einen Knopf vom Kragen
Und sag: Laß uns, Freund, das Schicksal fragen!
Wollen sehn:
Wenn die Löcher oben liegen
Wird er dich vielleicht betrügen
Und nach seinem Vorteil gehn.
Laß mich sehen, ob du ohne Glück bist!
Und ich werf den Knopf und sag: Du bist es.
Sagen sie dann: Aber diese Löcher
Gehn doch durch! Dann sage ich: So ist es.
    Und ich sag: Das Glück hat gegen dich entschieden!
    Wenn du zweifelst, gibt's für dich nur Qualen.
    Wenn du Ruhe willst und halbwegs Frieden
    Mußt du deinem Bruder das bezahlen.

Sie nimmt den Pächter Callas beim Arm und führt ihn einige Schritte nach vorn. Daraufhin demonstriert sie an ihm die dritte Strophe.

3

Kommt zu mir ein armer Mann.
Meldet zornig bei mir an:
Reicher Mann zerstört mir Heim und Herd.
Ob ich wohl dafür was kriegen werd?
Reiß ich ihm zuerst mal einen Knopf vom Kragen
Und sag: Laß uns, Freund, das Schicksal fragen!
Wollen sehn:
Wenn die Löcher oben liegen
Wirst du vielleicht gar nichts kriegen
Und brauchst nicht herumzustehn.
Laß mich sehen, ob du ohne Glück bist!

Und ich werf den Knopf und sag: Du bist es!
Sagen sie dann:

EINIGE ZUHÖRER *bücken sich nach dem Knopf und sagen aufschauend:*
Aber diese Löcher
Gehn doch durch!

FRAU CORNAMONTIS:
Dann sage ich: So ist es!
Und ich sag: Das Glück hat gegen dich entschieden
Und nun wirst du sehn zu vielen Malen.
Was du immer anfängst, Freund, hienieden
Unrecht oder Recht: du wirst bezahlen!

DER PÄCHTER CALLAS: Sie haben wohl Dreck in den Ohren, liebe Frau. Der Statthalter hat ausdrücklich betont, die Pacht ist nebensächlich! Jetzt noch Gäule, und ich bin gerettet!

Frau Cornamontis bricht in ein schallendes Gelächter aus und zeigt mit dem Finger auf den Pächter Callas, der sich genauso benimmt, wie man es von einem mit Blindheit geschlagenen Mann erwarten kann.

Leuchtschrift: «Die Schlacht im Süden tobt mit unverminderter Heftigkeit.»

5

Das Kloster San Barabas

Als zwei Parteien sitzen einander gegenüber zwei Klosterfrauen von den Bedürftigen Schwestern von San Barabas und Isabella de Guzman mit ihrem tschuchischen Anwalt.

DER ANWALT: Das Fräulein de Guzman wünscht, bevor die Verhandlung über ihren Eintritt in das Kloster aufgenommen wird, einige Fragen an Sie zu richten.

ISABELLA *liest von einem Zettel Fragen ab*: Ob dieses Kloster auch streng ist?

DIE OBERIN: Das strengste, Kind. *Zum Anwalt:* Doch auch das teuerste.

DER ANWALT: Das ist uns bekannt.

DIE OBERIN: Also das feinste.

ISABELLA: Ob viele Fasttage sind? Wie viele?

DIE OBERIN: Zweimal die Woche, vor den vier Hochzeitenfesten je eine ganze Woche und an den Quatembertagen.

ISABELLA: Ob auch wirklich keine Männer Zutritt haben? Ob zum Beispiel kein Ausgang möglich ist?

DIE OBERIN: Niemals.

ISABELLA: Ob die Speisen einfach, das Lager hart und die geistlichen Übungen ausgiebig sind?

DIE OBERIN: Die Speisen sind einfach, das Lager ist hart und die geistlichen Übungen sind ausgiebig, Kind.

Isabella:
Die ich so oft sah: die fleischliche
Begier und sinnlich Gehabe der Mägde
Es widert mich an. Selbst meines Bruders Aug war
Nicht klar von solcher Schwäche. Hinter den Türen
Hörte ich oft Gebalge. Ich hasse dies Lachen.
Reinlich wünsch ich mein Lager und unberührt meine Schulter.
O Keuschheit, unablösbares Gut, du königliche Armut!
Auch sei die Zelle karg mir und ärmlich die Speise
Aber still die Mauer, welche mich abschließt.
Jung noch an Jahren, sah ich doch gleichviel
Hoffart genug und unwillig getragene Armut.
Darum wünsch ich mir, keusch zu bleiben, demütig und arm.

Die Oberin:
So leben wir hier, Kind, und so wirst du leben
Und so wie wir sind, so wirst du werden.
Zum Anwalt: Aber wir müssen uns zuvor über die Bedingungen einig werden, Herr Rechtsanwalt. Was bringt das Fräulein mit?

Der Anwalt: Nun, Sie werden uns schon nicht die Haut über den Kopf ziehen ... Hier ist die Aufstellung.

Die Oberin *liest*: Drei Dutzend Hemden, das wird nicht langen. Da sagen wir fünf Dutzend.

Der Anwalt: Nananana, vier sind auch schon allerhand.

Die Oberin: Und wo ist das Leinen?

Der Anwalt: Wozu denn Leinen?

Die Oberin: Wozu denn Leinen? So Gott will, wird das Fräulein bei uns achtzig Jahre alt. Fünfzig Meter Leinen. Handgewebt. Das Besteck ist aber Silber.

Der Anwalt: Nickel wird es nicht sein!

Die Oberin: Lieber Herr Rechtsanwalt, man muß immer vorher fragen. Und die Schränke haben wir nicht gern in Birke, sondern in Kirsch.

Der Anwalt: Daran wird es nicht scheitern. Wir kommen jetzt zu dem Wichtigsten, Frau Oberin.

Die Oberin: Ja, allerdings.

Der Anwalt: Aha, Sie sehen das auch als eine Schwierigkeit an!

Die Oberin: Leider.

Der Anwalt: Ja, die Abstammung des Fräuleins können wir nicht in Abrede stellen.

Die Oberin *erleichtert*: Ach so, das meinen Sie? Ich meinte etwas anderes! *Sie steht auf, geht auf Isabella zu und fährt ihr mit der Hand unter den Kopfputz. Sie lacht laut.* Spitz, das ist nicht zu leugnen. Nun, das hat hier nichts auf sich. Das sind Äußerlichkeiten. Wenn sonst alles in Ordnung ist, hat das nichts zu sagen. Also jetzt das Wichtigste: der monatliche Zuschuß ...

Der Anwalt: Sie kennen die Pachtsummen aus den de Guzmanschen Gütern.

Die Oberin: Die Pachteinnahmen sind ja nicht hoch, davon würde schon ein großer Teil dauernd an unser liebes Kloster fallen müssen. Wir haben uns gedacht: mindestens ein Viertel.

Der Anwalt: Das ist ja ganz unmöglich. Der Bruder des Fräuleins, Herr de Guzman, hat doch die ganzen Repräsentationskosten der Familie de Guzman zu tragen und lebt ausschließlich von den Pachteinnahmen.

Die Oberin: Soviel ich weiß, ist Herr de Guzman im Augenblick leider nicht mehr in der Lage, viel repräsentieren zu müssen.

Der Anwalt: Das Fräulein lebt doch hier sehr einfach, wie wir gehört haben.

Die Oberin: Einfach ist nicht billig.

Der Anwalt: Außerdem ist jetzt durch die neue Regierung die Möglichkeit gegeben, daß die Pachten nicht nur sicher hereinkommen, sondern auch noch erhöht werden.

Die Oberin: Das schon, aber darauf kann man sich nicht verlassen. Auf achttausend müssen wir im Monat rechnen können.

Der Anwalt: Ob man das aus den ohnehin schon überlasteten Pächtern herausquetschen kann, möchte ich dahingestellt sein lassen. Sie müssen sich das auch noch überlegen, Fräulein de Guzman.

Die Oberin: Ja, das müssen Sie sich überlegen, Kind, das kostet es.

Isabella: Ist es wirklich zu teuer, Herr Rechtsanwalt?

Der Anwalt nimmt das Mädchen in eine Ecke. Auf dem Weg dorthin fragt er nochmals die Schwestern.

Der Anwalt: Sechstausend? *Die Schwestern schütteln den Kopf und schauen starr vor sich hin. Der Anwalt zu Isabella:* Das Leben, das Sie sich vorgestellt kostet eine Menge Geld.

Isabella *weint, weil das schöne Leben so schwer zu haben ist*: Was ich will, das will ich. Und es ist nichts Unrechtes.

Der Anwalt *zur Oberin*: Bedenken Sie, daß das Getreide dieses Jahr, da die Ernte zu reich war, nichts einbringt, so daß auch die Pachtherren sich manchen Luxus versagen müssen.

Die Oberin: Wir haben auch Felder. Und leiden also auch. Vielleicht denken Sie aber daran, daß das Fräulein nicht ohne Grund hier eintritt und die Familie sich allerhand Vorteile davon verspricht. Wir sprachen bereits von der Abstammung.

Der Anwalt: Gut, da hätte ich nur noch einige Fragen. *Er liest von einem Zettel ab:* Ob die Güter dann pro forma in die Obhut des Klosters übergehen? Ob die Bedürftigen Schwestern unter Umständen um sie auch Prozesse führen würden? Ob sie diesbezüglich sofort eine Verpflichtung eingingen?

Die Oberin *hat immer genickt*: Das wird alles in Ordnung gehen. Das Fräulein ist nicht der einzige Fall.

Der Anwalt: Dann sind wir einverstanden. Jetzt müssen wir nur sehen, daß wir das Geld auch herbeischaffen. Das ist nicht einfach, mitten im Bürgerkrieg. Hier sind die Grundbücher der de Guzmanschen Güter.

Er überreicht sie ihr. Sie schließt sie in den Tresor.

Die Oberin: Also, liebes Fräulein, wir freuen uns, Sie in unseren stillen Mauern begrüßen zu können. Sie werden in Frieden leben. Die Stürme des Lebens dringen nicht bis zu uns. *Ein Stein zertrümmert das Fenster.* Was ist das? *Sie läuft und öffnet das zweite Fenster.* Was machen diese Leute mit den Armbinden in unserem Hof?

Sie klingelt, eine Klosterfrau tritt ein.

Die Klosterfrau: Frau Oberin, im Hof...

Die Oberin: Was bedeutet das? Der Kutscher des Fräuleins de Guzman soll vorfahren.

Die Klosterfrau: Frau Oberin, auf dem Hof hat es einen schrecklichen Auftritt gegeben. Mit einem ganzen Haufen von lärmenden Leuten ist ein Mann am Kloster vorbeigekommen. Ein geschminktes junges Frauenzimmer war auch dabei. Er hat die Pferde gesehen und behauptet, es seien die seinen und er sei der Pächter und er brauche sie zum Ackern. Er hat den Kutscher über den Kopf geschlagen, die Pferde ausgespannt und weggetrieben. Und dann sagte er noch: Der Herr de Guzman könne zu Fuß zum Galgen gehen.

Die Oberin: Das ist ja schrecklich.

Der Anwalt: Frau Oberin, unter diesen Umständen möchte ich Sie bitten, das Fräulein sogleich unter Ihre Obhut zu nehmen. Die Straße scheint gewisse Gefahren zu bergen.

Die Oberin sieht die andern Klosterfrauen an.

Die Oberin: Ich glaube allerdings, daß für die Güter der Familie de Guzman mehr Gefahr bestehen dürfte als für die Familie selbst.

Der Anwalt: Soll das heißen, daß Sie dem Fräulein ein Asyl verweigern?

Die Oberin: Ich bin für diese stillen Mauern verantwortlich, mein Herr. Ich hoffe, Sie verstehen die Situation, ohne daß ich aussprechen müßte, was ich ungern ausspreche.

Isabella: Wir wollen gehen.

Der Anwalt: Und was wird aus den Abmachungen, die de Guzmanschen Güter betreffend?

Die Oberin: Wir stehen zu unserm Wort, wo wir irgend können.

Die Parteien verbeugen sich gegeneinander. Der Anwalt und Isabella verlassen das Zimmer.

Kaffeehaus der Frau Cornamontis

Nachmittag. An einem Tischchen sitzen die drei reichen Pachtherren Saz, de Hoz und Peruiner zwischen großen Koffern. Im Hintergrund hinter einer Zeitung Herr Callamassi. Frau Cornamontis hinter dem Bartisch, bei einer Zigarre strickend.

HERR SAZ:
Ein guter Einfall, uns hier aufzuhalten
Bis unser Zug geht.

HERR PERUINER:
Wenn noch einer geht.

HERR DE HOZ:
Hier ist man unauffällig. Und darauf
Kommt's an diesen Tagen. Weit gekommen!

HERR SAZ:
Wie steht die Schlacht? Darauf kommt alles an.

HERR PERUINER:
Und sie steht schlecht. Ich reise nicht gern ab.

HERR DE HOZ:
Der Vizekönig ist an allem schuld.
Und der Duart', der ihm den Iberin brachte.
Man reißt mit dieser Lehr von Rund- und Spitzkopf
Den Pächter von der Sichel nur, damit dann
Der Holzschuh uns im eigenen Lager klappert.

Von draußen Lärm.

HERR PERUINER:
Was ist das für ein Lärm?

HERR SAZ *ironisch*:
Der Volksheld kommt.
Ganz Luma spricht seit gestern von den Gäulen
Des Pächters Callas.

HERR PERUINER:
Eine böse Sache.

HERR SAZ:
Und sehr ansteckend so was.

HERR PERUINER: Sehr ansteckend!

Die Straße herunter kommt der Pächter Callas mit seiner Tochter. Er führt zwei Gäule am Strick. Um ihn der Pächter Parr, die drei Huas und Leute von der Straße. Er zieht die Gäule ins Kaffeehaus und bindet sie an der Theke fest. Die Leute rufen «Hoch Iberin!» und «Hoch Callas!»

EIN HUA: Vorwärts, Callas! Hinein mit dir, alter Sünder!

EIN ANDERER HUA: Liebe Leute, Sie sehen hier vor sich «Callas mit den Gäulen», den Sieger des tschuchischen Urteils.

Frau Cornamontis: Guten Tag, Nanna. Willkommen als Gast in dem Kaffeehaus, wo du lange Kellnerin gewesen bist.

Der Pächter Callas *Parr vorstellend*: Das ist mein Freund Parr, ebenfalls Pächter. – Ja, die Gäule! Sehen Sie, ich komme vor zwei Tagen die Straße herunter, meine Tochter begleitet mich. Der Prozeß ist gewonnen, der Pachtherr wird hängen. Aber persönlichen Vorteil hatte ich selbstverständlich davon nicht. Ich war sozusagen so bedürftig wie vorher, ausgenommen die Ehre. Man gab mir sozusagen nur meine Tochter zurück, und das bedeutet doch nur einen Fresser mehr. Da sehe ich vor dem Stifttor der Faulenzerinnen von San Barabas die Gäule. Ah, sage ich zu meiner Tochter, unsere Gäule! Hat er dir nicht, sage ich, die Gäule versprochen, als er dich verführte? Das ist eigentlich wahr, sagte meine Tochter. Sie hatte nur Angst, ob man es uns glauben würde. Warum nicht, sage ich und treibe die Gäule weg. Es ist mir genug Unrecht geschehen.

Der Pächter *bewundernd*: Er wartete einfach nicht ab, ob ihm der Statthalter die Gäule zusprach oder nicht.

Der Pächter Callas: Nein, ich dachte, was man hat, hat man.

Er singt das «Was-man-hat-hat-man-Lied».

DAS WAS-MAN-HAT-HAT-MAN-LIED

1

Es war einmal ein Mann
Der war sehr übel dran.
Da sagte man ihm: Warte!
Da wartete der Mann.
Das Warten war sehr harte.
  Heil Iberin! Aber
  Nur
  Was man hat, hat man!

2

Der Mann war schon sehr schwach
Da macht' er einen Krach.
Er war ein böser Knochen.
Man gab ihm schleunigst nach:
Man hat ihm was versprochen.
  Heil Iberin! Aber
  Nur
  Was man hat, hat man!

3

Es war einmal ein Mann
Dem schaffte man nichts ran.
Da tat er's an sich reißen.
Jetzt frißt er, was er kann
Und kann auf alles scheißen.
  Heil Iberin! Aber
  Nur
  Was man hat, hat man!

HERR SAZ: Das ist der nackte Aufruhr!

HUA: Vom tschuchischen Standpunkt aus ist das eine der größten Heldentaten. Zur Nachahmung empfohlen.

Frau Cornamontis, besorgt, daß es zu einem Skandal kommt, bringt Nanna eine Tasse Kaffee.

FRAU CORNAMONTIS: Vielleicht willst du eine Tasse Kaffee haben, Nanna?

NANNA: Nein, danke.

FRAU CORNAMONTIS: Trink ihn nur.

NANNA: Ich habe keinen bestellt.

FRAU CORNAMONTIS: Nein. Er ist umsonst. *An Herrn Saz vorbeigehend, mit gedämpfter Stimme:* Vorsicht!

HERR SAZ *sie abwehrend, zu den Huas*: Meinen Sie wirklich, daß das im Sinne des Herrn Iberin ist?

HUA: Ja, lieber Herr, das ist im Sinne des Herrn Iberin. Sie denken wohl, einer, der in Holzschuhen läuft, ist weniger als Sie? Zum besseren Verständnis werden wir uns erlauben, den Herren hier unser neues Iberinlied vorzusingen.

Die Huas singen «Das neue Iberinlied».

DAS NEUE IBERINLIED

1

Der Pachtherr grübelt Tag und Nacht
Was er noch alles kriegen kann
Und wenn er sich etwas ausgedacht
Das Pächtervolk schafft es ihm ran.
Auf den Tisch
Stellt es ihm Suppe und Fisch
Einen Bottich mit Wein
Gießt es ihm hinein.
In sein Bett
Bringt es noch ein Kotlett
Mit Kartoffelsalat
Und dann legt es ihn ins Bad.

Wenn er zum Beispiel raucht
Gibt's nur Virginia
Alles was er braucht
Steht einfach da.
Der reiche Mann sagte: Ja, so ist's fein.
So ist's Gott sei Dank, und so soll's immer sein.

HUA: In dieser Lage, meine lieben Freunde, ging das Pächtervolk zu seinem lieben Herrn Iberin, und Herr Iberin ging zum Pachtherrn und zeigte ihm, was eine Harke ist. So klein wurde der Pachtherr, wie einen Bruder behandelte er hinfort das Pächtervolk.

Die Huas singen weiter.

2

Auf den Tisch
Stellt er ihm Suppe und Fisch
Einen Bottich mit Wein
Gießt er ihm hinein.
In das Bett
Bringt er ihm ein Kotlett
Mit Kartoffelsalat
Und danach gibt's ein Bad.
Wenn es zum Beispiel raucht
Gibt's nur Virginia
Alles was es braucht
Steht einfach da.
Das Pächtervolk sagte: Ja, so ist's fein.
So ist's Gott sei Dank, und so hätt's immer solln sein.
Das Pächtervolk sinnt Tag und Nacht
Was es alles noch kriegen kann
Und wenn es sich etwas ausgedacht
Sein Pachtherr, er schafft es ihm ran.

Das Lied haben die Huas an dem Pächter Parr demonstriert. Sie haben ihn in der ersten Strophe vor den Pachtherren geduckt, aber in der zweiten haben sie ihn auf den Tisch gehoben, ihm den Hut des Herrn Saz, die Zigarren und die Gläser der Herren de Hoz und Peruiner verliehen. Und der Pächter Parr hat mit einem kleinen Holzschuhstep mitgewirkt.

HUA: Meine Herren, die Verteilung der Gäule und Ackergeräte an die Pächter steht unmittelbar bevor. Auch die der Äcker. Callas mit den Gäulen hat dem, was sowieso kommen wird, nur vorgegriffen.

DER PÄCHTER PARR *zu Callas*: Es ist ganz dasselbe, was die Sichel will.

DER PÄCHTER CALLAS: Mehr. Bei der Sichel kriegt das Dorf die Gäule! Aber merk dir: sehr gut, vorgreifen! Lieber Freund, du hast gehört, was ich gemacht habe. Alles Vertrauen in Herrn Iberin in Ehren – ich darf sagen, daß mein Vertrauen in ihn unbegrenzt ist –, aber wenn du dieser Tage irgendwie in den Besitz von Gäulen gelangen kannst, sagen wir zufällig, zum Beispiel wie ich, dann ist das sicher nicht schlecht. Ich möchte sagen, es ist sicherer.

DER PÄCHTER PARR: Ich verstehe. Heil Iberin! Aber nur was man hat, hat man. Callas, du hast mir die Augen geöffnet. Ich weiß jetzt, was ich zu tun habe.

Er geht eilig ab.

HUA: Jedenfalls bitte ich alle Anwesenden, auf die Gesundheit des Herrn Callas und seiner Gäule zu trinken.

Die Huas stehen auf. Die reichen Pachtherren, außer Herrn Peruiner, bleiben sitzen.

HERR DE HOZ *halblaut*: Ich trinke nicht auf die Gesundheit eines Pferdediebs!

HERR SAZ: Dann ist es besser, sofort wegzugehen.

Die Herren zahlen, stehen auf und gehen weg.

HUA: Ich traue meinen Augen nicht! Sie haben nicht auf dein Wohl getrunken, Callas, das gefällt mir nicht. Nach ihrer Schale zu urteilen, wette ich, daß das Tschichen sind.

DER PÄCHTER CALLAS: Sie kommen mir so bekannt vor. Das sind die Leute, die vor Gericht aussagten, meine Tochter habe einen Tschichen belästigt. Das sind die Freunde des de Guzman und genau solche wie er.

DIE HUAS: Bleib nur ruhig sitzen, Callas! – Wir werden mit den Herren noch eine sehr ernste Unterredung haben müssen in deiner Angelegenheit.

Die Huas gehen den Pachtherren nach.

FRAU CORNAMONTIS *den Huas nacheilend*: Um Gottes willen, vergreifen Sie sich nicht an den größten Pachtherren des Landes!

DER PÄCHTER CALLAS *zu seiner Tochter Nanna*: Könntest du nicht etwas Kleingeld verschaffen? Ich habe allerhand Hunger.

NANNA: Ich kann nichts mehr machen. Seit drei Tagen feiert mich Luma als das tschuchische Mädchen wie eine Königin. Man trinkt auf meine Gesundheit, man spricht von meinem Aufstieg. Seit drei Tagen bin ich jeder Belästigung entrückt. Ich kann nichts mehr verdienen. Anstatt begierig, blicken mich die Männer verehrungsvoll an. Das ist katastrophal.

DER PÄCHTER CALLAS: Jedenfalls mußt du nicht mehr ins Puff. Und Ackergäule habe ich auch schon. Und ohne, daß ich einen Finger rührte!

NANNA: Meiner Meinung nach hast du sie noch nicht.

Die zwei Rechtsanwälte der Familie de Guzman treten ein und gehen mit ausgestreckten Armen auf Callas zu.

DIE ANWÄLTE: Ach, hier sind Sie ja, mein lieber Herr Callas! Wir haben Ihnen einen glänzenden Vorschlag zu machen. Die Sache rangiert sich jetzt.

Sie setzen sich zu ihm.

DER PÄCHTER CALLAS: So.

DIE ANWÄLTE: Wir können Ihnen jetzt mitteilen, daß eine gewisse Familie unter Umständen bereit wäre, Ihnen, was die zwei Gäule betrifft, entgegenzukommen.

NANNA: Wofür?

DER PÄCHTER CALLAS: Es handelt sich wohl um eine gewisse tschichische Familie?

DIE ANWÄLTE: Sie werden wissen, daß der Fall, von dem wir sprechen, in einem Prozeß noch einmal aufgerollt werden soll.

DER PÄCHTER CALLAS: Das weiß ich nicht.

DIE ANWÄLTE: Sie können sich vorstellen, daß von gewisser hochstehender Seite alle Hebel in Bewegung gesetzt werden, daß das Urteil revidiert wird.

DER PÄCHTER CALLAS: Von tschichischer Seite.

DIE ANWÄLTE *lachend*: Von tschichischer Seite. Wir haben ein Zeugnis an Eides Statt in Händen, wonach Ihre Tochter, der damit übrigens nicht zu nahe getreten werden soll, schon vor ihrer Bekanntschaft mit dem betreffenden – tschichischen – Herrn eine Beziehung mit einem Mann unterhalten hat, so daß also der Vorwurf der Verführung in Wegfall käme.

NANNA: Das ist nicht wahr.

DIE ANWÄLTE: Wenn Sie es zugäben, könnte man sofort über eine Schenkung sprechen.

DER PÄCHTER CALLAS: Darauf habe ich Ihnen nur eine Antwort ...

NANNA: Halt! *Zu den Anwälten:* Lassen Sie mich einen Augenblick mit meinem Vater allein.

DIE ANWÄLTE: Klipp und klar: Sie können jetzt zwei Pferde geschenkt bekommen, wenn Sie klug sind!

Die Anwälte gehen schlendernd zur Theke.

DER PÄCHTER CALLAS: Der Iberin ist für uns, darum sind sie so nachgiebig. Wir brauchen unsern guten Namen nicht für ein Butterbrot wegzuschenken. Was meinst du?

NANNA: Ich meine, daß wir die Gäule nehmen sollen. Es kommt nicht darauf an, wofür der Iberin ist. Es kommt alles darauf an, wie die Schlacht steht.

DER PÄCHTER CALLAS: Und wie steht die Schlacht?

NANNA *aufgeregt in der Zeitung blätternd*: Hier stehen ja nur Lügen, aber es ist klar, daß die Sichel immer weiter vorrückt. Sogar hier steht, daß sie schon vor der Stadt Mirasonnore sind. Dort ist das Elektrizitätswerk für die Hauptstadt. Wenn sie das haben, können sie das ganze Licht abstellen.

DER PÄCHTER CALLAS: Liebe Tochter, ich leere mein Glas auf das Wohl unseres Freundes Lopez. Er kämpft wie ein Löwe. Die Pachtherren schenken schon ihre Gäule weg. Aber man muß hier sein, denn nur was man hat, hat man.

NANNA: Aber das Schlachtenglück kann ja jeden Augenblick umschlagen. Es sind zu wenige bei der Sichel, zu viele sind wie du weggelaufen.

DER PÄCHTER CALLAS: Ich bin anderer Ansicht. *Er winkt den Anwälten:* Meine Herren, meine Antwort an die Familie de Guzman lautet: Nein! Ich habe es nicht nötig, Zugeständnisse zu machen. Lesen Sie die heutigen Zeitungen. Ich brauche euch keineswegs mehr die Stiefel zu lecken!

DIE ANWÄLTE: Und die zwei Gäule?

DER PÄCHTER CALLAS: Ich habe ja die Gäule. Draußen stehen sie. Ich denke nicht daran, die Ehre meiner Tochter, eines tschuchischen Mädchens, preiszugeben.

DIE ANWÄLTE: Wie Sie wollen!

Die Anwälte ab.

DER HAUSBESITZER CALLAMASSI *der am Nebentisch gesessen hat*: Haben Sie Ärger, Herr Callas?

DER PÄCHTER CALLAS: Im Gegenteil. Diese Tschichen sind ein dummes Pack. Jetzt wollen sie mich bestechen. Aber ich habe sie gleich festgenagelt. Sie wollten mir die Pferde eben schenken. Soweit habe ich sie also schon. Aber ich sollte eine unehrenhafte Handlung begehen. Das ist echt tschichisch. Sie glauben, daß man alles und jedes nur vom niedrigsten wirtschaftlichen Standpunkt aus behandeln kann. Oh, wie recht hatte der Statthalter! Mein Herr, die Zeit, wo ich meine Ehre verkaufen mußte, ist vorbei. Ich kann diese Dinge heute nicht mehr von einem so niedrigen Standpunkt aus behandeln. Das mögen sich diese Herren gesagt sein lassen! Wie dumm diese Tschichen sind, können Sie daraus entnehmen, daß ich jetzt die Gäule dafür habe, daß der Tschiche meine Tochter gehabt hat. Das macht mir nicht jeder nach. Meine Tochter sieht ebensogut aus wie ein anderes Mädchen ihres Alters, aber sehen Sie sich einmal diese Gäule an! Ich habe sie draußen stehen. Selbstverständlich war, unter uns, niemals die Rede davon, daß ich für das Mädchen die Gäule bekommen sollte.

NANNA *sieht, daß er betrunken ist*: Wollen wir nicht lieber gehen, Vater?

DER PÄCHTER CALLAS: Das ist ja lächerlich! Herr de Guzman hat eben ein Auge zugedrückt, wenn ich sie benutzt habe. Wer wird auch zwei solche Gäule für ein Mädchen anlegen? Sie müssen sich wirklich die Gäule anschauen!

DER HAUSBESITZER CALLAMASSI: Herr Callas, es wird mir eine Ehre sein, Ihre Gäule betrachten zu dürfen.

Nanna zieht ihren Vater an den Rockschößen hinaus. Callamassi folgt den beiden. Man hört eine Radiomeldung: «Das Elektrizitätswerk Mirasonnore ist von der Sichel bedroht. Wird die Hauptstadt heute nacht ohne Licht sein?» Durch die Hintertür stürzen die reichen Pachtherren Saz, de Hoz und Peruiner. Sie sind verwundet. Ihnen nach Frau Cornamontis.

FRAU CORNAMONTIS: Ach, meine Herren, Sie hätten lieber aufstehen und auf das Wohl des Herrn Callas trinken sollen. Er ist nun eben mal ein Volksheld.

HERR SAZ: Lassen Sie sofort die Rolläden herunter! Diese Huas sind hinter uns her!

HERR PERUINER: Wasser und Verbandstoffe!

Frau Cornamontis bringt Wasser und Verbandstoffe. Die Herren fangen an, sich Verbände anzulegen.

HERR SAZ: Wenn erst die Sichel geschlagen ist, muß man diese Burschen alle aufhängen.

HERR PERUINER *zu Frau Cornamontis*: Der Arm ist ganz lahm. Aber machen Sie mir auch einen Verband um den Kopf!

FRAU CORNAMONTIS: Ich sehe keine Wunde auf ihm, mein Herr.

HERR PERUINER: Aber einen Spitz, meine Liebe!

Es klopft. Ein Mann tritt ein.

DER MANN: Hier wird ein Arzt gebraucht. Ich bin Arzt.

HERR PERUINER *brüllt*: Hut ab!

Der Arzt nimmt den Hut ab. Er hat einen spitzen Kopf.

HERR PERUINER: Was sind Sie? Sie sind Tschiche!

DER ARZT *brüllt*: Ich bin ein Arzt!

HERR SAZ:

Und findet man Sie hier, erschlägt man uns.

Der Arzt ab.

HERR DE HOZ *zu Peruiner*:

Daß du ein Tschich sein mußt! Kein Mensch hätt uns verfolgt.

HERR PERUINER:

Ich bin nicht dieser Ansicht. Nicht mehr.
's ist unser Rock. Daß wir anständig aussehn.
Man gibt uns jetzt der Straße preis, das ist's!
Das sind die Folgen des de Guzman-Urteils!
Nie durften wir als Pachtherrn einen Pachtherrn
Dem Mob preisgeben, weil er Tschiche war.
Wir lieferten den Tschichen aus, der Mob
Griff nach dem Pachtherrn!

HERR DE HOZ:

Was jetzt tun? Den Bahnhof
Noch zu erreichen, ist unmöglich.

Es klopft. Frau Cornamontis öffnet vorsichtig. Missena tritt ein.

MISSENA *eifrig*:

Froh, euch zu finden!

HERR SAZ:

Sehr verbunden. Wirklich.
Von oben bis unten sehr verbunden. Angefallen
Auf offner Straße und von euren Leuten!

HERR DE HOZ:

Wie steht die Schlacht?

MISSENA: Nicht günstig.

HERR SAZ:

Sag die Wahrheit!

MISSENA:

Sie ist verloren! Unsere Truppen räumen
Haltlos das Schlachtfeld.

HERR PERUINER:

Und wo ist das Schlachtfeld?

MISSENA:

Der Kampf geht jetzt um Mirasonnore
Und um das Kraftwerk dort.

HERR SAZ:

So nah? Verdammt!

MISSENA:

Seht ihr jetzt, was ihr müßt? Geld müßt ihr schaffen!
Jetzt ist Geld nötig! Geld ist nötig! Geld!

HERR PERUINER:

Geld! Geld! Geld! Geld!
's ist leicht gesagt. Doch was geschieht damit?

HERR SAZ:

Es waren Iberinleute, die uns stellten!

MISSENA:

Ja, dem ist nicht zu helfen, Freunde, der seinem
Leibwächter nicht genug Essen vorsetzt. Das ist
Doch Iberins Einfall, nun die eine Hälfte
Des ärmeren Volkes zu mieten, daß sie uns
Die andere Hälfte eisern niederhält.
Oh, rechne jeder, Tschuch und Tschich, jetzt aus
Was er an Geld aufbringt zu einer Anleih, sonst
Ist jetzt alles hin!

Das Licht geht flackernd aus.

HERR SAZ:

Was ist los mit dem Licht?

MISSENA *feierlich*:

Mirasonnore ist gefallen, Freunde!

FRAU CORNAMONTIS *bringt eine Kerze und leuchtet*: Um Gottes willen, meine Herren, was wird jetzt werden? Wenn das so weitergeht, haben wir morgen die Sichel hier in Luma.

HERR DE HOZ:

Was kann da helfen?

MISSENA:

Geld kann helfen.

HERR SAZ:

Geld

Kann nur auftauchen, wo Vertrauen herrscht.
Und hier herrscht keins. Ich sprech nicht von den Prügeln
Solang man mir mein Hab und Gut schützt, kann man

Mir auch mal auf den Kopf haun aus Versehn.
Doch darum geht's: wie ist es mit der Pacht?

MISSENA:
Pacht? Pacht ist Eigentum, und das ist heilig.

HERR PERUINER:
Und wie ist's mit den Gäulen dieses Callas'?

MISSENA:
Was wollt ihr?

HERR SAZ:
Daß ihr eurem Volkshelden den Prozeß macht! Öffentlich und gleich!
Und ihm die
Zwei Gäule absprecht! Öffentlich und gleich!

MISSENA:
Schön, wenn ihr zahlt – wir machen den Prozeß.
Ich weiß, Herr Iberin ist sehr bedrückt
Ob dieser niedern Raffgier mancher Pächter.
Doch was hilft Jammern? Vor die Sichel nicht
Zerbrochen ist, kann der sich Pferde nehmen
Und jeder, was ihm fehlt. Helft Iberin
Die Sichel erst zerbrechen, und es kehrt
Zurück de Guzmans Macht und auch de Guzmans Pferd.
Kommt beim Prozeß nicht auf das Todesurteil!
Erwähnt nur seine Gäule, nicht sein Leben.
Dies hängt von jenen ab, nicht umgekehrt!
Kommt nun zu Iberin! Nur eines noch:
Seid mir behutsam, wenn man jetzt von Geld spricht!
Sein hochfliegender Geist verträgt es kaum
Daß man mit niedern Dingen ihn behelligt.
Er glaubt, der tschuchische Geist bezwingt aus sich
Ohn äußere Hilf den Feind. Doch bietet ihr ihm Geld –
Das ja doch nötig ist – vorsichtig an
Selbstlos, begeistert, opferwillig, nimmt er's!

HERR PERUINER:
Ein Kopf wie der
er zeigt auf seinen Spitzkopf
ist dort nicht gern gesehn.

MISSENA:
In schwerer Stund muß er euch schätzen lernen.

HERR PERUINER:
Man nimmt kein Geld von Tschichen dort.

MISSENA *lächelnd*:
Man nimmt!
Wollen wir wetten, daß man nimmt? Kommt eilig!

7
Palais des Vizekönigs

Wieder findet im Hof eine Gerichtssitzung statt. Aber der Hof ist sehr verändert. Ein großer Kronleuchter, ein Teppich, die neuen Kostüme der Beamten sprechen von Reichtum. Der alte Richter trägt eine neue Robe und raucht eine dicke Zigarre. Der Inspektor geht nicht mehr barfuß. Während die Beamten unter der Aufsicht des Herrn Missena den Gerichtssaal aufbauen, singt der Richter zu einer leisen Musik das Lied von der belebenden Wirkung des Geldes.

LIED VON DER BELEBENDEN WIRKUNG DES GELDES

1

Niedrig gilt das Geld auf dieser Erden
Und doch ist sie, wenn es mangelt, kalt
Und sie kann sehr gastlich werden
Plötzlich durch des Gelds Gewalt.
Eben war noch alles voll Beschwerden
Jetzt ist alles golden überhaucht
Was gefroren hat, das sonnt sich
Jeder hat das, was er braucht!
Rosig färbt der Horizont sich
Blicket hinan: der Schornstein raucht!
Ja, da schaut sich alles gleich ganz anders an.
Voller schlägt das Herz. Der Blick wird weiter.
Reichlich ist das Mahl. Flott sind die Kleider.
Und der Mann ist jetzt ein andrer Mann.

2

Ach, sie gehen alle in die Irre
Die da glauben, daß am Geld nichts liegt.
Aus der Fruchtbarkeit wird Dürre
Wenn der gute Strom versiegt.
Jeder schreit nach was und nimmt es, wo er's kriegt.
Eben war noch alles nicht so schwer.
Wer nicht grade Hunger hat, verträgt sich.
Jetzt ist alles herz- und liebeleer.
Vater, Mutter, Brüder: alles schlägt sich!
Sehet: der Schornstein, er raucht nicht mehr!
Überall dicke Luft, die uns gar nicht gefällt.
Alles voller Haß und voller Neider.

Keiner will mehr Pferd sein, jeder Reiter
Und die Welt ist eine kalte Welt.

3

So ist's auch mit allem Guten und Großen.
Es verkümmert rasch in dieser Welt
Denn mit leerem Magen und mit bloßen
Füßen ist man nicht auf Größe eingestellt.
Man will nicht das Gute, sondern Geld.
Und man ist von Kleinmut angehaucht.
Aber wenn der Gute etwas Geld hat
Hat er, was er doch zum Gutsein braucht.
Wer sich schon auf Untat eingestellt hat
Blicke hinan: der Schornstein raucht!
Ja, da glaubt man wieder an das menschliche Geschlecht.
Edel sei der Mensch, gut und so weiter.
Die Gesinnung wächst. Sie war geschwächt.
Fester wird das Herz. Der Blick wird breiter.
Man erkennt, was Pferd ist und was Reiter.
Und so wird das Recht erst wieder Recht.

Auf eine schwarze Tafel schreibt der Inspektor groß: «Prozeß Kloster San Barabas gegen Pächter Callas. Streitobjekt: 2 Pferde.» Leuchtschrift: «Die Regierungstruppen gehen mit frischen Reserven zum Gegenangriff gegen die Sichel vor.» Aus dem Palais tritt Iberin.

IBERIN:
Wie steht die Schlacht?

MISSENA:
Nun, eine große Wendung.
Der Sichel Vormarsch stockt seit heute nacht
Und heute früh begann der Gegenangriff
Mit neuen Truppen und in der neuen
Ausrüstung, Herr. Die Stadt Mirasonnor'
Wird wohl den Ausschlag geben. Um das Kraftwerk
Das vor drei Tagen an die Sichel fiel
Tobt der Entscheidungskampf. – Ihr führt selbst den Prozeß?

IBERIN:
Ich denke nicht daran. Nichts ist entschieden.
Wenn es ein Sieg ist, fälle ich den Spruch
Und nicht vorher.

MISSENA:
Wir fangen aber an.

IBERIN:
Macht's, wie ihr wollt. *Er geht ins Palais.*

MISSENA:

Unschlüssig wie gewöhnlich!

Wir fangen an. Herr Richter, auf ein Wort!

Er nimmt den Richter beiseite und redet auf ihn ein, bis die Parteien auftreten. Dann geht er weg.

DER INSPEKTOR: Prozeß Kloster San Barabas gegen Pächter Callas. Streitobjekt zwei Pferde.

Der Pächter Callas, seine Tochter sowie Isabella de Guzman, die Oberin von San Barabas und die Anwälte werden in den Saal gelassen.

DER PÄCHTER CALLAS: Ich werde ihm schon ein Licht aufstecken, wie seine Ideen ausgeführt werden. Er wird schon sagen, ob ein Tschiche das Recht hat, einem Tschuchen die Gäule wegzunehmen, die er beim Akkern braucht.

NANNA: Da könntest du ja jeden Gaul wegnehmen, der irgendwo steht.

DER PÄCHTER CALLAS: Jeden tschichischen.

DER TSCHUCHISCHE ANWALT *laut*:

Wie steht die Schlacht?

DIE OBERIN:

Seit heute morgen günstig.

DER ANWALT:

Sehr gut. Von ihrem Gang hängt alles ab.

ISABELLA:

Ach, Oberin, wenn dieser niedrige Streit
Um Hab und Gut nur schon vorüber wäre!

NANNA: Spitzer Kopf, unnützer Tropf. *Pause.* Aber fromm! Dabei hat sie einen Hintern wie eine Königin. Die ist gut genährt, die würde hübsch was aushalten. Aber das kommt ja nicht in Frage, daß so eine arbeitet. *Zu Callas:* Und du zahlst es.

DER PÄCHTER CALLAS: Ich? Ich zahle gar nichts. *Zu den Frauen:* Von mir kriegt ihr nichts mehr heraus.

DIE OBERIN: Liebes Kind, es wird gut für dich sein, wenn du in unserem stillen Stift sein kannst.

NANNA: Ja, das wird ihr gut tun. Die Ziege muß sich ja vom Nichtstun erholen.

DER PÄCHTER CALLAS: Tschichisches Pack!

NANNA: Der alte Richter ist wieder da. Das ist schlecht.

DER PÄCHTER CALLAS: Schlecht ist nur, daß heute keine Leute da sind. Aber das werden wir ja doch sehen, wer da recht bekommt heute.

DIE OBERIN: Ja, lieber Mann, das werden wir allerdings sehen.

NANNA: Jedenfalls wird erst einmal der Herr Bruder aufgeknüpft.

Isabella wird es übel.

NANNA *schreit*: Die braucht wohl zwei Gäule, damit sie ihren Nachtkasten ins Kloster schafft.

DIE OBERIN: Sie sind jetzt ruhig. *Sie tritt auf Callas zu.* Sie bilden sich wohl etwas darauf ein, daß Ihr Kopf rund ist? Sie meinen, dann brauchen Sie nicht mehr zu zahlen? Wissen Sie, an wen Sie zahlen werden?

DER PÄCHTER CALLAS: An Tschichen nicht.

Die Oberin nimmt seine Hand und legt sie sich auf den Kopf.

NANNA: Was meinen Sie damit?

DIE OBERIN: Das eben werden Sie sehen. Jedenfalls sind unsere Köpfe auch rund.

NANNA *zu ihrem Vater*: Es scheint schlecht zu stehen mit der Sichel. Und hier sieht es auch anders aus als vor acht Tagen. Sie haben Zaster hereinbekommen. Das ist nicht gut für uns.

DER PÄCHTER CALLAS: Ich verlasse mich ganz auf Herrn Iberin.

Leuchtschrift: «Das kürzlich ergangene Todesurteil gegen einen großen Pachtherrn wirkte stark auf die Pächter. Viele halten sich jetzt der Sichel fern und bleiben auf ihren Pachthöfen.»

DER RICHTER: Herr Iberin ist sehr beschäftigt, jedoch wird er es sich nicht nehmen lassen, in dem Rechtsfall selbst zu entscheiden, da er in unserer Hauptstadt viel besprochen wird und die Frage des Eigentums aufwirft.

DER PÄCHTER CALLAS: Ich möchte betonen, daß ich mich auf den Ausspruch des Herrn Statthalters stütze, die Pacht sei in Zukunft nebensächlich. Ferner auf den Ausspruch: Was sind zwei Gäule! Außerdem darauf, daß an mir ein Unrecht verübt worden ist.

DER RICHTER: Eins nach dem andern, Freund. Wir hören zunächst den Anwalt der Familie de Guzman.

DER TSCHUCHISCHE ANWALT: Der Mann hat nicht den geringsten Anspruch auf die Gäule.

NANNA: Das Fräulein hat den Anspruch: sie muß zu Pferd beten.

DER RICHTER: Ruhe! – Sie können jetzt ausführen, warum Sie die Gäule an sich genommen haben.

DER PÄCHTER CALLAS: Als meine Tochter damals vom Pachtherrn mißbraucht wurde, wurde das ausgemacht, daß ich die Pferde bekommen sollte.

DER TSCHUCHISCHE ANWALT:
Dann war's ein Handel?

Der Pächter Callas schweigt.

Also war's ein Handel.
Wir haben dir gesagt: gibt uns die Tochter
Wir geben dir die Pferde dafür? Ganz unmöglich!
Unmöglich auch, daß du die Tochter gäbest
Für die zwei Pferde. Oder nicht unmöglich?

DER PÄCHTER CALLAS:
Es war kein Handel.

DER TSCHUCHISCHE ANWALT:
Was war es dann?

DER PÄCHTER CALLAS *zu Nanna*:
Was meint er?

NANNA: Du behauptest, du hast sie als Geschenk empfangen.

DER TSCHUCHISCHE ANWALT:
Wann?

DER PÄCHTER CALLAS:

Was heißt das, wann?

DER TSCHUCHISCHE ANWALT:

Nun, wann? Vor- oder nachher?

DER PÄCHTER CALLAS: Ich antwort keinem Tschichen.

Er sieht sich beifallheischend um, begegnet aber nur steinernen Gesichtern.

DER PÄCHTER CALLAS: Es ist sicher eine Schlinge, Herr, in der ich mich fangen soll. Das sind so spitzfindige Fragen, die aus spitzen Köpfen kommen.

DER RICHTER:

Wenn du sie vorher ausbedungen hättest –
Auch ich beanstand' diese Frage – wärst du
Der Kuppler deiner eigenen Tochter. Das Gericht
Nimmt an, es sei nachher geschehen, daß
Dein Pachtherr dir, damit du schweigst, die Pferde
Als Pflaster gab: ein Pflaster auf das Unrecht.

DER PÄCHTER CALLAS: Ja, es war nachher. Es war ein Pflaster. Als mir damals das Unrecht angetan wurde, waren die Gäule das Pflaster.

Leuchtschrift: «Günstiger Verlauf der Schlacht im Süden. Die Sichel beschränkt sich auf die Defensive.»

DER TSCHICHISCHE ANWALT *leise zum andern*: Amtlich kein Wort von Tschich und Tschuch heut!

DER TSCHUCHISCHE ANWALT *zurück*:

Hab's bemerkt.

Zum Gericht gewendet: Hoher Gerichtshof, auch wir stehen auf dem Standpunkt, daß unser Fall von grundlegender Bedeutung für das Land ist. Man könnte sagen: was spielen zwei Pferde mehr oder weniger für eine Rolle für einen der größten Gutsbesitzer der Insel? Es ist jedoch nicht so.

Wenn man *die* Pferde an *den* Pächter gibt.
Dann nehmen alle Pächter alle Pferde.

NANNA: Und die Ziege kann nicht ins Kloster, wo sie sich vom Nichtstun erholen muß.

DIE OBERIN *sehr laut*:

Im Süden treibt der Pächter uns den Gaul
Aus unsern Ställen und den Pflug dazu.
Und schreiend, ihm geschäh ein Unrecht, nimmt er
Den Acker weg und nennt's ein Unrecht, daß
Ihm Pferd und Acker gestern nicht gehört hat!

DER TSCHUCHISCHE ANWALT: Hoher Gerichtshof, im Gefängnis sitzt seit gestern ein Mann, ebenfalls Pächter. Ich bitte, ihn herholen zu lassen.

Der Richter nickt.

DER INSPEKTOR *ausrufend*: Pächter Parr!

NANNA: Was wollen die hier mit Parr?

DER PÄCHTER CALLAS: Darauf kommt es gar nicht an, das sind nur Tricks.

Hereingeführt wird in schweren Ketten der Pächter Parr.

Der tschuchische Anwalt: Sie sind mit Herrn Callas in das Kaffeehaus der Frau Cornamontis gekommen, als dieser die Gäule brachte?

Der Pächter Parr: Jawohl.

Der tschuchische Anwalt: Sie sind ebenfalls ein Pächter der Familie de Guzman?

Der Pächter Parr: Jawohl.

Der tschichische Anwalt: Von dem Kaffeehaus sind Sie fünf Stunden zu Fuß in Ihren Heimatort zurückgegangen und haben vom Gutshof der Familie de Guzman zwei Pferde weggetrieben?

Der Pächter Parr: Jawohl.

Der tschichische Anwalt: Mit welcher Begründung?

Der Pächter Parr schweigt.

Der tschuchische Anwalt: Sie haben keine Tochter, Herr Parr?

Der Pächter Parr: Nein.

Der tschuchische Anwalt: Es war also kein Geschenk der Familie de Guzman?

Der Pächter Parr schweigt.

Der tschuchische Anwalt: Warum haben Sie sich die Pferde angeeignet?

Der Pächter Parr: Weil ich sie brauche.

Die Anwälte lächeln sich zu.

Der Richter: Aber das ist doch kein Grund, Mann Gottes!

Der Pächter Parr: Für Sie vielleicht nicht, aber für mich! Da mein Acker eigentlich ein Sumpf ist, muß ich zum Pflügen Gäule haben, das kann doch jeder verstehen.

Der tschichische Anwalt: Herr Callas, ist Ihr Acker auch ein Sumpf?

Der Pächter Callas schweigt.

Der Pächter Parr: Genau so.

Der tschuchische Anwalt: Herr Callas, haben Sie die Gäule ebenfalls gebraucht?

Der Pächter Callas: Jawohl, das heißt nein. Ich meine, ich habe sie nicht genommen, weil ich sie gebraucht habe, sondern weil sie mir geschenkt wurden.

Der tschuchische Anwalt: Sie billigen also nicht das Vorgehen Ihres Freundes?

Der Pächter Callas: Nein, das tue ich nicht. *Zu Parr:* Wie kannst du die Gäule einfach wegnehmen? Du hattest nicht das geringste Recht dazu.

Der Pächter Parr: Recht hattest du auch keines.

Der tschuchische Anwalt: Wieso? Wieso hatte Herr Callas kein Recht dazu?

Der Pächter Parr: Weil ihm die Gäule auch nicht geschenkt wurden.

Der Pächter Callas: Das kannst du doch nicht wissen! Wie kannst du so etwas sagen?

Der Pächter Parr: Da müßte ja der de Guzman viele Gäule haben, wenn er für jedes Weib zwei Gäule hergeben sollte!

Der tschuchische Anwalt: Hohes Gericht! Der Pächter Parr gibt in aller

Einfalt die Auffassung wieder, die in den Kreisen der Pächter bezüglich der Frage herrscht, ob Schenkungen größeren Ausmaßes in einem Falle wie dem der Nanna Callas landesüblich sind. Hoher Gerichtshof, ich möchte jetzt einen Zeugen aufrufen, dessen Aussage Sie sehr überraschen wird. Dieser Zeuge wird aussagen, was Herrn Callas' eigene Meinung über die Frage ist, ob Pachtherren so leicht Pferde wegschenken.

NANNA: Wen haben Sie da wieder aufgegabelt? Im Kaffeehaus hast du eine Menge dummes Zeug geredet.

DER PÄCHTER CALLAS: Jetzt geht es schief! Daran ist nur dieser Dummkopf Parr schuld. Er hat mir alles verdorben.

Auftritt Herr Callamassi.

DER TSCHUCHISCHE ANWALT: Bitte, wiederholen Sie die Sätze, die der Callas Ihnen gegenüber im Kaffeehaus fallenließ.

NANNA: Du mußt sofort protestieren!

DER PÄCHTER CALLAS: Dieser Zeuge, Hoher Gerichtshof, gilt überhaupt nicht! Was ich da vielleicht sagte, war privat.

DER TSCHUCHISCHE ANWALT: Und was sagte Herr Callas?

CALLAMASSI *in einem Atem*: Herr Callas sagte: selbstverständlich war, unter uns, niemals die Rede davon, daß ich für das Mädchen die Gäule bekommen sollte. Das ist ja lächerlich! Herr de Guzman hat eben ein Auge zugedrückt, wenn ich sie benutzt habe. Wer wird auch zwei solche Gäule für ein Mädchen anlegen? Sie müssen sich wirklich die Gäule anschauen.

DER RICHTER *zu Callas*: Haben Sie das gesagt?

NANNA: Nein.

DER PÄCHTER CALLAS: Ja, das heißt nein, ich war betrunken, Hoher Gerichtshof, alle Leute tranken mir zu wegen meines Sieges im Prozeß gegen meinen Pachtherrn und niemand gab mir dazwischen etwas zu essen.

DER RICHTER: Das klingt gar nicht gut, Herr Callas. Vielleicht überlegen Sie es sich auf die Aussage hin, ob Sie nicht lieber freiwillig auf die Pferde verzichten wollen?

NANNA: Das tust du aber nicht!

DER PÄCHTER CALLAS: Niemals, Hoher Gerichtshof, da ich dazu nicht in der Lage bin. *Laut:* Ich beantrage, daß der Statthalter selber das Urteil spricht, da es sich nicht um gewöhnliche, sondern um tschichische Pferde handelt. Ja, das ist es, es handelt sich um tschichische Pferde!

Leuchtschrift: «Gerüchte melden, daß der Statthalter von der Front allergünstigste Berichte erhalten hat.» Aus dem Palais tritt Iberin.

DER RICHTER: Herr Statthalter, der Pächter Callas verlangt in dem Rechtsstreit um die Pferde des Klosters San Barabas Ihr Urteil.

IBERIN *ist halb vorgetreten*:

Was willst du noch? Hab ich nicht alles getan
Was du verlangen konntest? Die Ehre dir
Zurückverschafft? Und einen Mann verurteilt
Der dir zu nah trat? Und ich sah nicht drauf

Ob er ein reicher, du ein armer Mann warst!
Ich hob dich hoch. Und du, bliebst du auf solcher Höh?
Ich weiß von deinem Anschlag, und ich warn dich!

DER PÄCHTER CALLAS: Ich möchte darauf aufmerksam machen, daß die Gäule, die ich zum Ackern brauche, in tschichischen Händen waren.

OBERIN: Ich möchte darauf aufmerksam machen, daß sie jetzt in tschuchischen sind.
Es handelt sich um unsere Pferde, Herr.
Und wir sind Tschuchen. Wären's Tschichenpferde
So wär doch Eigentum noch Eigentum!
Wer darf das stehlen? Herr, da stehn zwei Pferde.
Man geht drum rum. Man prüft. Man schätzt. Sieht man
Ihnen ins Maul schauend, eine Tschichenhand?
Mitnichten, Herr. Denn, Herr, was ist ein Pferd?
Ist es ein tschichisch, ist's ein tschuchisch Ding?
's ist keins von beiden! 's ist etwas, was hundert
Und soundsoviel Pesos wert ist, 's könnte
Auch Käse oder Stiefel sein für hundert
Und soundsoviel Pesos! Kurz, was dort
Mit seinen Hufen scharrt, sind hundert Pesos!
Und zwar sind's Klosterpesos! Auf ihnen liegt
Zufällig eine Pferdehaut. Doch so
Wie auf den Pferden eine Haut liegt, liegt
Auch noch ein Recht darauf: Es sind Klosterpferde.

DER TSCHUCHISCHE ANWALT: Da nämlich dem Kloster durch Schenkung die Hälfte allen lebendigen und toten Inventars der de Guzmanschen Güter gehört, aus dem die zwei Pferde stammen.

DER PÄCHTER CALLAS: Als ich die Pferde nahm, gehörten sie jedenfalls noch nicht dem Kloster.

ISABELLA *plötzlich rasend*: Aber auch nicht dir, du Vieh! Nimm die Mütze ab!

NANNA: Sie haben hier nichts zu sagen!

DER PÄCHTER CALLAS: Die ganze Sippschaft weiß noch nicht einmal, wie man Gäule einspannt.

ISABELLA: Nimm die Mütze ab! Das sind unsere Gäule! Die Mütze ab!

DER PÄCHTER CALLAS: Ich stütze mich auf den Ausspruch des Statthalters: hier gilt nicht arm noch reich!

ISABELLA: Das tun wir auch! Nimm die Mütze ab!

IBERIN: Ja, nimm sie ab!

Callas nimmt die Mütze ab.

Dies muß ein Ende haben!

Zu den Pachtherren:

Ich hör, es lauf in Luma ein Gerücht
Daß ich, weil ich den tschichischen Pachtherrn strafte
Ein Feind der Pachtherrn sei. Nun, nichts ist falscher.
Nicht gegen Eigentum erging mein Urteil

Nur gegen seinen Mißbrauch. Und du, Bauer
Von allem, was bewegt des Tschuchen Brust
Hast du begriffen nur, daß du was kriegen mußt!
Willst du für deine Ehre Pferde nehmen?
Als wär's ein guter Tausch? Du sollst dich schämen.

DER TSCHUCHISCHE ANWALT *scharf*: Herr Statthalter! Hoher Gerichtshof! Meine Klientel, das Kloster San Barabas, bietet den Beweis an, daß der Callas ein aufrührerisches Element ist.

DER TSCHICHISCHE ANWALT: Herr Callas hat vorhin sehr energisch den Pferderaub, den sein Freund Parr begangen hat, verurteilt. *Zum Zeugen Callamassi:* In dem Kaffeehaus soll aber Herr Callas ein bestimmtes Lied gesungen haben, das alle Anwesenden in große Erregung versetzte?

DER HAUSBESITZER CALLAMASSI: Jawohl. Es war das verbotene Was-man-hat-hat-man-Lied.

NANNA *zu ihrem Vater*: Jetzt bist du geliefert.

DER TSCHUCHISCHE ANWALT: Ich beantrage, daß der Angeklagte Callas sein Lied hier wiederholt.

IBERIN *zu Callas*: Hast du das Lied gesungen?

DER PÄCHTER CALLAS: Nein, das heißt ja. Ich war betrunken, Hoher Gerichtshof, alle Leute tranken mir zu und niemand gab mir dazwischen etwas zu essen.

IBERIN: Wiederhole das Lied!

DER PÄCHTER CALLAS: Es ist eigentlich gar kein Lied, es sind nur ein paar Strophen.

IBERIN: Sing sie!

DER PÄCHTER CALLAS: Jawohl.

Er schweigt.

IBERIN: Du sollst singen!

DER PÄCHTER CALLAS *finster*: Ich bin heiser.

DER TSCHUCHISCHE ANWALT: Wir erwarten hier keinen Kunstgenuß.

IBERIN: Sing!

DER PÄCHTER CALLAS: Ich habe es nur einmal gehört, so daß ich mich nicht genau erinnern kann. Ungefähr war es so.

Er wiederholt das Lied, einzig und allein die Worte «Heil Iberin» betonend.

DAS WAS-MAN-HAT-HAT-MAN-LIED

1

Es war einmal ein Mann
Der war sehr übel dran.
Da sagte man ihm: Warte!
Da wartete der Mann.
Das Warten war sehr harte.

Heil Iberin! Aber
Nur
Was man hat, hat man!

2

Der Mann war schon ganz schwach
Da macht' er einen Krach.
Er war ein böser Knochen.
Man gab ihm schleunigst nach:
Man hat ihm was versprochen.
Heil Iberin! Aber
Nur
Was man hat, hat man!

3

Es war einmal ein Mann
Dem schaffte man nichts ran.
Da tat er's an sich reißen.
Jetzt frißt er, was er kann
Und kann auf alles scheißen.
Heil Iberin! Aber
Nur
Was man hat, hat man!

DIE OBERIN *laut*: Wenn das nicht Aufruhr ist!

DER RICHTER: Es ist sogar fraglich, ob dieses Lied nicht eine direkte Beleidigung der Regierung darstellt.

IBERIN: Die Pferde sind ihm abzusprechen.

DER RICHTER: Die Pferde sind dir abgesprochen. *Er geht weg.*

DER PÄCHTER CALLAS: Herr, so soll ich die Gäule nicht bekommen?

IBERIN: Nein. Recht ist Recht. Für dich wie jeden andern.

DER PÄCHTER CALLAS: Dann will ich euch etwas sagen: ich scheiße auf euer Recht, wenn ich die Gäule nicht bekomme, die ich zum Ackern brauche! Das ist kein Recht! Das ist kein Recht für mich, wenn ich die Gäule nicht kriege, die ich brauche! Das ist ein Pachtherrenrecht! Dann muß ich eben zur Sichel! Da kriege ich meine Gäule!

In diesem Augenblick beginnen die Glocken zu läuten. Von fernher das Geräusch einer großen Menschenmenge.

EINE STIMME HINTEN: Die Sichel ist zerbrochen!

DER TSCHUCHISCHE ANWALT: Sieg!

Auftritt Missena mit einem Mikrophon.

MISSENA:
Herr Iberin, der Pächteraufstand ist
Mit Gottes Hilfe blutig niederschlagen!

DIE OBERIN *leise Beifall klatschend*:
Bravo!

Iberin *am Mikrophon*:
Die Pächtersichel liegt am Boden! Gierige Hände
Greifend nach fremdem Gut, sind abgehaun.
Das ist des Tschuchen innerste Natur
Daß ihm das Eigentum geheiligt ist.
Und lieber hungert er und frettet sich
Eh er, ein Lump, von fremdem Teller ißt.
Schon das Gesindel, das am Staat sich mästet
Mit «Gott erbarm» und «können nichts dafür»
«'s gibt keine Arbeit, gebt uns was zu essen.»
Man wirft ihm seinen Brocken hin. Gut. Aber
Für mich ist so ein Tschuch kein Tschuche mehr.
Er sei gefüttert und er sei verachtet.
Doch wer da fordert, was ihm nicht gehört
Die Erd sein nennt, nur weil er sie bebaut
Und Pferd und Handwerkszeug, nur weil er's braucht
Wer so an fremdem Gut sich frech vergreift
Den soll man rechtens in der Luft zerreißen!
Denn solch ein Mensch teilt unser einiges Volk
Uns in zwei Teile! Künstlich! Nur von Gier getrieben!
Nur Gier erzeugend! Eh'r ist nichts getan
Eh nicht im Staub zerbrach die letzte Sichelfahn!

In diesem Augenblick geht das Licht im Kronleuchter an.

Eine Stimme hinten: Die Stadt Mirasonnore ist entsetzt! Das Elektrizitätswerk in den Händen der Regierung! Hoch Iberin!

Iberin: Und so wird's Licht!

Zu Callas, den Mikrophonteller mit der Hand zuhaltend:

Du aber, Bauer, geh jetzt heim und ackre
Und laß die Sorg fürs Ganze denen, die
Das Ganze überblicken! Sag, wenn's dir
Nicht ausreicht: du bist's, der nicht ausreicht, du!
Dein Fleiß ist's, nicht dein Jammer, was wir brauchen!
Was deinem Boden mangelt, das bist du!
Und was dein Boden nicht hergibt, gib du her!
Geh, Bauer, und gib, anstatt nur zu begehren
Damit wir dich mit Recht als Bauer ehren!

Er wendet sich ab und schreitet ins Haus, gefolgt von Missena. Alle ab, außer Callas und Nanna.

Leuchtschrift: «Die Sichel ist in voller Auflösung. Die Pächter räumen fluchtartig die widerrechtlich angeeigneten Pachthöfe.»

Der Pächter Callas: Hast du gehört, der Hund hat mich zum Tode verurteilt.

Nanna: Das habe ich nicht gehört. Die Gäule hat er dir abgesprochen.

Der Pächter Callas: Das ist das gleiche.

Das Geläute der Glocken dauert an.

8

Gasse der Altstadt

Die Glocken läuten immer noch. Der Tabakhändler steht unter seiner Ladentür. Die Tür der Viktualienhandlung rechts geht auf und heraus tritt die dicke Frau mit vielen Schachteln und Koffern.

DIE DICKE FRAU: Was ist das für ein Glockengeläute, Herr Palmosa?

DER TABAKHÄNDLER PALMOSA: Siegesglocken, Frau Tomaso! Die Pächter von der Sichel sind mit Gottes Hilfe blutig niedergeschlagen. Das ist ein großer Sieg!

DIE DICKE FRAU: So? Ich muß leider ausziehen, weil ich meine Ladenmiete nicht bezahlen kann.

DER TABAKHÄNDLER PALMOSA: Konnten Sie nicht so lange durchhalten, bis die großen Pläne der neuen Regierung ausgeführt werden?

DIE DICKE FRAU: Nein. *Sie setzt sich noch für einen Augenblick auf ihre Koffer.* Fünfunddreißig Jahre habe ich hier gewohnt!

DER TABAKHÄNDLER PALMOSA: Ich muß wahrscheinlich auch heraus. Gott sei Dank bekommt wenigstens mein Sohn, der doch bei der tschuchischen Legion ist, jetzt bald eine anständige Löhnung.

DIE DICKE FRAU: Dieser Herr Iberin war für mich eine schwere Enttäuschung. Er sieht so energisch aus.

DER TABAKHÄNDLER Palmosa: So schnell geht es eben nicht mit dem Aufbau! Vielleicht ist auch Ihr kleines Opfer nötig, Frau Tomaso, damit Jahoo auf einen grünen Zweig kommt.

DIE DICKE FRAU: Das einzige, was er erreicht hat, ist, daß wenigstens der Tschiche von drüben abgeholt wurde!

Ein Mann von sehr scheuem Wesen mit einem großen Hut ist die Straße heruntergekommen. Er schließt die Ladentür des Viktualienladens links auf. Es ist der tschichische Händler.

DIE DICKE FRAU *mit ihren Koffern abgehend*: Ich verstehe die Welt nicht mehr!

Glockenläuten. Aus dem Viktualienladen links tritt wieder der tschichische Händler. Er hat nur seine Koffer geholt und geht jetzt ebenfalls ab: auch er muß seinen Laden schließen. Der Hausbesitzer Callamassi kommt die Straße herunter.

DER HAUSBESITZER CALLAMASSI: Ich komme eben vom Prozeß. Große Neuigkeit: dem Callas sind die Pferde abgesprochen worden.

DER TABAKHÄNDLER PALMOSA: Was Sie nicht sagen! Und der Pachtherr?

DER HAUSBESITZER CALLAMASSI: Vom Pachtherrn ist nicht gesprochen worden.

DER TABAKHÄNDLER PALMOSA: Meinen Sie, er geht frei aus? Das sagt viel.

DER HAUSBESITZER CALLAMASSI: Soll das etwa eine Kritik an der Regierung bedeuten, Herr Palmosa?

DER TABAKHÄNDLER PALMOSA: Herr Callamassi, mein Geschäft ist es, Zigarren zu verkaufen, und nicht, die Regierung zu kritisieren.

DER HAUSBESITZER CALLAMASSI *ins Haus gehend*: Hüten Sie sich, Herr Palmosa! Der Statthalter hat sehr ernst über die unzufriedenen Elemente gesprochen. Übrigens, Ihre Miete ist immer noch nicht eingelaufen.

Der Tabakhändler Palmosa läuft hinüber zum Kaffeehaus und klingelt Frau Cornamontis heraus.

DER TABAKHÄNDLER PALMOSA *Frau Cornamontis eigentümlich anblikkend*: Frau Cornamontis, dem Callas sind die Gäule abgesprochen worden.

FRAU CORNAMONTIS: Dann werde ich ja wohl bald hier einen Besuch bekommen.

Wieder hinein.

DER TABAKHÄNDLER PALMOSA *geht in seinen Laden zurück*: Das ist der Wandel der Zeiten.

Die Gasse herunter kommt der Pächter Callas mit seiner Tochter, die einen Koffer trägt.

NANNA: Jetzt wären wir wieder so weit. Das ist das Haus. Hier standen die Leute und sagten: wie kommt ein tschuchisches Mädchen in so ein Haus! Es ist unwürdig, schrien sie. Aber weil man die schönsten Wörter nicht essen kann, muß ich froh sein, wenn ich wieder hier unterkomme.

DER PÄCHTER CALLAS: Sie werden ganz zufrieden sein, wenn du wiederkommst.

NANNA: Das weiß ich nicht.

DER PÄCHTER CALLAS: Hoffentlich sieht uns niemand hier von diesen Iberinleuten. Sonst sperren sie mich noch ein, weil ich mich nicht als Volksheld aufführe. *Sie schellen.* Warum öffnet denn niemand?

NANNA: Vielleicht wurde es doch noch zuguterletzt vom Gericht geschlossen?

DER PÄCHTER CALLAS: So, jetzt ist es recht! Jetzt kann ich dich durchfüttern durch den Winter!

FRAU CORNAMONTIS *kommt heraus*: Ach, Nanna!

NANNA: Guten Tag, Frau Cornamontis!

DER PÄCHTER CALLAS: Guten Tag, Frau Cornamontis!

NANNA: Frau Cornamontis, die Erwartungen, die mein Vater betreffs meiner Zukunft gehegt hat, sind leider nicht in Erfüllung gegangen. Ich hätte es ihm gleich sagen können. Aber eine ungewöhnliche Gerichtsverhandlung, in deren Mittelpunkt wir standen, hatte in ihm, wie Sie wissen, übertriebene Hoffnungen erweckt. Mein Vater bittet Sie, mich wieder bei sich aufzunehmen.

FRAU CORNAMONTIS: Ich weiß nicht, ob ich dich wieder nehmen soll.

NANNA: Ach, Frau Cornamontis, der Lauf der Welt ist sonderbar. Vor zwei Tagen haben mich die Leute auf den Schultern aus dem Gerichtssaal getragen und mir dabei ein Paar neue seidene Strümpfe zerrissen. Dabei kann ich noch von Glück sagen, denn solche Dinge gehen für gewöhnlich noch übler aus. Alle die kleinen Leute, die gestern und heute so herumbrüllten, werden bald wieder aufwachen.

Acht Pesos verdienen und für achtzig Pesos Krach machen, wie soll das gut ausgehen!

FRAU CORNAMONTIS: So etwas bleibt doch immer obenauf! *Betrachtet die zurückgekehrte Nanna.* Nur wenige Tage aus meinem Haus und schon so vernachlässigt! Ich kann wieder ganz von vorn anfangen mit der Erziehung! Wozu habe ich dir das teure Geld für Körperpflege nachgeworfen, wenn schon nach drei Tagen alle Anmut zum Teufel ist? Der Strumpf hängt herunter! Und was hast du wieder in dich hineingefressen die Tage! Dein Teint ist nicht zum Anschauen! Und dieses neue Lächeln kannst du dir nicht einfach abwaschen! Dieses Mädchen hat gelächelt wie eine Aphrodite, jetzt grinst es! Und diese schweinischen Bewegungen mit der Hüfte, wie eine Strichhure! Ich werde es mir sehr überlegen müssen. Das einzige, was für dich spricht, ist, daß die Herren Mädchen bevorzugen, die gestern noch unerreichbar schienen. Vielleicht versuche ich es noch einmal mit dir.

Sie geht ins Haus.

DER PÄCHTER CALLAS: Also, liebe Nanna, die Stunde der Trennung schlägt wieder. Ich freue mich, daß ich dich wieder einmal getroffen habe und mich dabei überzeugen konnte, daß es dir gar nicht so übel geht; jedenfalls besser als deinen armen Eltern! Solltest du in der nächsten Zeit etwas erübrigen können, so wären wir dir dankbar. Immerhin haben deine liebe Mutter und ich dir die Möglichkeit gegeben, hier dein Fortkommen zu finden. Wolle das nicht vergessen.

NANNA: Guten Tag, lieber Vater, wir haben jedenfalls einige schöne Tage mitsammen verlebt. Mach aber jetzt keine Dummheiten mehr und geh schnell heim.

Sie geht hinein.

DER TABAKHÄNDLER PALMOSA *tritt aus dem Laden, wo er gelauscht hat*: Sind Sie nicht der «Callas mit den Gäulen»?

DER PÄCHTER CALLAS: Ja, «Callas mit den Gäulen», so nannte man mich. Aber diese Gäule waren ein Dreitagetraum. Damals war die Sichel noch im Aufstieg, aber dann hat sie leider nachgelassen.

DER TABAKHÄNDLER PALMOSA: Haben Sie wenigstens Erfolg gehabt mit Ihrer Anregung in dem Prozeß gegen den de Guzman, daß die Pacht gestrichen werden soll?

DER PÄCHTER CALLAS *erschrocken*: Die Pacht? Richtig! Davon ist ja in dem Trubel überhaupt nicht mehr die Rede gewesen. Das muß ich sofort in Erfahrung bringen! Mensch!

DER TABAKHÄNDLER PALMOSA: Wo? Wo werden Sie das in Erfahrung bringen?

DER PÄCHTER CALLAS: Wo?

DER TABAKHÄNDLER PALMOSA: Am besten ist es, Sie gehen sofort zum Herrn Iberin.

DER PÄCHTER CALLAS: Zum Iberin? Zu dem gehe ich nicht mehr, mein Lieber. Aber herausbringen muß ich es.

Er geht weg, immer mehr ins Laufen kommend.

Der Tabakhändler Palmosa: Wohin laufen Sie denn?

Er geht kopfschüttelnd in seinen Laden zurück. Isabella de Guzman, die Oberin von San Barabas und die Anwälte kommen vom Prozeß.

Die Oberin:

Ich denke, aus dem Gröbsten sind wir. Eben
Flüsterte mir Herr Peruiner zu
Er lasse Ihren Bruder grüßen. Jetzt
Sei alles ja im Lot. Ja, und Herr Saz
Sagt bedeutungsvoll: wenn unsere Truppen
Einziehen in die Hauptstadt, werden sie
Herrn Iberin eine Überraschung bringen.
Er lachte dabei.

Der tschuchische Anwalt:

Alles steht sehr gut.

Die Straße herunter kommen der Inspektor und der Hua mit Emanuele de Guzman in Ketten. De Guzman hat ein großes Pappschild um den Hals, auf dem steht: «Ich bin ein Tschiche und habe ein tschuchisches Mädchen geschändet und bin dafür zum Tode verurteilt.»

Isabella:

Was ist das?

Der tschuchische Anwalt: Herr de Guzman! Herr de Guzman, ich gratuliere! Alles in Ordnung.

Die Oberin:

Die Pferde sind dem Pächter abgesprochen.

Der tschichische Anwalt:

Und dies bedeutet, daß die Güter wieder
Ganz sicher sind.

Herr de Guzman:

Und ich?

Der tschuchische Anwalt:

Ach, das wird auch jetzt
In Ordnung kommen. Davon sprach man gar nicht.

Isabella:

Emanuele, warum sagst du nichts?
Und blickst so bleich? Und warum diese Ketten?
Und dieses Schild, warum?

Die Oberin:

Formsache vermutlich!

Isabella:

Ach, Bruder, sprich! Wo führen sie dich hin?
Sei nicht so stumm!

Herr de Guzman:

Ich bin verloren, Schwester!
Ich komm nach Heilig Kreuz!

Isabella:

Nein!

DER TSCHUCHISCHE ANWALT *zum Inspektor*:

Ist das wahr?

DER INSPEKTOR: Herr, es ist wirklich kein gutes Zeichen. Aus dem Gefängnis Heilig Kreuz ist noch keiner lebend wieder herausgekommen.

HERR DE GUZMAN:
O Gott, ich geh nicht weiter, keinen Schritt!
Er setzt sich auf den Boden.

ISABELLA:
's ist also wahr? Ach, Oberin, das war es
Was mir im Kopf herumging all die Zeit.
Jetzt weiß ich es. Ob all dem Trubel und Feilschen
Um diese Pferde haben wir ihn vergessen.
Die Pferd' sind ihm gerettet jetzt. Doch er
Ist uns verloren.

HERR DE GUZMAN:
Ja, mich hängt man.

DER TSCHUCHISCHE ANWALT:
Unsinn.
Nach diesem Sieg!

DIE OBERIN:
Hörst du die Glocken, mein Sohn?
Das ist dein Sieg!

ISABELLA:
Nein! Warum sprecht ihr so?
Es steht nicht gut. Und jetzt erinnr' ich mich:
Ein Mann trat zu mir in dem Siegestrubel
Und sagte mir, ich sollte meinen Bruder
Jetzt nicht vergessen. Das Gesetz lauf manchmal
Auf so mechanische Art. Und danach bot er
Mir seine Hilfe an.

DER TSCHUCHISCHE ANWALT:
Wie sah er aus?

ISABELLA:
Ein großer Mann von tierischem Aussehn.

DER TSCHUCHISCHE ANWALT:
Das ist
Der Zazarante, Iberins rechte Hand.

DER INSPEKTOR:
Der Kommandant von Heilig Kreuz!

DER TSCHUCHISCHE ANWALT:
Sprach er
Nicht noch genauer? Zeitpunkt? Ort des Treffens?

ISABELLA:
Er gab mir eine komische Zeit: früh fünf Uhr.
Pause.

Herr de Guzman:
Schwester, das ist die Rettung.
Isabella:
Emanuele ...
Herr de Guzman:
Er hat für dich Interesse. 's ist ein Antrag.
Die Sach besprechen, zwischen fünf und sechs!
Die Sprechweis kenn ich. Ich besprach die Pacht ...
Du mußt hingehen.
Isabella:
Bruder!
Herr de Guzman:
Widersprich nicht!
Die Oberin:
Nun, Herr de Guzman, das ist stark. Man kann doch
Unmöglich einen Pachtherrn hängen. Sie sind
Ein Pachtherr, lieber Freund!
Herr de Guzman:
Nein, ich bin Tschiche.
Der tschuchische Anwalt:
Natürlich war's ein Antrag. 's war Erpressung
Versucht, bevor die Sichel zerschlagen war.
Bis dahin konnten sie uns auch erpressen.
Jetzt ist die Sichel aus der Welt. Das müssen
Sie doch begreifen, lieber Herr!
Isabella:
Was heißt das?
Die Oberin:
Sie hätten gestern vielleicht hingehn müssen.
Heut ist es nicht mehr nötig.
Herr de Guzman:
Doch, 's ist nötig.
Schwester, du weißt, man will mich abschlachten, weil ich
Ein Tschiche bin, wofür ich doch nichts kann.
Isabella:
Ja, wir sind Tschichen. Seht doch seinen Kopf!
Ist er nicht spitz? Seit heute nicht mehr spitz?
Herr de Guzman:
Seht, sie versteht mich!
Isabella:
Ja, ich versteh dich.
Herr de Guzman:
Und daß ich hängen soll!
Isabella:
Sie woll'n ihn hängen.
Herr de Guzman:
Und jetzt kommt's darauf an, so schnell wie irgend –

Da es ja feststeht, daß man überfallen
Und ausgeraubt sein soll – zu überlegen
Was man ausliefern soll: um was es mehr
Und um was weniger schad ist. Ob man nicht
Anstatt des Kopfs was anderes bieten kann
Das einem weniger fehlte und dem andern
Mehr nützte. Kurz, das nackte Leben muß
Gerettet sein und als das Höchste gelten.

ISABELLA *sieht ihren Bruder entsetzt an*:
Wie sprichst du, Bruder! Der mich ansprach, war
Ein Mensch von tierischem Aussehen.

HERR DE GUZMAN:
Wie seh ich aus?
Die Pächterstochter sah mich vielleicht tierisch.
Natürlich ist's nicht leicht, doch meinst du, ihr
War's leicht, mit mir zu sein? Sieh diesen Bauch.
Und sie war jung wie du.

ISABELLA:
Und du hast es verlangt?

HERR DE GUZMAN:
Ich hab's verlangt.

ISABELLA:
Nun gut, so wisse, Bruder
Wenn es von mir verlangt würd: ich tu's nicht.

HERR DE GUZMAN:
Ich hab's verlangt! Und er verlangt es auch!
Und 's ist auch nicht nur meine Sach! 's ist deine!
Wenn man mich hängt, zahlt dir kein Pächter Pacht
Und deine Keuschheit liegt am freien Markt.
Sie will bezahlt sein, und das liegt an dir!

ISABELLA:
Um alles bitt mich, Bruder, nicht um das!

HERR DE GUZMAN:
Stell dich nicht an! Und spiel hier nicht die Heilige!
Mich hängen sie, und weder für die Hur
Noch für die Betschwester will ich gehängt sein. Schluß!

ISABELLA:
O Bruder, nur die Not macht dich so schlecht!
Sie läuft weg.

HERR DE GUZMAN *brüllt ihr nach*:
So knapp am Tod ist keiner mehr gerecht!

DER TSCHUCHISCHE ANWALT:
Sie wird es niemals tun.

DIE OBERIN:
Ich seh nach ihr. *Ab.*

Der tschuchische Anwalt:
Ich sprech mit Peruiner. Morgen früh muß
Wer von den großen Pachtherrn in der Stadt ist
Am Richtplatz sein. De Guzman, Sie sind Pachtherr! *Ab.*

Der Hua *der sich auf die Fußkegel des de Guzman gesetzt hatte, steht auf*: Steh auf! *Zum Inspektor:* Treten Sie ihm in den Sack! Mich freut der ganze Sieg nicht; sofort, als er gemeldet wurde, haben sie uns die Kostgelder gestrichen.

Der Inspektor: Wir müssen uns jetzt auf die Socken machen, Herr de Guzman.

Herr de Guzman *steht auf*:
Ich bin verloren.

Der tschuchische Anwalt *zum Inspektor*: Er ist sehr nervös.

Sie gehen ab.

Der Tabakhändler Palmosa *der wieder gelauscht hat, läuft wieder zum Kaffeehaus und klingelt Frau Cornamontis und Nanna heraus*: Fräulein Callas, Sie haben etwas Wichtiges versäumt. Eben kamen sie mit dem de Guzman vorbei. Er wird nach Heilig Kreuz überführt. Sie haben also wenigstens die Genugtuung, daß dieser Mensch aufgehängt wird.

Nanna: So, wird er das?

Der Tabakhändler Palmosa: Sie scheinen aber nicht besonders erfreut.

Nanna: Wissen Sie, Herr Palmosa, ich habe diesen Herrn Iberin an der Arbeit gesehen. Gestern verurteilte uns der Vizekönig, heute tut es Herr Iberin. Heute ist es die Oberin von San Barabas, die uns die Gäule wieder wegnimmt: warum soll es morgen nicht wieder Herr de Guzman sein?

Sie singt die «Ballade vom Wasserrad».

DIE BALLADE VOM WASSERRAD

1

Von den Großen dieser Erde
Melden uns die Heldenlieder:
Steigend auf so wie Gestirne
Gehn sie wie Gestirne nieder.
Das klingt tröstlich und man muß es wissen.
Nur: für uns, die wir sie nähren müssen
Ist das leider immer ziemlich gleich gewesen.
Aufstieg oder Fall: wer trägt die Spesen?
  Freilich dreht das Rad sich immer weiter
  Daß, was oben ist, nicht oben bleibt.
  Aber für das Wasser unten heißt das leider
  Nur: daß es das Rad halt ewig treibt.

2

Ach, wir hatten viele Herren
Hatten Tiger und Hyänen
Hatten Adler, hatten Schweine
Doch wir nährten den und jenen.
Ob sie besser waren oder schlimmer:
Ach, der Stiefel glich dem Stiefel immer
Und uns trat er. Ihr versteht: ich meine
Daß wir keine andern Herren brauchen, sondern keine!
  Freilich dreht das Rad sich immer weiter
  Daß, was oben ist, nicht oben bleibt.
  Aber für das Wasser unten heißt das leider
  Nur: daß es das Rad halt ewig treibt.

3

Und sie schlagen sich die Köpfe
Blutig, raufend um die Beute
Nennen andre gierige Tröpfe
Und sich selber gute Leute.
Unaufhörlich sehn wir sie einander grollen
Und bekämpfen. Einzig und alleinig
Wenn wir sie nicht mehr ernähren wollen
Sind sie sich auf einmal völlig einig.
  Freilich dreht das Rad sich immer weiter
  Daß, was oben ist, nicht oben bleibt.
  Aber für das Wasser unten heißt das leider
  Nur: daß es das Rad halt ewig treibt.

9

Im Kaffeehaus der Frau Cornamontis

Isabella de Guzman steht vor dem Eingang.

ISABELLA:
Seitdem ich weiß, daß man ihn hängen will
Weiß ich auch, daß ich für ihn gehen muß.
Die alles dies schon oftmals durchgemacht
Die will ich fragen: ob es möglich ist
Dabei selbst kalt zu bleiben, und was man
Anziehen müßt und manche Einzelheit.
Soll man so tun, als käme man aus eigenem
Weil die Person, die es verlangt, zufällig
Einem Eindruck gemacht hätt und vielleicht im Schlaf

Einem erschienen sei? Vielleicht verwischt man so
Den bösen Schein, als ob man käuflich sei.
Vielleicht ist's würdiger, es durchblicken zu lassen
Recht ohne Scheu, daß man mißbraucht wird und
Nichts machen kann, jedoch im Grund ganz uner-
Reichbar und fern ist, während man sich hingibt.
Ob solches häufig vorkommt, etwa so, daß
Die Männer, denen man dies anträgt, nichts
Verächtliches drin finden können. Denn
Vielleicht ist, was da verlangt wird, so wenig
Daß großes Sträuben anzeigt nur zu große
Beteiligung: man hätt zuviel gewährt.
Auch werden solche Mädchen niemals schwanger
Und wissen, wie man es verhüten kann, daß
Die Sünde Frucht trägt. Ach, vieles gibt es noch.

Sie läutet.

NANNA *öffnet ihr*: Was wünschen Sie hier?

ISABELLA: Guten Tag, Nanna, du mußt mich kennen, wir haben, als wir klein waren, oft zusammen auf dem Hofe gespielt.

NANNA: Ja, und womit kann ich Ihnen dienen?

ISABELLA: Ich nehme dir wohl die Zeit weg?

NANNA: Kümmern Sie sich nicht darum.

ISABELLA: Die Umstände zwingen mich, dich aufzusuchen. Die Hinrichtung meines Bruders ist für morgen früh um fünf festgesetzt. Eine gewisse Möglichkeit, ihn zu retten, wenn auch unter ungewöhnlichen Opfern, bringt mich in eine Lage, der ich, ungeübt auf dem betreffenden Gebiete, allein nicht Herr werden kann.

NANNA: Setzen Sie sich.

ISABELLA *setzt sich*: Kann ich ein Glas Wasser haben? Ich fühle mich nicht wohl. *Nanna holt ein Glas Wasser.* Ein gewisses Angebot des Direktors von Heilig Kreuz, der meine äußerste Erniedrigung wünscht, stellt mich, wenn ich es annähme, vor ungeahnte Schwierigkeiten.

NANNA: Jawohl.

ISABELLA: Ich verstehe nichts von Liebe.

NANNA: Nein.

ISABELLA: Nenne mich nicht zynisch, wenn ich dir einfach aus Bedrängnis Fragen stellen möchte, die du von deinem Beruf her zu beantworten gewohnt bist.

NANNA: Sie können fragen, aber Sie müssen der Patronin die Zeit bezahlen.

ISABELLA: Gut, ich werde die Zeit bezahlen.

NANNA: Ich kann mir denken, was Sie wissen wollen, und würde Ihnen vorschlagen, die Patronin zuzuziehen. Sie hat eine ungeheure Erfahrung.

ISABELLA: Ist sie verschwiegen?

NANNA: Von Beruf.

ISABELLA: Gut, ich bin einverstanden.

Nanna holt Frau Cornamontis.

NANNA *an der Theke zu Frau Cornamontis*: Rupfen Sie sie gehörig. Sie ist sehr begütert.

Beide treten in das Nebenzimmer.

FRAU CORNAMONTIS: Sagen Sie mir nicht Ihren Namen und fragen Sie mich so kühn wie einen Beichtvater, mein Kind.

ISABELLA: Sie müssen wissen, daß das Leben meines Bruders davon abhängt, daß ich zu einem hochgestellten Herrn gehe, auf den ich, wie man mir sagt, Eindruck gemacht habe. Ich weiß nicht, wie ich mich benehmen soll, und kaum, ob diese Art, Liebe zu gewähren und zu verlangen, üblich ist.

FRAU CORNAMONTIS: Durchaus.

ISABELLA: Oh.

FRAU CORNAMONTIS: Fahren Sie fort.

ISABELLA: Wird ein Mann, den eine Umarmung enttäuscht, sich nicht vielleicht der Verpflichtung entziehen, die er eingegangen ist, und die Versprechungen brechen, die er gegeben hat?

NANNA: Das ist doch möglich.

ISABELLA: Was für ein Mittel gibt es dagegen?

FRAU CORNAMONTIS: Sie brechen alle Versprechungen, und es gibt kein Mittel dagegen. Nur der Wunsch nach neuerlichen Umarmungen hält sie von den äußersten Brutalitäten zurück.

ISABELLA: Da so unendlich viel davon abhängt: sicher ist auch dieser Aufzug, in dem ich gehe, nicht günstig.

FRAU CORNAMONTIS: Sehr günstig.

ISABELLA: Es ist das Kleid der Novizen.

FRAU CORNAMONTIS: Eben.

ISABELLA: Entschuldigen Sie meine Verwirrung. Soviel kaltes Leinen?

FRAU CORNAMONTIS: Möglichst viel Leinen. Sehr gut, Leinen.

ISABELLA: Ein nicht weniger kaltes Wesen?

FRAU CORNAMONTIS: Das kälteste.

ISABELLA: Oh! So fürchten Sie nichts von der Ungeschicklichkeit?

FRAU CORNAMONTIS: Gar nichts.

ISABELLA: Aber ich weiß wahrscheinlich weniger von den Dingen, als Sie annehmen können.

FRAU CORNAMONTIS: Es ist weniger zu wissen, als Sie sich vorstellen, mein Kind! Das ist das Traurige. Nicht die Übung, sondern die natürliche Anlage, die selten vorhanden ist, gibt diesen Dingen eine Art Reiz. Aber fürchten Sie nichts: Sie werden auch ohne Reiz genossen. Für diese dürftigen Vergnügungen ist beinahe jede geeignet.

ISABELLA: So gibt es nichts, was dagegen spräche, daß ich diesen Kelch leere?

FRAU CORNAMONTIS: Nichts. *Stille.* Doch. Etwas.

ISABELLA: Und dies wäre? Sprechen Sie! Oh, sprechen Sie!

FRAU CORNAMONTIS: Ihr Geld, meine Liebe! Das spricht sogar sehr dagegen. Warum sollten Sie, in Ihrer Stellung, sich etwas vergeben? Warum das Geringste tun, wozu Sie keine Neigung verspüren? Wäre es nicht geradezu unpassend, wenn Sie, für die andere, weniger empfindsame Leute unter solchen Anstrengungen Geld schaffen, etwas täten, was Sie bei diesen Leuten ins Gerede brächte? Es wäre unpassend! Was würden Sie sagen, wenn der Regen eines Tages von unten nach oben fiele? Sie würden es mit Recht unschicklich finden. Nein, Sie werden nichts dergleichen tun.

ISABELLA: Aber eine gewisse hohe Person verlangt es.

FRAU CORNAMONTIS: Mit Recht, mein Kind, dagegen ist nichts zu sagen. Warum sollte er's nicht verlangen, wenn er hochgestellt ist? Und warum sollte er nicht erhalten, was er verlangt? Aber Sie, was geht Sie das an, die Sie auch hochgestellt sind und über Mittel verfügen, die es Ihnen gestatten, der Gerechtigkeit einen gewissen Schick zu verleihen? Dieses je ne sais quoi ...

ISABELLA: An was denken Sie?

FRAU CORNAMONTIS: An uns natürlich. An wen anders. Wieviel besser sind wir doch in der Lage, eine Erniedrigung zu erdulden, niedrige Leute. Hier sitzt dieses faule Stück, zu träge zum Blinzeln, dabei wird von ihrer Arbeit gesprochen! Nanna, geh hinaus und warte draußen! *Nanna geht hinaus.* Mein bestes Mädchen wird für Sie gehen.

ISABELLA: Unmöglich, Sie wissen nicht, wer es ist.

FRAU CORNAMONTIS: Wer immer es ist, er wird nichts merken.

ISABELLA: Es ist der Direktor von Heilig Kreuz.

FRAU CORNAMONTIS: Jawohl. Sie wird in Ihren Kleidern gehen und Ihr Wesen nachahmen. Aber ihr Erfolg wird größer sein, als der Ihre es sein könnte. Ihr Bruder wird frei sein. Und der Regen fließt nicht nach oben. Das wird Sie eintausend Pesos kosten.

ISABELLA: Aber wird sie auch gehen gegen Entgelt?

FRAU CORNAMONTIS: Mit Vergnügen. Geld macht sinnlich.

Sie singt Isabella ein Kuppellied vor.

KUPPELLIED

1

Ach, man sagt, des roten Mondes Anblick
Auf dem Wasser macht die Mädchen schwach
Und man spricht von eines Mannes Schönheit
Der ein Weib verfiel. Daß ich nicht lach!
Wo ich Liebe sah und schwache Knie
War's beim Anblick von – Marie.
Und das ist bemerkenswert:
Gute Mädchen lieben nie
Einen Herrn, der nichts verzehrt.

Doch sie können innig lieben
Wenn man ihnen was verehrt.
Und der Grund ist: Geld macht sinnlich
Wie uns die Erfahrung lehrt.

2

Ach, was soll des roten Mondes Anblick
Auf dem Wasser, wenn der Zaster fehlt?
Und was soll da eines Mannes oder Weibes Schönheit
Wenn man knapp ist und es sich verhehlt.
Wo ich Liebe sah und schwache Knie
War's beim Anblick – von Marie.
Und das ist bemerkenswert:
Wie soll er und wie soll sie
Sehnsuchtsvoll und unbeschwert
Auf den leeren Magen lieben?
Nein, mein Freund, das ist verkehrt.
Fraß macht warm und Geld macht sinnlich
Wie uns die Erfahrung lehrt.

FRAU CORNAMONTIS *ruft*: Nanna! *Zu Isabella:* Das Mädchen braucht den Preis nicht zu wissen. *Nanna tritt ein.* Nanna, tausche deine Kleider mit denen der Dame. Du gehst für sie zum Direktor.

NANNA: Was bekomme ich?

FRAU CORNAMONTIS: Sei nicht unverschämt. Du wirst nach dem Tarif bekommen. Zieht euch jetzt um.

ISABELLA: Ich möchte einen Schirm haben.

NANNA: Ich sehe nicht hin.

ISABELLA: Ich möchte doch einen Schirm.

Nanna bringt ihr einen Paravent. Die Mädchen wechseln ihre Kleider.

FRAU CORNAMONTIS: Sieh, Nanna, jetzt trägst du das Kleid, aber wie wirst du dich darin bewegen? Ich werde die hohe Persönlichkeit vertreten. Was wünscht die Dame? Antworte!

NANNA: Ich bin hier, um Sie noch einmal um meinen Bruder zu bitten...

FRAU CORNAMONTIS: Anzuflehen!

NANNA: Anzuflehen!

FRAU CORNAMONTIS *zu Isabella*: Würden Sie das sagen?

ISABELLA: Ich würde nichts sagen.

FRAU CORNAMONTIS: Und alles ahnen lassen?

NANNA: Wie macht man das? Ich mag diese Komödie hier nicht.

FRAU CORNAMONTIS: Schweig! Er wird vielleicht über die Gründe sprechen wollen, die dich veranlaßt haben, zu den Bedürftigen Schwestern von San Barabas zu gehen. Was wirst du sagen?

NANNA: Ich habe das Geld dazu. Wenn ich es hier nicht anlege, dann wird es mir womöglich noch weggenommen. Ich habe nämlich einen Spitzkopf. Eine Heirat hilft da nicht. Einen Spitzköpfigen mag ich nicht heiraten, denn er bietet mir keine Sicherheit in diesen Zeiten, und ein Rundköpfiger nimmt mich nicht. Bei den Bedürftigen Schwestern von San Barabas hab ich meine Bequemlichkeit. Ich tue fast nichts den ganzen Tag, jedenfalls keine körperliche Arbeit, aber ich esse gut und wohne, ohne belästigt zu werden. So habe ich keine Sorgen wie andere.

FRAU CORNAMONTIS: Stimmt das?

ISABELLA: Es sind nicht meine Gründe. Aber warum muß es stimmen? Ich möchte meine Gründe nicht nennen.

FRAU CORNAMONTIS: Aber sie wird sie nennen müssen. Und sie wird sich ausdrücken, wie sie sich vorhin ausgedrückt hat, wie eine Stallmagd, ohne jede Feinheit. Sprechen Sie es ihr vor.

Die Schwester des Pachtherrn unterweist die Pächterstochter in den drei klösterlichen Haupttugenden: Enthaltsamkeit, Gehorsam und Armut.

ISABELLA *leise*:

Ach, ich wünschte mir stets, meine Kindheit möge nie enden.
Wünschte mir froh meine Tage und still meine Nächte.
Ach, gesichert zu leben in reinlicher Kammer vor Mannes-
Gier und Roheit für immer, ist, was ich möchte.
So daß es für mich nur den Einen gibt
Dem ich mich anvertrau und der mich liebt.

FRAU CORNAMONTIS *weint*: Da siehst du, was Vornehmheit ist, du Pächtersfetzen!

NANNA *frech*:

Ach, ich wünschte mir stets, meine Kindheit möge nie enden.
(So wie die gebaut war!)
Wünschte mir froh meine Tage und still meine Nächte.
(Kunststück!)
Ach, gesichert zu leben in reinlicher Kammer vor Mannes-
Gier und Roheit, ist, was ich auch einmal möchte!
Und daß es für mich auch nur einen gibt
Dem ich mich anvertrau und der mich liebt.

FRAU CORNAMONTIS *empört*: Was redest du denn da daher, du Miststück! Nimm dich gefälligst zusammen!

NANNA: Ja, das muß ich.

FRAU CORNAMONTIS *zu Isabella*: Bitte, fahren Sie fort! Es ist ein Erlebnis für mich.

ISABELLA:

Aller Tugenden schönste ist der Gehorsam.
Wie soll ich wissen, was für mich gut ist? Das eine
Weiß ich: der Herr meint es gut mit mir, und darum sag ich:
Nicht mein Wille geschehe, sondern der Seine!
Auf daß Er mir mein Ungeschick vergibt
Mich prüft, mich folgsam findet und mich liebt.

Frau Cornamontis *zu Nanna*: Jetzt wiederhole, aber genau!
Nanna *unbewegten Gesichts*:
Aller Tugenden schönste ist der Gehorsam.
Wie soll ich wissen, was für mich gut ist? Das eine
Weiß ich: der Herr meint es gut mit mir, und darum sag ich:
Nicht mein Wille geschehe, sondern der seine!
Auf daß er mir mein Ungeschick vergibt
Mich prüft, mich folgsam findet und mich liebt.
Isabella:
Aber von allem, was sein muß, ist Armsein das erste.
Und es soll mir nicht Last, noch Opfer, noch Harm sein.
Ach, verlange von mir, Deiner Dienerin, immer das Schwerste!
Um das, was Du willst, zu tun, o Herr, muß ich arm sein.
Daß Du mich eifrig findest und mich liebst
Und gnädigst mir von Deinem Reichtum gibst.
Nanna:
Aber von allem, was sein muß, ist Armsein das erste.
Und es soll mir nicht Last, noch Opfer, noch Harm sein.
Ach, verlange von mir, deiner Dienerin, immer das Schwerste!
Um das, was du willst, zu tun, mein Herr, muß ich arm sein.
Daß du mich eifrig findest und mich liebst
Und mir 'nen Zehner von deinem Reichtum gibst.
Frau Cornamontis: Um Gottes willen, wir haben das Wichtigste vergessen!
Nanna: Was?
Frau Cornamontis: Sie ist eine Tschuchin! Sie hat einen runden Kopf! Sicher interessiert sich die hohe Persönlichkeit gerade für die Tschichin! Gestalt und Bewegungen sind gleich, alles andere wird genügen. Das Kleid stimmt. Aber der Kopf ist anders! Er wird ihr über den Kopf streichen und alles entdecken!
Nanna: Gebt mir eine Haarunterlage und ich werde dafür sorgen, daß er nicht an den Kopf kommt. Ich meine übrigens, daß es bei derlei nicht auf die Rasse ankommt.
Nanna wird frisiert, daß ihr Kopf wie der Isabellas aussieht.
Frau Cornamontis: Soviel euch jetzt noch unterscheiden mag, eure Stellung und eure Vermögenslage: der Kopf ist der nämliche. *Zu Nanna:* Benimm dich auch deiner vornehmen Sprache entsprechend etwas hölzern. Vergiß, was du bei mir gelernt hast, tu, als hättest du nichts gelernt, als genüge dein bloßes Vorhandensein. Stelle dir einfach vor, wie etwa ein Brett seine Gunst verschenken würde! Gib nichts her, aber tu, als gäbst du zuviel. Nimm alles, aber tu, als sei es nichts. So kommt er um sein Vergnügen, aber dir ist er verpflichtet. Geh hinauf und wasch dir noch einmal die Hände und nimm dir von meinem Gesichtswasser, das auf dem Schrank, oder nein, es ist zu gewöhnlich; es ist vornehmer, du riechst nach nichts. *Nanna geht nach oben. Frau Cornamontis zu Isabella:* Sie aber werden hierbleiben, bis Nanna zu-

rück ist und Sie in ein paar Stunden in Ihren Kleidern heimgehen können.

Frau Cornamontis geht hinaus und setzt sich an die Theke. Es treten auf Frau Callas und ihre vier kleinen Kinder.

FRAU CALLAS: Ach, Frau Cornamontis, als wir erfuhren, daß eine neue Zeit angebrochen ist, ist mein Mann, der Pächter, in die Stadt gegangen, um sich sein Teil herauszuschneiden. Wir haben gehört, daß unser Pachtherr zum Tode verurteilt ist. Es ist wegen Pachtwucher. Gestern hat man uns nun unsere Kuh wegen nichtbezahlter Steuern weggetrieben. Aber mein Mann ist nicht zurückgekommen bis jetzt. Wir haben meinen Mann überall gesucht und meine Kinder können nicht mehr laufen und sind hungrig, aber ich habe kein Geld, ihnen eine Suppe zu kaufen. Früher hat unsere Nanna uns in solchen Fällen ausgeholfen. Jetzt hat sie sich, wie wir gehört haben, verbessert und ist nicht mehr bei Ihnen. Auf die Dauer war Ihr Haus, Frau Cornamontis, ja auch nichts für unsere Tochter. Aber vielleicht können Sie uns sagen, wo sie jetzt ist?

FRAU CORNAMONTIS: Sie ist wieder hier, sie ist nicht abkömmlich. Aber die Suppe können Sie natürlich haben.

Frau Cornamontis gibt ihnen Suppe. Die Familie setzt sich auf die Treppe und ißt die Suppe. Nanna kommt herein. Sie bahnt sich einen Weg durch die Familie, die essend vor der Tür sitzt. Sie wird angehalten.

FRAU CALLAS: Da ist das Pachtfräulein! Sagt euer Sprüchlein auf!

DIE KINDER:

Lieber Herr de Guzman, das möchte uns so passen.
Lieber Herr de Guzmann möcht uns die Pacht erlassen.

NANNA *hinter dem Schleier*: Macht euch keine Hoffnung!

Zum Publikum:

So geh ich, daß sich alles wieder dreh
Und so in Ordnung komm. Denn wenn ich geh
Geht nicht die Tschuchin für die Tschichin nur:
Arm geht für reich und für die Nonn die Hur.

10

Gefängnis

In der einen Todeszelle sitzen gefangene Pächter, darunter Lopez. Sie werden von Huas geschoren. In der andern Todeszelle sitzt der Pachtherr de Guzman. Draußen werden Galgen aufgeschlagen.

DER HUA *zu dem Pächter, den er schert*: War es so wichtig, überall dieses Sichelzeichen hinzuschmieren?

DER PÄCHTER: Ja.

DER HUA: Wer wird denn jetzt euren Frauen durch den Winter helfen?

DER PÄCHTER: Das wissen wir nicht.

DER HUA: Und wer wird die Äcker pflügen im Frühjahr, wenn ihr nicht da seid?

DER PÄCHTER: Das wissen wir auch nicht.

DER HUA: Werden überhaupt noch Äcker da sein im Frühjahr?

DER PÄCHTER: Auch das wissen wir nicht.

DER HUA: Aber daß die Sichel einmal siegen wird, das wißt ihr?

DER PÄCHTER: Ja, das wissen wir.

DER INSPEKTOR *kommt mit einem Metermaß, mit dem er die Genickstärke des Pachtherrn mißt*: Ihren Fall finde ich menschlich selber ergreifend. Man hört allgemein, daß in der Stadt viele Pächter sind, die nur darauf warten, ob der Pachtherr wirklich gehängt wird. Dann wollen sie am Ersten alle zusammen keine Pacht bezahlen. Wie will man ihn da hängen! Genickstärke zwei Zoll, das macht Fallhöhe acht Fuß. Ruhe! Wenn ich mich verrechne, gibt es wieder Stunk! Ich erinnere nur an den Pressestunk bei dem Fall Colzoni vor zwei Jahren, weil das Fallbeil nicht klappte, und der viel größer war als der Pressestunk, der dann entstand, als es sich erwies, daß der Mann unschuldig gewesen war.

Auf treten die beiden Anwälte.

DER TSCHUCHISCHE ANWALT: Herr Inspektor, die Schwester des Verurteilten hat sicher schon in diesem Augenblick alles in der Hand zur Rettung ihres Bruders.

DER INSPEKTOR *trocken*: Ich glaube es Ihnen. Vielleicht ist das die verschleierte Dame, die vorhin zum Kommandanten hineinging.

Die Anwälte atmen auf.

DER TSCHICHISCHE ANWALT *zu de Guzman, der in seiner Verstörtheit nichts gehört hat*: De Guzman, eine Freudenbotschaft! Ihre Schwester ist schon beim Kommandanten!

DER TSCHUCHISCHE ANWALT: Wir können damit rechnen, daß der Zazarante in den nächsten Stunden uns hier nicht in die Quere kommt.

DER INSPEKTOR *im Abgehen*: Mit dem Scheren muß man aber doch anfangen!

Der Hua beginnt den Pachtherrn zu scheren.

DER TSCHUCHISCHE ANWALT *zum andern*: Leider steht es immer noch sehr schlimm. Selbst wenn der Kommandant beide Augen zudrückt, haben wir immer noch keine Lösung. Dabei ist unser Mann einer der größten Pachtherren des Landes.

Der Pachtherr de Guzmann und seine beide Anwälte singen das «Lied eines Großen».

LIED EINES GROSSEN

1

HERR DE GUZMAN:

Ach, sie sangen mir schon an der Wiege
Ich bräucht mir den Fuß an keinem Stein zu stoßen

Immer würd es Hände geben, die mich tragen
Denn, das hörte ich sie oftmals sagen
Auf der Welt gehör ich zu den Großen!
(Dabei wog ich nur vier Pfund und heute
bin ich so dick wie irgendeiner!)

Die Anwälte:
Ja, wer hat Sie denn da großgezogen?
War das Ihre zarte Frau Mama?

Herr de Guzman:
Nein, dafür war eine Amme da
Irgendeine gute Frau von unten
Der sie dafür ein paar Groschen gaben.

Die Anwälte:
Sehen Sie, da hat sich also wer gefunden
Der da machte, was Sie nötig haben!

2

Herr de Guzman:
Und ich erbte mühlos Vieh und Acker
Damals ging ich noch in kurzen Hosen
Doch ich brauchte mich da nicht zu plagen
Denn, das hörte ich sie oftmals sagen
Auf der Welt gehör ich zu den Großen!
(Dabei hatte ich eigentlich gar nichts übrig für die Landwirtschaft!)

Die Anwälte:
Ja, wer pflügte denn da Ihren Acker?
War'n das etwa Sie, der ihn versah?

Herr de Guzman:
Nein, dafür war'n doch die Knechte da.
Irgendwelche Leute, wissen Sie, von unten
Haben meinen Acker umgegraben.

Die Anwälte:
Sehen Sie, da hat sich also wer gefunden
Der da machte, was Sie nötig haben!

3

Die Anwälte:
Unser Herr Klient soll jetzt plötzlich aufgehängt werden!
Wegen der Form seines Kopfes ist ihm das zugestoßen!
Das ist eine Sache, die sehr bös ist.
Kann man sich da wundern, wenn er sehr nervös ist?
Er gehört doch schließlich zu den Großen!

Herr de Guzman:
Er gehört doch schließlich zu den Großen!

Die Anwälte: Ja, was sollen denn da die Pächter machen, wenn der Pachtherr aufgehängt ist?

Herr de Guzman:
Ja, wie wird das jetzt mit diesem Hängen?
Die Anwälte:
Nein, das ging ihm menschlich auch zu nah!
Ist denn da, verdammt! kein andrer da?
Irgendwer von unten, der da hinten-
Rum sich meldet zum Begraben?
Ja, da muß sich doch, zum Teufel! jemand finden
Der da macht, was Sie jetzt nötig haben!

In einem Mauerloch hinten, das durch dicke Eisenstäbe vergittert ist, erscheint der Pächter Callas.

Der Pächter Callas *winkend*: Herr de Guzman! Herr de Guzman! Herr de Guzman, hier ist Ihr Pächter Callas! Sie müssen mir noch sagen, was mit der Pacht los ist!

Der tschuchische Anwalt: Die Pacht geht an das Kloster San Barabas, Stiftskasse, Rückgebäude rechts.

Der Pächter Callas: Du bist nicht gefragt! Herr de Guzman, Sie müssen die Pacht nachlassen!

Der tschichische Anwalt: Kommen Sie herein, wir sind keine Unmenschen! *Callas verschwindet im Fenster.* Herr de Guzman, ich glaube, wir haben einen Stellvertreter.

Eintritt des Pächters Callas.

Der Pächter Callas *zum Zuschauer*:
Als ich von meinem Hofe ging
War, was ich wollte, wohl gering.
Ich wollte keine Pacht mehr zahlen
Sondern mein Korn für mich mahlen.
Und als ich in die Stadt Luma kam
Da fing ein Glockenläuten an.
Als ob ich wunder weiß was wär
Verschaffte man mir große Ehr.
Und wer einen Mann wie mich gekränkt
Der würde, hieß es, jetzt gehängt.
So kam der Frosch aus seinem Pfuhl
Und kam auf einen goldnen Stuhl.
Die Ehre machte mir schon Spaß
Doch brauch ich noch den Pachterlaß.
Denn was soll mir die Ehre dann
Wenn ich kein Brot für kaufen kann?
Dann gäb's zu fressen nur im Pfuhl
Dann müßt der Frosch herab vom Stuhl.
Von Ehre sprach man jetzt zwei Wochen
Doch von der Pacht wurd nicht gesprochen!
Ich seh, sie wollen's mir nicht sagen
Da muß ich wohl den Pachtherrn fragen.
Sei's, wie es will, was man mit mir auch macht:

Ich muß jetzt wissen: was ist mit der Pacht!

Im Vorbeigehen sieht er in einer Todeszelle seinen einstigen Freund Lopez.

DER PÄCHTER CALLAS *brüllend zu Lopez, der ihn schweigend ansieht*: Halt dein Maul! *Vor dem Käfig des de Guzman*: Herr de Guzman, wenn Sie mir die Pacht nicht nachlassen, nehme ich einen Strick und hänge mich auf, daß das Elend aufhört.

DER PÄCHTER LOPEZ: Und doch war da ein Tag, Callas, da du alles in der Hand hattest!

DER PÄCHTER CALLAS *brüllt*: Du sollst dein Maul halten!

DER TSCHUCHISCHE ANWALT: Herr Callas, wir haben Ihnen einen Vorschlag zu machen!

Er holt einen Stuhl herbei für Callas.

DER TSCHICHISCHE ANWALT: Sie haben Glück! Herr de Guzman hat seine Begnadigung so gut wie in der Tasche. Die unteren Organe wissen es nur noch nicht. Er soll erst unter dem Galgen begnadigt werden, und zwar anläßlich der Rückkehr einer hohen Persönlichkeit, die schon für morgen erwartet wird. Wir haben nun Bedenken, ihn in diesem Zustand gehen zu lassen. Er ist uns zu nervös. Würden Sie gegen einen einjährigen Pachterlaß für ihn gehen? Sie sind sicher oder so gut wie sicher.

DER PÄCHTER CALLAS: Ich soll mich wohl für ihn aufknüpfen lassen?

DER TSCHICHISCHE ANWALT: Unsinn! Das würde doch kein Mensch von Ihnen verlangen!

DER TSCHUCHISCHE ANWALT: Entscheiden Sie sich. Sie sind vollständig frei. Es gibt keine Sklaverei in Jahoo. Sie müssen gar nichts. Aber Sie müssen ja wissen, wie Ihre Lage ist und ob Sie es sich leisten können, auf ein Jahr Pachterlaß zu pfeifen.

DER TSCHICHISCHE ANWALT: Vorhin haben Sie nach einem Strick verlangt!

DER TSCHUCHISCHE ANWALT: Sehen Sie, ein reicher Mann ist derartigen Situationen nicht gewachsen. Er ist durch Wohlleben verweichlicht, das rächt sich jetzt. Unter uns gesagt, ist er eine richtige Memme. Da seid ihr Pächter doch andere Leute. Sie werden das ganz anders schmeißen. *Er winkt einem Iberinsoldaten, der eben in dem Käfig der gefangenen Pächter fertig geworden ist.* He, Sie! Scheren Sie den Mann mit, Zazarante wünscht es!

DER PÄCHTER CALLAS: Aber da hängen sie mich ja!

DER TSCHICHISCHE ANWALT: Sie brauchen sich noch nicht zu entscheiden, aber lassen Sie sich für alle Fälle scheren, sonst nützt Ihr Einverständnis uns womöglich nichts mehr.

DER PÄCHTER CALLAS: Aber ich habe noch nicht ja gesagt!

Auf einem Stuhl neben dem Käfig sitzend, in dem sein Pachtherr geschoren wird, wird auch der Pächter Callas geschoren.

DER HUA *der die Sichelleute schert*: Was macht ihr eigentlich mit euren Schuhen?

EIN PÄCHTER: Warum?

DER HUA: Sieh dir mal meine Stiefel an! Sie waren gratis, aber die Besohlung heißt es bezahlen. Ich trete schon keinem mehr gern in den Arsch mit diesen Stiefeln. Da hat sich auch einer dran gesund gemacht.

DER PÄCHTER: Du kannst die meinen haben.

DER PÄCHTER CALLAS *hat nachgedacht, zögernd*: Mindestens zwei Jahre Pachterlaß! Schließlich riskiere ich meinen Kopf.

DER TSCHICHISCHE ANWALT: Herr de Guzman, Ihr Pächter Callas will für Sie eintreten. Sie müssen ihm, was die Pacht betrifft, dafür entgegenkommen.

DER HUA *der Callas schert*: Callas, Callas! Werd mir kein Tschich und treib Handel!

DER PÄCHTER CALLAS: Die Pacht ist zu hoch.

HERR DE GUZMAN *horcht auf*: Was ist mit der Pacht?

DER PÄCHTER CALLAS: Sie ist zu hoch. Da können wir nicht leben.

HERR DE GUZMAN: Wovon soll ich leben? Sei nicht so faul und nachlässig, dann hast du es nicht nötig, zu betteln.

DER PÄCHTER CALLAS: Wenn ich faul bin, was sind Sie dann?

HERR DE GUZMAN: Wenn du frech bist, dann ist es überhaupt aus.

DER PÄCHTER CALLAS: Ich bin nicht frech, ich bin bedürftig.

HERR DE GUZMAN: Der Pachthof ist sehr gut.

DER PÄCHTER CALLAS: Ja, für Sie. Und nicht, weil er Weizen trägt, sondern weil er Pacht trägt.

DER PÄCHTER LOPEZ:

Da kämpft der Pachtherr mit dem Knechte.
Recht hat der eine und der andere Rechte.

HERR DE GUZMAN: Daß du dich nicht schämst, immerfort etwas geschenkt haben zu wollen.

DER PÄCHTER CALLAS: Ich will nichts geschenkt, ich will nichts schenken!

HERR DE GUZMAN: Du kannst ja weggehen, wenn du willst. Du bist vollkommen frei.

DER PÄCHTER CALLAS: Ja, ich kann weggehen. Aber wo kann ich hingehen?

HERR DE GUZMAN: Schluß. Ich behalte, was mir gehört.

DER PÄCHTER CALLAS: Ist das Ihr letztes Wort? *Zum Hua:* Hör auf mit dem Scheren!

DER TSCHUCHISCHE ANWALT *zu Callas*: Herr de Guzman ist eben sicher, daß hier nichts riskiert wird oder nur wenig. *Zu de Guzman:* Herr de Guzman, Sie müssen entgegenkommen. So sicher sind Sie auch nicht! Ein Jahr Pachterlaß, das ist keine Angelegenheit.

DER PÄCHTER CALLAS: Zwei Jahre. Weil es um meinen Kopf geht!

HERR DE GUZMAN *als ob er erwachte*: Kopf? Was wollt ihr eigentlich?

DER TSCHICHISCHE ANWALT: Herr Callas geht für Sie, da keine Gefahr dabei ist, wie wir immer betont haben, nicht wahr?

HERR DE GUZMAN: Ja, das haben Sie gesagt.

DER PÄCHTER CALLAS: Ich will aber zwei Jahre Pachterlaß haben. Dafür hänge ich vielleicht.

DER TSCHUCHISCHE ANWALT: Ein Jahr.
DER PÄCHTER CALLAS *zum Hua*: Aufhören!
DER INSPEKTOR *ruft hinten*: Fertigmachen! Der Kommandant will die Verurteilten, bevor sie weggebracht werden, sehen.
DER TSCHUCHISCHE ANWALT: Also gut, eineinhalb Jahre, Callas!

Callas schweigt.

HERR DE GUZMAN: Zwei Jahre.
DER PÄCHTER CALLAS: Aber ich habe immer noch nicht ja gesagt!
Die vier Pächter von der Sichel sind inzwischen hinausgeführt worden.
DER TSCHICHISCHE ANWALT: Sie werden schon ja sagen, Herr Callas, es bleibt Ihnen gar nichts anderes übrig.
DER PÄCHTER CALLAS *zum Publikum*: Das hieße ja:
Tsuch geht vor Tschich? Und Unrecht geht vor Recht.
Arm stirbt für reich und für den Herrn der Knecht.
DER TSCHICHISCHE ANWALT *zum andern*: Hoffentlich kommt der Vizekönig zur rechten Zeit! Sonst hängt er!
DER TSCHUCHISCHE ANWALT: Ja, er hat allen Grund, Gott zu bitten, daß sein Pachtherr nicht gehängt wird.

11

Palais des Vizekönigs

Es ist am frühen Morgen. Im Hof sind Galgen aufgeschlagen worden. Auf einer Tafel ist zu lesen: «Exekution an 1 Pachtherrn und 200 Pächtern.» Zwischen dem Inspektor und einem Hua steht ein gefesselter Mann mit einer Kappe über dem Gesicht. Sie warten. Dann hört man von hinten das Klappern vieler Holzschuhe.

DER INSPEKTOR *zum Hua*: Ich verstehe nicht, warum der Befehl zum Hängen noch nicht da ist. Jetzt kommen auch schon die Sichelleute.
DER HUA: Woher wissen Sie, daß es Sichelleute sind, wenn Sie Holzschuhe klappern hören? Auch von uns Iberinsoldaten haben jetzt schon viele nur mehr Holzschuhe.
DER INSPEKTOR: Halt das Maul, sonst passiert was. Richt lieber den Galgen her.
Der Hua geht mürrisch nach hinten und macht sich dort zu schaffen.
DER INSPEKTOR *seufzend zu dem Mann mit der Kappe*: Das kommt davon, wenn man sie hängen läßt, wen sie hängen wollen. Da werden sie frech. *Ruft dem Hua zu:* Was treibst du eigentlich da hinten so lang?
DER HUA *zurückkehrend*: Ich habe alles zur Exekution hergerichtet. Jetzt könnt ihr hängen.
Den Hof betritt, gefolgt von Missena und den Herren Saz, Peruiner, de Hoz und Duarte, der Statthalter. Man hört sie von weitem schreien.

HERR SAZ:
Sind Sie von Sinnen, Mann? Das ist ein Pachtherr
Und nicht ein Tschiche! Und wird der gehängt
Dann heißt's, er habe mit der Pacht gewuchert.
HERR PERUINER:
Auf keinem Gut, drauf tschichische Pachtherrn sitzen
Wurd Zins bezahlt an diesem Ersten! Und auch
Auf jenen Gütern, die an diese grenzen
Und wo die Pacht nicht eben niedriger ist
Wird jetzt den tschuchischen Pachtherrn schon die Pacht
Einfach verweigert.
IBERIN:
Und?
HERR DUARTE:
Er fragt noch «und»!
MISSENA:
Bedenken Sie, Sie hängen einen Mann
Der zwar ein Tschich ist, sich vielleicht verging
Doch auch ein Pachtherr ist, ein Mann wie wir.
IBERIN:
Ein Mann wie wir?
MISSENA:
Nun ja, er lebt von Pacht.
IBERIN:
Ich lebe nicht von Pacht.
HERR SAZ:
Und wovon sonst?
HERR DUARTE:
Wovon ist dieser Hof bezahlt? Wovon
Die Galgen dort und – *auf den Hua deutend* –
dieser Mann, wovon?
Wovon das Heer, das uns die Sichel zerbrach?
HERR PERUINER:
Vom Pachtzins, Mann! Von nichts als Pachtzins, Mann!
Doch wozu schrein? 's ist ganz natürlich: er ist
Ein wenig festgefahrn; man muß ihm helfen.
Er hat da viel von Tschich und Tschuch gesprochen.
Ein wenig zuviel. Nun, es war ganz natürlich.
Mann, nichts gegen Euch! Eure Arbeit war nicht übel.
Was Ihr verspracht, habt Ihr gehalten: die Pächter
Sind uns geduckt. Das soll Euch einer nachmachen!
So manche Pläne werden jetzt erst möglich
Und kühne Pläne, allzu kühn vor kurzem.
IBERIN:
Was denn für Pläne?
MISSENA *warnend*: Hm.

HERR PERUINER:

Nun, manche Pläne.

Doch jetzt heißt's klug sein und sich umstellen, Mann!

MISSENA:

Ist's für ihn schwierig, fragt sich's also: wer
Könnt uns den Tschichen jetzt freigeben?

IBERIN *störrisch*:

Ich kann's nicht

MISSENA:

Wer könnt's?

Pause.

Der Vizekönig könnt's.

HERR PERUINER:

Der könnt's.

So setzt das Urteil aus, bis er zurück ist!

IBERIN:

Zurück, was heißt das?

MISSENA:

Nun, Herr Iberin:

Der Vizekönig, unser sehr geliebter
Erhabener Herr, hat sich entschlossen, nunmehr
Zu seinem Amt zurückzukehren, was Sie
Wie uns, Herr Iberin, sehr freuen wird.

Pause.

IBERIN:

Er kehrt zurück?

MISSENA:

Heut nacht hat die Armee ihn

Im Lager begrüßt. Und ihn gebeten, heute
An ihrer Spitze einzuziehen in die
Jubelnde Hauptstadt.

IBERIN *nach einer peinlichen Pause*:

So. So also geht das.

Und ich werd nicht gefragt? Ich dächt, ich hätte
Es wohl verdient, daß man mich da noch fragt.

MISSENA:

Nun denn: ich frag.

IBERIN *nach schwerem, innerem Kampf*:

Und wenn ich selbst bereit wär

Den Tschichen freizugeben?

MISSENA: Ihr?

IBERIN:

Ich bin's!

MISSENA *verlegen*:

Nun, das kommt unerwartet. Und die Lehre
Von Tschuch und Tschich?

IBERIN *fest*:

Das braucht Euch nicht zu kümmern.
's ist meine Sach. Doch was den Einzug in die
Hauptstadt angeht, und wer da an der Spitze ist
Da werd ich noch ein Wort mitsprechen, mein' ich!

Hinten Trommeln und Marschtritte.

MISSENA *lächelnd*:
Das Heer hält seinen Einzug. An der Spitze . . .

Auftritt elegant und ebenfalls lächelnd der Vizekönig, im Stahlhelm, einen Soldatenmantel über dem Smoking. Alle verbeugen sich.

MISSENA *leise zu Iberin, der sich nicht verbeugt*:
Verbeugen Sie sich schon: Ihr Souverän!

Iberin verbeugt sich.

DER VIZEKÖNIG:
Tag, Iberin!

MISSENA:

Herr, Ihr kommt wie gerufen!
Eben zerbrachen wir uns schon die Köpfe.
Herr Iberin, mit einem Fall beschäftigt
Der als ein großes Beispiel allem Volk
Aufzeigen soll, was Recht und Unrecht ist
Ist etwas festgefahren.

DER VIZEKÖNIG:

Ich kenn den Fall.
Herr Iberin, gestatte, daß ich dir
Die Fische zeige, die im Netz sich fingen
Des Maschen du so eng geknüpft hast.
Ich hör, du hast da einen reichen Mann
Zum Tod verurteilt, weil er einem armen
Die Tochter nahm. Er soll zum Galgen gehn.
Er ist ein Tschich und darf nicht Unrecht tun.
Da steht ein Mann. 's ist wohl der reiche Tschiche?

DER INSPEKTOR: Das ist der tschichische Pachtherr, Euer Exzellenz!

DER VIZEKÖNIG:
Ich bin nicht sicher. Geht der Mann im Holzschuh?
Mit etwas Zweifel lüft ich seine Kappe
Doch ist der Zweifel klein.

Er will dem Mann die Kappe herunternehmen, aber der Mann hält sie fest.

DER MANN: Laßt!

Der Inspektor nimmt ihm die Kappe herunter.

MISSENA: Es ist der tschuchische Pächter!

DER VIZEKÖNIG: Wie kommst du hierher?

DER PÄCHTER CALLAS: Ich sollte die Pacht für zwei Jahre erlassen bekommen, wenn ich diesen Gang machte. Und man sagte mir, ein Pachtherr würde niemals gehängt!

Der Vizekönig:
Ich fürcht, mein Freund, man sagte dir nichts Falsches!
Holt den, für den er ging!
Der Inspektor ab.

Iberin *zu Callas*:
Was, für ein paar Pesos
Gingst du zum Galgen, Lump?

Der Pächter Callas:
Nein, für zwei Jahrespachten.

Der Vizekönig:
Herr Iberin, die Tochter dieses Mannes
Ging für den Vater einst zum tschichischen Pachtherrn.
Hohe Gerechtigkeit, von dir geübt
Schickte den Pachtherrn in den Tod. Und nun
Ging, wie ich weiß – du weißt es nicht, jedoch
Es wird dich freuen, denn es ist gerecht –
Des Pachtherrn Schwester, eine Tschichin, wie
Die Tschuchin einst, für ihren Anverwandten
Zu helfen ihm auf Frauenweis, durch Hingab.
Ein Tschuche fand sich, der das Opfer annahm.
So fingst du einen zweiten Fisch: die Tschichin
Und Pachtherrnschwester. So. Der zweite Fang jetzt.

Hereingebracht wird Nanna in den Kleidern der Isabella de Guzman. Die Kleider sind zerrissen und sie geht schwankend, aber sie hat den Schleier noch um.

Die reichen Pachtherren:
Was ist mit ihr? Wie geht sie?

Der Inspektor: Eure Exzellenz, wir fanden sie auf dem Gange liegend, mit einem Knebel im Mund und übel zugerichtet. Und nach dem, was sie sagt, haben sich, als sie vom Kommandanten kam, Soldaten der Wache an ihr vergangen.

Der Vizekönig: Ist das wahr?
Nanna nickt.

Die reichen Pachtherren:
O schändlich! Schändlich! Das will blutige Sühne!
Herr Iberin, das büßt Ihr! Eine Frau
Der Blüte dieses Landes zugehörend
Von höchster Stellung, frech mißbraucht! Vom Pöbel!
Berühmt durch Sittsamkeit! Ein hohes Beispiel
Vornehmster Keuschheit also zugerichtet!

Der Vizekönig:
Das wäre schlimm! Doch ahn ich, daß auch hier
Ein günstiges Geschick das Ärgste abbog.
's war wohl auch schlimm für diese, die hier steht
Doch ist es ihr Gewerb, das eben schlimm ist.
Denn, Iberin, ich ahne, wen du fingest.

Er nimmt ihr den Schleier ab.

MISSENA:

Die Pächterstochter!

DIE REICHEN PACHTHERREN:

Hö, das tschuchische Mädchen!

Sie brechen in ein wildes Gelächter aus.

O wilder Spaß! Du hast's erreicht, Herr Iberin!
Das ist das Pack, das du so hochgepumpt.
Da häng nur Ehre hin an einen Fetzen!
Und sieh, was er mit dieser Ehre macht!
Für ein paar Pesos geht das hin und liefert
Den tschuchischen Leib aus, und sei's für den Schänder!
Jetzt sage uns: es war die Pächterstochter
's war nur die Pächterstochter! Aber deinem
Anhange sag: es war nur eine Tschichin!
Gib jetzt zum zweiten Mal dem tschuchischen Vater
Die Tochter wieder! Sieh, das ist sie, Pächter!
Du wirst's nicht glauben!

DER VIZEKÖNIG:

Nun ist es genug!

Ja, das ist seine Tochter, und so ist's
In Ordnung wohl. Doch ihre Köpfe sind rund

De Guzman wird gebracht. Seine Schwester geht neben ihm.

Und hier erst kommen unsere richtigen Tschichen.
Warum, de Guzman, geb ich dich wohl frei?
Weil, nun, weil dieser da, dein Pächter, es
So wenig wünscht, daß du gehängt wirst, daß
Er lieber selber geht, gehängt zu werden.
Des weitern geb ich dich auch frei, weil diese
Des Pächters Tochter, lieber auf den Strich geht
Als daß sie dich gehängt sehn müßt, das heißt, weil
Du so beliebt bist, drum geb ich dich frei.
Und ebenso muß auch der Pächter frei sein
Schon um die Pacht zu zahlen.

Zu Callas:

Denn das mußt du

Mein lieber Callas! Gib kein schlechtes Beispiel!
Und dann gibt's danach mehr zu zahlen, Freund.
Die Niederwerfung dieser Pferdediebe
Wer soll sie zahlen, wenn nicht du sie zahlst!
Löst jetzt den Strick dem Pachtherrn und dem Pächter!
Das gleiche Maß für beide! Beiden Freiheit!
Und beiden Leben!

Zu Iberin:

Ihr seid einverstanden?

Iberin nickt. Dem Pachtherrn und dem Pächter werden die Fesseln gelöst.

ISABELLA:

Emanuele! Bist du wirklich frei?

HERR DE GUZMAN *lächelnd*:

Natürlich.

DER PÄCHTER CALLAS:

Und mit dem Pachterlaß ist's nichts?

DER VIZEKÖNIG:

Nein, Freund!

Solch ein Vertrag ist unsittlich und gilt nicht.

DIE SPIELERIN DER NANNA:

So gibt er beiden Freiheit jetzt und Leben
Und hat doch beiden jetzt das gleiche nicht gegeben.
Sie leben beide. Doch zum Essen setzt sich der
Und der geht weg und schafft das Essen her.
Und ist der eine frei, dort, wo's ihm paßt, zu bleiben
So ist der andre frei, ihn von dort wegzutreiben.
Ihr seht nur beide weggehn. Doch wüßtet ihr den Sinn
Erst dann, wenn ihr auch wüßtet: wo gehn beide hin?

DER VIZEKÖNIG:

Ja, Pächter, noch was, hätt es fast vergessen.
Ich weiß, du bist bedürftig, nun, so höre:
Kehrt ich zurück, so nicht mit leeren Händen.
Ich bring dir, Pächter, etwas mit, hier ist es.
Dein Hut ist löcherig, Freund, hier nimm den meinen!
Und du hast keinen Mantel, nimm dir den!

Er setzt ihm seinen Stahlhelm auf und hängt ihm seinen Soldatenmantel um.

Was sagst du dazu? Freilich, heut und morgen
Säh ich dich lieber noch auf deinem Acker.
Ich ruf dich, wenn ich dich zu Höh'rem brauche
Und dies kann bald sein. – Einen ersten Schritt, Herr Iberin
Hast du gemacht, doch nun wird Größeres nötig.
Das Reich, das ihr in diesen Wochen bautet
Wird es nicht ausgeweitet, schrumpft es ein.
Denn, wie ihr wißt, im Süden überm Meer
Wohnt dieses Volk, das unser Erbfeind ist
Des Untertanen eckige Köpfe haben
Was leider hier zu wenig noch bekannt ist.
Es deinen Callassen zu sagen, darin seh ich
Herr Iberin, jetzt deine neue Aufgab.
Denn auf uns zu zieht jetzt ein Krieg von solcher
Niemals gesehener Blutigkeit, daß jeder
Gesunde Mann aufs dringendste gebraucht wird.
Doch nun zum Essen, Freunde, nun zum Essen!
Ich denk, wir nehmen diesen Richtertisch
An dem wir vieles richteten, zum Eßtisch.
Du, Pächter, wart, ich schick dir von der Suppe.

DER PÄCHTER CALLAS *zu Nanna*: Hast du gehört, sie wollen einen Krieg machen?

Der Tisch wird gebracht, er ist gedeckt. Der Vizekönig, Missena, Isabella und die reichen Pachtherren gehen zu Tisch.

DER VIZEKÖNIG *teilt mit einem großen Schöpflöffel die Suppe aus*:
Erst kommt der Pächter, wie, Herr Iberin?
Man muß ihn füttern nun: er ist Soldat.
Zwei Teller her! Noch was? Wir sind schon hungrig.

DER INSPEKTOR: Eure Exzellenz werden entschuldigen, aber die zum Tode verurteilten Pächter von der Sichel warten auf die Exekution. Jetzt sollen wohl auch sie freigelassen werden?

DER VIZEKÖNIG: Wieso?

DER INSPEKTOR: So soll die allgemeine Amnestie zu Ehren der Rückkehr Eurer Exzellenz also für die Pächter von der Sichel nicht gelten?

DER VIZEKÖNIG:
Darüber hat Herr Iberin doch entschieden.
Sie sollten hängen, denk ich? Doch dem Callas
Als meinem lieben Pächter bring die Suppe!

Der Hua bringt dem Callas und seiner Tochter die Suppe. Sie setzen sich auf den Boden und essen. Der Hua aber geht zur Tafel und wischt von dem Text «Exekution an 1 Pachtherrn und 200 Pächtern« die Worte «1 Pachtherrn und» mit dem Ärmel weg. Dann stellt er sich hinter Callas.

DER HUA:
Iß nur deine Suppe, Callas, rühr nicht lange drin rum.
Du warst immer schlauer als die und darum
Hast du es ja auch jetzt zu was gebracht
Und issest deine Suppe auf die Nacht.

Unter die Galgen werden die Sichelleute, darunter Lopez geführt. Trommeln.

DER PÄCHTER LOPEZ *zu Callas, vom Galgen aus*:
Schau her, Callas, das sind wir.
Wir gehörten einmal zu dir.
Wir sind Pächter gewesen, du bist es noch.
Wir sind nicht ins Joch gegangen, du gingest ins Joch.
Wer es nicht beugt, dem bricht man das Genick.
Für dich die Suppe, für uns der Strick.
Aber wir wollen lieber hängen
Als uns nach Bettelsuppe drängen.
Als du dich zu einem Rundkopf machen ließest
Und uns aus deiner Hütte wiesest
Als du dein gutes Gewehr weglegtest
Und dich lieber in Gerichten und Kanzleien bewegtest
Hast du ihnen geglaubt: wenn erst die Köpfe gleich
Gäb's auch nicht mehr dies schreckliche arm und reich.
Zwei Gäule hast du dir gestohlen

So wie sich die Diebe ihr Diebesgut holen.
Du machtest deinen Fischzug ganz allein
So sollte jedenfalls dir geholfen sein.
Die Gäule ließen sie dir dann
So lange als wir kämpften und keine Stunde länger, Mann!
Du glaubtest, einem Rundkopf werd etwas geschenkt
Da war es weg mit einem Federwisch.
Hier werden Spitz- und Rundkopf jetzt gehängt
Dort setzen Rund- und Spitzkopf sich zu Tisch.
Die alte Einteilung bricht durch mit Macht:
's ist die in arm und reich. Du hast gedacht
Du seist der Fischer, doch du warst der Fisch.

Während der Ansprache des Pächters Lopez haben Callas und Nanna aufgehört, ihre Suppe zu löffeln. Sie sind aufgestanden. Die Pächter am Galgen singen das Sichellied.

SICHELLIED

Bauer, steh auf!
Nimm deinen Lauf.
Laß es dich nicht verdrießen
Du wirst doch sterben müssen.
Niemand kann Hilf dir geben
Mußt selber dich erheben.
Nimm deinen Lauf.
Bauer, steh auf!

DIE PÄCHTER: Es lebe die Sichel!

Das Trommeln ist stärker geworden und übertönt alles. Callas hat seinen und Nannas Teller ausgeschüttet und legt jetzt Stahlhelm und Mantel auf den Boden.

DER PÄCHTER CALLAS *laut*: Lopez, Lopez, ich wollte, es wäre noch einmal der elfte September!

Callas und Nanna ab. Während die Frühdämmerung rosig das Palais erfüllt, speisen an der Tafel des Vizekönigs rundköpfige und spitzköpfige Pachtherren, während unter seinen Galgen spitzköpfige und rundköpfige Pächter zum Hängen hergerichtet werden.

DER VIZEKÖNIG:
Mir aber bleibt, dir auszudrücken nun
Höchste Zufriedenheit, Herr Iberin.
Noch einmal hast du uns durch dein Prinzip
Der runden Köpfe und der spitzen Köpfe
Den Staat gerettet, der uns teuer ist
Und eine Ordnung, die uns sehr gewohnt.

IBERIN:
Herr, diese Sichel, denk ich, dieses Zeichen

Des Aufruhrs und der Unzufriedenheit
In Eurem Land und Eurer Stadt ist's jetzt
Für ewig ausgetilgt.

DER VIZEKÖNIG *ihm lächelnd mit dem Finger drohend*:
Drum, lieber Freund
Jetzt nicht mehr Tschuch und Tschich!

IBERIN:
Jawohl, mein Fürst.

MISSENA *erhebt sich*:
Und doch bleibt etwas dran von dieser Lehre:
Lernten wir doch, als Tschuchen uns zu fühlen!
Und gilt es nun, den Frieden zu erkämpfen –
Denn nun ist Friede unser einziger Wahlspruch
Friede und Friede und noch einmal Friede –
So sei's kein lauer, sondern ein tschuchischer Friede!
Und wer sich diesem Frieden in den Weg stellt, soll
Zerbrochen werden, wie's die Sichel wurd
Und ausgetilgt sein, wie sie ausgetilgt ist.

Während seiner Rede hat sich ein großes Kanonenrohr über den Eßtisch gesenkt.

DER VIZEKÖNIG *sein Glas erhebend*:
Trinkt, Freunde, trinkt! Auf daß da bleibt, was ist!
Rauchend zurückgelehnt singen die Pachtherren einen Rundgesang.

RUNDGESANG DER PACHTHERREN

Vielleicht vergeht uns so der Rest der Jahre?
Vielleicht vergehn die Schatten, die uns störten?
Und die Gerüchte, die wir kürzlich hörten
Die finster waren, waren nicht das Wahre.
Vielleicht, daß sie uns noch einmal vergessen
So wie wir gern auch sie vergessen hätten.
Wir setzen uns vielleicht noch oft zum Essen.
Vielleicht sterben wir noch in unsern Betten?
Vielleicht, daß sie uns nicht verdammen, sondern loben?
Vielleicht gibt uns die Nacht sogar das Licht her?
Vielleicht bleibt dieser Mond einst voll und wechselt nicht mehr?
Vielleicht fällt Regen doch von unten nach oben!

Wenn der Gesang zu Ende ist, nimmt im Hof der Hua die Stellage von der Mauer: er braucht sie zum Hängen. Da kommt hinter ihr auf der neugetünchten Wand ein großes rotes Sichelzeichen zum Vorschein. Alle sehen es und betrachten es erstarrt. Die Pächter stimmen dumpf unter den Kappen das Sichellied an.

SICHELLIED

Bauer, steh auf!
Nimm deinen Lauf.
Laß es dich nicht verdrießen
Du wirst doch sterben müssen.
Niemand kann Hilf dir geben
Mußt selber dich erheben.
Nimm deinen Lauf.
Bauer, steh auf!

ANMERKUNG ZU «DIE RUNDKÖPFE UND DIE SPITZKÖPFE»

Beschreibung der Kopenhagener Uraufführung

Allgemeines

Die Kopenhagener Uraufführung fand unter der Leitung von Per Knutzon am 4. November 1936 im Theater «Riddersalen» statt. Im Theater kann geraucht und gegessen werden; es umfaßt 220 Plätze. Die Bühne ist 7 m breit, 8 m tief, 10 m hoch.

Besonderheiten der Parabelform

Das Stück, der Parabeltypus einer nichtaristotelischen Dramatik, erforderte von Bühnenbau und Spielweise einen weitgehenden Verzicht auf Illusionswirkungen. Die Vorbereitungen, die getroffen waren, das Gleichnis zur Wirkung zu bringen, mußten eingesehen werden können. Das Spiel mußte es dem Zuschauer ermöglichen und nahelegen, zu abstrahieren. Bei der Rede des Missena (am Schluß) wurde an Drähten vom Schnürboden ein großes Kanonenrohr über den Eßtisch heruntergelassen. Der Pächter Callas kam (in 10) ins Gefängnis durch den ganzen Zuschauerraum, seine Geschichte noch einmal den Zuschauern erzählend. Kleine Änderungen mit Parabelwirkung waren, daß den Zivilprozeß (in 7) Missena selbst führte, anstatt des Richters, und daß (in 3) die Rede des Iberin die Pächterfamilien trennte. (Die Stimme von hinten fuhr nach den Worten «das Ruder ergriffen hat» fort mit «und für uns das Wichtigste, daß unser Pachtherr bereits verhaftet ist». Nach dem Satz «Die Zeiten des Elends, Kinder, haben ein Ende» kommt die Rede, während der sich die Familien trennen, und danach geht es weiter mit dem Satz der Frau Callas: «Leider sind die Nachrichten für Sie nicht so gut. Angelo Iberin ist ans Ruder gekommen, und ihr seid Tschichen. Auch Herr de Guzman ist verhaftet worden, weil er Tschiche ist.» Der Auftritt der andern Pächter fiel aus.)

Aufbau der Rollen
(Induktive Methode)

Der Rollenaufbau erfolgte nach gesellschaftlichen Gesichtspunkten. Die von den Schauspielern gezeigten Verhaltensweisen hatten durchsichtige Motivierungen aus dem historisch-gesellschaftlichen Bereich. Nicht das «ewig Menschliche» sollte in Erscheinung treten, nicht was angeblich alle Menschen zu aller Zeit tun, sondern das, was in unserer Zeit, zum Unterschied zu andern Zeiten, Menschen bestimmter gesellschaftlicher Schichten, zum Unterschied zu andern Schichten, tun. Die Schauspieler, gewohnt, sich hauptsächlich der Einfühlung des Zuschauers zu versichern, und deshalb sich seiner nächstliegenden Emotionen bedienend, fassen fast immer ganze Satzfolgen zusammen und geben ihnen einen einzigen Ausdruck. Bei einer Dramatik wie der vorliegenden ist es jedoch unerläßlich, Satz für Satz auf seinen gesellschaftlichen Gestus zu prüfen. Die Einheitlichkeit der Figuren wird keineswegs zerstört durch eine genaue Wiedergabe ihres widersprüchlichen Verhaltens; nur in ihrer Entwicklung werden sie wirklich lebendig. Die Nanna Callas z. B. gibt (in 6) deutlich zu erkennen, daß sie den Fall ihres Vaters für aussichtslos hält, dennoch kämpft sie (in 7) mit all ihrem Charme gegenüber dem Richter wie eine Tigerin um die Gäule. Sie macht Frau Cornamontis gegenüber (in 8) kein Hehl aus ihrer Meinung, daß ihr Vater ein Esel ist, aber sie ist gleich darauf gerührt und dankbar, wenn sie ihm Lebewohl sagt. Die Figur des führenden Huas wurde durch eine präzise Durcharbeitung jedes einzelnen Satzes, ein induktives Vorgehen von Satz zu Satz, zu einer Hauptfigur. In einem einzigen Ausruf «Heil Iberin!» brachte er in der Szene, wo sich Iberin (in 4) unter die Menge begibt («Ihr aber seht, wie schwer es ist...»), seine Gläubigkeit zum Ausdruck. Und in wenigen Sätzen machte er es (in 6) fühlbar, daß sein Haß gegen den Pachtherrn und sein Verständnis für den Pächter aus ein und derselben Quelle stammen. Der bürgerliche Zuschauer würde vermutlich auch bei dem größten Reichtum gesellschaftlich wichtiger Aussagen die Charakteristik der Figuren für primitiv erklären, da dieselben nicht die konventionellen Emotionen auslösen; ohne differenzierte Arbeit des Schauspielers tut er dies aber mit Recht. Die Aufgabe des Schauspielers ist noch dadurch erschwert, daß er mehr als nur eine Aufgabe hat. So erfordert die Rolle der Nanna Callas nicht nur, daß die Schauspielerin, wenn Nanna allein oder unter ihresgleichen ist, ein vernünftiges und ungekünsteltes Wesen, sonst aber das professionelle Gehabe der Prostituierten zeigt; sondern die Schauspielerin muß auch noch, sozusagen im Auftrag des Stückeschreibers, bestimmte Erläuterungen direkt an den Zuschauer richten (11). Auch die Stellungnahme zum Ganzen wirft aber Licht auf die Figur. Sie muß von der Figur aus erfolgen.

Der Pächter Callas wurde als ein abgearbeiteter Mann dargestellt, der (in 3) seinen Abfall in großer Verlegenheit vollzieht. Die dummen Sätze seiner Frau, die sowohl dümmer als auch verräterischer ist als er, hört er mit Unwillen. Erst als der Pächter Lopez seine (des Callas) Sonderlage nicht verstehen will, wird er etwas ungeduldiger. Sein Unverständnis den idealistischen Phrasen des Iberin gegenüber (in 4) macht ihn sympathisch, sein Zögern, auf die Ehre seiner Tochter einzugehen, hat gute Gründe, später (in 6), wenn er die Gäule zu haben glaubt, ist er durchaus bereit, die Ehre seiner Tochter zu verteidigen. Jedoch zeigt er schon hier in der ersten Gerichtsszene deutlich den entscheidenden Mangel an realistischer Denkweise, die ihn einen Rechtsspruch dem Kampf mit der Waffe vorziehen läßt. Dabei weiß er, wieviel er dem

Kampf der Sichel zu verdanken hat; in seinem betrunkenen Toast auf Lopez (in 6) zeigt sich das. So vollständig der Darsteller aber diesen Pächter, seines verräterischen Opportunismus wegen, der Mißbilligung, ja der Verachtung preisgab, wußte er ihm doch die Sympathie zu erhalten, die dem betrogenen Pächter zukommt; immer blieben verächtlicher, die ihn erledigten, und im Augenblick, wo er geschlagen wird (in 7), teilt er wieder das Schicksal seiner Klasse, obwohl sie mehr durch ihn als durch ihre Feinde zu Fall kommt, und gewinnt so von dem Zorn und der Verzweiflung, die ihre Niederlage auslösen muß.

Der Vizekönig, durch Sprechweise und Kleidung als Pachtherr gekennzeichnet, läßt sich nicht ohne Koketterie (in 1) von seinem Ratgeber als unerfahren in geschäftlichen und uninteressiert in wirtschaftlichen Dingen behandeln: er bevorzugt eine unparteiische Zuschauerhaltung. Nachdem er seine Entscheidung betreffend Iberin beim Billardspiel getroffen hat (nach dem Satz «Sag schon: Iberin» fegt er die restlichen Zeitungen vom Arbeitstisch und beginnt Billard zu spielen), geht er ab ins Parkett und kehrt auch (in 11) von dort zurück, und er könnte die ganze Vorführung des Iberinexperimentes vom Parkett aus beobachten. Er könnte in diesem Falle (nach dem 8. Bild) eine kleine Ansprache vom Parkett aus halten:

Wohl schon vergessen hier in meiner Stadt
Beginne ich an Rückkehr jetzt zu denken
Ich darf schon hoffen, sie wird unbemerkt sein.
Dies Läuten da beweist, ich hab gesiegt.
Noch tret ich nicht hervor, doch weiß ich: bald
Sitz wieder ich zu Tisch, sonst wird das Essen kalt.
Die trübe Zeit ist, denk ich, nun verbracht
Und der neue Mond hält den alten im Arme die letzte Nacht.

Jedenfalls wäre es für den Darsteller gut, sich während der Proben in den Zuschauerraum zu setzen und zu den Vorgängen als Vizekönig Stellung zu nehmen. Um dem Vizekönig in dem letzten Bild, wo er sich als Meister der Verwischung zeigt, die volle Überlegenheit des deus ex machina zu nehmen, wurde er als Alkoholiker dargestellt.

Angelo Iberin wurde mit keiner äußeren Hitlerähnlichkeit ausgestattet. Schon die Tatsache, daß er in gewisser Weise ein sehr idealisiertes Abbild eines Rassepropheten ist (was für die Parabel ausreicht), verbot dies auch dort, wo es die Polizei nicht verboten hättte. Jedoch wurden einige Gesten, teilweise nach photographischem Material, verwendet. So sind die beiden Verbeugungen vor dem Vizekönig (in 1 und 11) ohne Einsicht in solches Material kaum zu bringen. Das Weinen des Iberin, der (in 11) ein großes Taschentuch herauszog, als ihm die Rückkehr des Vizekönigs angezeigt wurde, erschien vielen als allzu naive Darstellung, es ist jedoch ein charakteristischer und verbürgter Zug solcher Figuren, ebenso die demagogische Verwertung der Erschöpfung nach den großen Reden. Iberins Behandlung des Mikrophons (in 7) erlangte sogleich eine gewisse Berühmtheit, der Schauspieler zeigte die beinahe erotische Beziehung des Iberin zu diesem Instrument.

Die Kellnerin Nanna Callas wurde als ein Typus gezeichnet, der infolge doppelter Ausbeutung (als Kellnerin und Prostituierte) eine noch unentwickeltere politische Haltung als der Pächter zeigt. Ihre Einstellung ist nur scheinbar realistischer; sie ist in der Tat hoffnungslos. Die Darstellerin brachte das besonders deutlich in der «Ballade vom Wasserrad»* zum Ausdruck, aber auch sonst an vielen Stellen.

Einflußnahme auf den Zuschauer
(bei induktivem Rollenaufbau)

Ein weitgehender Verzicht auf die Einfühlung des Zuschauers bedeutet nicht den Verzicht auf seine Beeinflussung. Die Darstellung des Verhaltens der Menschen vom gesellschaftlichen Standpunkt aus soll ja gerade das gesellschaftliche Verhalten des Zuschauers eingreifend beeinflussen. Solche Eingriffe lösen unvermeidlich gefühlsmäßige Wirkungen aus; sie sind beabsichtigt und müssen kontrolliert werden. Eine Gestaltung, die auf Einfühlung mehr oder weniger verzichtet, braucht keineswegs eine «gefühllose» Gestaltung zu sein oder eine Gestaltung, welche die Gefühle des Zuschauers außer acht läßt. Sie muß aber den Emotionen des Zuschauers kritisch gegenüberstehen, genau wie seinen Vorstellungen. Emotionen, Instinkte, Triebe werden meist als tieferliegend,

1. Denn dann dreht das Rad sich nicht mehr weiter
Und das große Reiten unterbleibt
Wenn das Wasser sich dem Wasser eint und heiter
Endlich einmal nur sich selber treibt.

2. Denn dann dreht das Rad sich nicht mehr weiter
Und das heitre Spiel, es unterbleibt
Wenn das Wasser endlich mit befreiter
Stärke seine eigne Sach betreibt.

Die letzte Fassung findet sich in dem Text, den Hanns Eisler, Berlin 1951, vertont hat, und in den «Hundert Gedichten», E. H.

ewiger, von der Gesellschaft weniger beeinflußbar hingestellt als Vorstellungen, sie sind es jedoch keineswegs. Die Emotionen sind weder allen Menschen gemein, noch unveränderbar, die Instinkte weder unfehlbar, noch unabhängig vom Verstand, die Triebe weder unbeherrschbar, noch unerzeugbar usw. Vor allem aber muß der Schauspieler berücksichtigen, daß kein wertvolles Gefühl geschwächt wird, wenn es ins klare und kri-

* In späteren Jahren änderte Brecht den Refrain der dritten Strophe zweimal.

tische Bewußtsein gehoben wird. Das Nach-und-Nach, mit dem sich die Figur entfaltet, immer mehr Verbindungen mit andern Figuren eingehend, in immer neuen Lagen sich bestätigend oder entwickelnd, erzwingt beim Zuhörer eine reiche, mitunter komplizierte Gefühlskurve, ein Ineinanderübergehen und selbst einen Kampf der Gefühle.

Verfremdung

Bestimmte Vorgänge des Stückes sollten – durch Inschriften, Geräusch- oder Musikkulissen und die Spielweise der Schauspieler – als in sich geschlossene Szenen aus dem Bezirk des Alltäglichen, Selbstverständlichen, Erwarteten gehoben (verfremdet) werden. Solche Vorgänge sind:

im ersten Bild:
aus der Zeitung erfährt der Vizekönig von Jahoo, daß sein Land bankrott ist;
der Vizekönig erfährt bei einer Partie Billard, daß nach dem Rassepropheten Iberin nicht er und die anderen Pachtherren am Elend der Pächter schuld sind, sondern Menschen mit Spitzköpfen; der Vizekönig empfängt und beschaut sich den Rassepropheten Iberin;

im zweiten Bild:
die Kleinbürger erfahren aus der Zeitung, daß sie einen neuen Herrscher haben;
die Bordellwirtin Cornamontis, welche als erste die Iberinfahne hißt, kündigt an, daß sie in Zukunft keine Tschichin mehr in ihrem Etablissement beschäftigen wird;
die Konkurrenzkämpfe des Kleinhandels gehen über in Pogrome;
ein spitzköpfiger Lebensmittelhändler wird bedroht, weil er die Iberinfahne nicht hißt; aber als er sie hißt, wird er verhaftet;
Nanna Callas weiß für die Schwester ihres Pachtherrn einen anderen Ausweg als das Keuschheitsgelübde des Klosters;
Nanna Callas denunziert ihren Pachtherrn und einstigen Liebhaber den Huas als Spitzkopf;

im dritten Bild:
Iberins Botschaft, die die Rundköpfe zum Kampf gegen die Spitzköpfe aufruft, trennt zwei Pächter, die gemeinsam gegen ihre Pachtherren kämpfen wollten;
die Frau des Pächters Lopez nimmt das Gewehr auf, das der Pächter Callas wegstellt;
der Pächter Callas verweigert der spitzköpfigen Familie des Pächters Lopez das Obdach;

im vierten Bild:
die Huas würfeln um die Ringe des gefangenen Pachtherrn;

Volk und Richter streiten, ob der Pachtherr oder die Kellnerin auf die Anklagebank soll;
Iberin weist den Richter an, nicht nach den Akten, sondern nach den Meldungen vom Stand des Bürgerkriegs sein Urteil zu fällen;
der Pächter Callas klagt seinen Pachtherren nicht der Verführung seiner Tochter, sondern des Pachtwuchers an;
Iberin verurteilt Herrn de Guzman nicht als Pachtherrn, sondern als Spitzkopf, und nicht wegen Pachtwucher, sondern wegen Rasseschändung;
rundköpfige Pachtherren geben ihren spitzköpfigen Klassengenossen den Iberinbanden preis;

im fünften Bild:
der Anwalt zweifelt, ob die Pachten groß genug sind, daß die Pachtherrnschwester ihren Lieblingswunsch, ins Kloster zu gehen, erfüllen kann;
das Kloster San Barabas zeigt sich bereit, die Güter des Spitzkopfs de Guzman in Obhut zu nehmen, verweigert aber seiner Schwester das Obdach;

im sechsten Bild:
der Pächter Callas deutet einen Ausspruch des Iberin über die Unwichtigkeit des Besitzes so, daß er die Gäule nehmen darf, die er zum Ackern benötigt;
Callas, im vermeintlichen Besitz der Gäule, weist das Ansinnen der Familie de Guzman, die Ehre seiner Tochter preiszugeben, zurück;
Nanna beklagt sich darüber, daß sie durch die Ehrung des Iberin ihre Kundschaft verloren hat; Pachtherren, von Iberinsoldaten verprügelt, werden von einem hohen Beamten darüber belehrt, daß man seinen Leibwächter bezahlen muß;

im siebenten Bild:
Iberin macht es vom Ausgang des Bürgerkrieges abhängig, ob er dem Pächter die Pferde des Tschichen zusprechen will oder nicht;
die Oberin des Klosters, das die Gäule des Spitzkopfs einklagt, zeigt dem Callas, daß auch ihr Kopf rund ist;
der Pächter Parr gibt als Grund dafür, daß er sich die Gäule genommen hat, an, daß er sie zum Ackern braucht. Der Pächter Callas beschimpft ihn deswegen;
der Pächter Callas, dem die Gäule abgesprochen sind, will nun zur Sichel gehen; er erfährt, daß sie besiegt ist;

im achten Bild:
der Pächter Callas, außerstande, seine Tochter zu ernähren, liefert sie ins Bordell zurück;
der Pächter Callas erkennt, daß Iberin mit der Sichel auch ihn besiegt hat;

der Pachtherr de Guzman verlangt von seiner Schwester, daß sie sich seinem Kerkermeister hingibt. Seine Anwälte verstehen seinen Kleinmut nicht;
Nanna Callas erklärt sich als an dem Todesurteil über den Pachtherrn ihres Vaters nicht interessiert;

im neunten Bild:
das Pachtfräulein erfährt, daß auch sie geeignet ist, sich zu prostituieren. Das einzige, was gegen ihre Hingabe spricht, ist ihre Wohlhabenheit;
Nanna Callas ist gegen Bezahlung bereit, sich zu prostituieren, um den Pachtherrn zu retten, der zum Tode verurteilt worden ist, weil er sie prostituiert hat;

im zehnten Bild:
im Angesicht des Todes streiten Pachtherr und Pächter noch um die Pacht;
der rundköpfige Pächter Callas geht gegen Pachterlaß das Risiko ein, sich für seinen spitzköpfigen Pachtherrn hängen zu lassen;

im elften Bild:
Iberin, um sich an der Macht zu halten, erklärt sich bereit, seine Lehre von Rund- und Spitzkopf zu kassieren;
der Vizekönig zeigt Herrn Iberin, welche Fische sich in seinem Netz fingen;
der Vizekönig erklärt, daß er den Pächter braucht, weil ein großer Krieg gegen sein Nachbarvolk mit eckigen Köpfen bevorstehe;
der Pächter Callas weist die Suppe des Vizekönigs angesichts der Exekution der Sichelleute zurück;
am Galgen des Vizekönigs hängen und an seinem Tisch speisen Rund- und Spitzköpfe.

Beispiele von Verfremdung in der Kopenhagener Aufführung

Nanna Callas, ihr Auftrittslied (in 2) singend, trat unter die Straßenembleme des Kleinhandels (siehe: Bühnenbau und Masken), eine Ware unter Waren, und winkte vor der dritten Strophe den Zuschauern mit mechanischem, sogleich wieder abfallendem Prostituiertenlächeln zu.

Vor dem fünften Bild trat aus dem Nebenvorhang eine junge Nonne mit einem Grammophonapparat und setzte sich auf eine kleine Treppe. Die Orgelmusik der Platte begleitete den ersten, frommen Teil des Bildes (bis zu dem Satz «Was bringt das Fräulein mit?»). Danach stand die Nonne auf und ging mit dem Grammophon zurück.

Das achte Bild (Gasse der Altstadt) enthält in dem Treffen der Geschwister de Guzman die Nachbildung einer Szene des elisabethanischen Theaters, nämlich die Unterredung des Claudio mit der Isabella in Shakespeares «Maß für Maß». Die Szene muß mit vollem Ernst in dem gehobenen und leidenschaftlichen Stil des elisabethanischen Theaters gespielt werden. Die Kopenhagener Uraufführung verfremdete diesen Stil dadurch, daß sie in dieser Szene es regnen ließ und alle Auftretenden mit Regenschirmen ausstattete. Damit war die gehobene Spielweise artistisch verfremdet. Jedoch war noch nicht erreicht, daß der Zuschauer, der auf das Unzeitgemäße solchen Verhaltens hingewiesen war, auch noch merkte, daß die gehobene Ausdrucksweise verknüpft ist mit den individuellen Problemen der Oberklasse. Dies könnte erreicht werden z. B. dadurch, daß sich der Inspektor und der Hua, die den Gefangenen führten, besonders gleichgültig oder sogar belustigt, vielleicht aber auch bewundernd zu dem Vorgang verhielten.

Zu den Ausstellungen historischer Szenenformen gehört auch das neunte Bild im Kaffeehaus der Frau Cornamontis, welches Elemente des französischen Konversationsstückes im ausgehenden 18. Jahrhundert enthält. In diesem Bild war die Isabella vollständig weiß geschminkt.

Bühnenbau und Masken

Die Grunddekoration bestand aus vier elfenbeinfarbenen, horizontal leicht gebogenen Schirmen, die in jeweils verschiedener Anordnung aufgestellt werden konnten. Die Lampen wurden, soweit sie beweglich waren, gezeigt. Die zwei Klaviere waren, wenn sie arbeiteten, beleuchtet; ihr Mechanismus war offengelegt. Die Verwandlung erfolgte hinter einem kleinen Nebenvorhang, der einige Einsicht gewährte, jedoch Zwischenspiele ermöglichte. Die Dekoration wurde während der Probenarbeit aufgebaut und ergänzt.
Es wurden verwendet:

erstes Bild:
ein kleiner Stuhl für den Vizekönig; ein mit Zeitungen bedeckter Billardtisch; eine Landkarte auf einem Holzständer; eine zerbrochene Lampe mit nur einer brennenden Birne; ein Hutständer für Hut und Stock des Vizekönigs; ein Türstock mit einer Tür, darauf ein kleines Emblem, eine Hyäne mit einem Zepter; ein Holzstuhl für den vor der Tür wartenden Iberin;

zweites Bild:
zwei rohe hölzerne Fensterrahmen für Callamassi und Nanna; ein Schild «Zum Tabakladen Palmosa»; eine rote Laterne mit der Inschrift «Café Paradiso»; ein Strohstuhl für Frau Cornamontis; ein Türstock zum Café; zwei gemalte, zwei Meter große vierstöckige Häuser mit kleinen Viktualienläden; 6 Ladenembleme zur Andeutung kleiner Geschäfte, an Drähten hängend (nach Gorelik): eine goldene Bäckerbrezel, ein silberner Zylinderhut, eine schwarze Zigarre, ein goldenes Barbierbekken, ein roter Kinderstiefel, ein roter Handschuh. Diese Embleme des

Kleinhandels wurden heruntergelassen, wenn Nanna zu ihrem Auftrittslied darunter trat; Fahnen mit dem Kopf des Iberin;

drittes Bild:
ein großer Ziehbrunnen aus rohen Holzbalken;
eine Strohmatte, aufgehängt;

viertes Bild:
der Stuhl des Vizekönigs für den Richter, auf einem kleinen Holzbalkon seitlich außerhalb der Bühne; Leuchtschrift, wandernd auf der Rückmauer der Bühne über den Schirmen; eine rohe Holztreppe; eine alte Bank für die Angeklagten; eine beschädigte Statue der Justitia;

fünftes Bild:
ein Kirchenstuhl für die Oberin; ein gemaltes Kirchenfenster auf Eisenfüßen, unten zu öffnen; zwei Holzstühle; ein Tresorschrank mit einem Heiligenbild;

sechstes Bild:
ein Türstock mit einer kleinen Holztreppe; ein Tisch; 6 Stühle; die rote Laterne; ausgesägte schwarze Buchstaben «Café Paradiso»; eine Kerze; auf einem der Schirme die Silhouette zweier Pferde;

siebentes Bild:
eine Holztreppe, darauf ein blauer Teppich; eine Lüsterkrone; die Statue der Justitia, repariert, am Schluß des «Liedes von der belebenden Wirkung des Geldes» vermittels Zügen herabgelassen anstelle der beschädigten Statue, die hochgezogen wurde; eine kleine Tafel «Kloster San Barabas contra Pächter Callas. Streitobjekt 2 Pferde»; der Stuhl für den Richter; eine neue geschnitzte Anklagebank; in halber Höhe hängend zwei Pferde aus Sperrholz, die bei der Urteilssprechung hochgehen konnten;

achtes Bild:
beschmutzte Fahnen, sonst wie zweites Bild;

neuntes Bild:
Türstock mit rotem Fransenvorhang als Füllung; ein Tablett mit einem Wasserglas; ein Holzstuhl, ein altes Recamiersofa; eine grüne künstliche Topfpflanze, von Nanna als Paravent verwendet; eine rote Ampel über dem Sofa. Ein Besucher, das Lokal verlassend, das Isabella betreten will;

zehntes Bild:
großer Holzrahmen mit Seilen bespannt, schwarz gestrichen als Gefängnisgitter, vorn an der Rampe; 2 Holzhocker für de Guzman und

Callas dicht hinter dem Gitter; kleines Podest mit Hockern für die umseilten Pächter; Lichtanlage, daß der Pächter Callas durch den Zuschauerraum kommen kann, wenn er seinen Monolog spricht; 3 Galgen hinter einem Schirm;

elftes Bild:
3 Galgen hinter einem Schirm; schwarze Tafel außerhalb der Bühne «Exekution an 1 Pachtherrn und 200 Pächtern»; gedeckter Tisch mit goldenen Stühlen; Sperrholzsilhouetten von Soldaten, sichtbar, wenn der Vizekönig auftritt; großes Kanonenrohr an einem Draht heruntergehend über dem Tisch, gerichtet auf den Zuschauerraum, wenn Missena vom Frieden spricht.

Die Köpfe waren etwa 20 cm hoch. Die Masken zeigten starke Verunstaltungen der Nasen, Ohren, Haare, Kinne. Die Huas hatten übergroße Hände und Füße.

Die Kostüme der Frauen waren farbig und nicht an bestimmte Moden gebunden; die Pächter trugen schwarze Hosen, Leinenhemden und Holzschuhe; die reichen Pachtherren Derbykleidung, Missena Uniform; die Kleinbürger gewöhnliche Anzüge.

Über die Geräusche

Neuerdings stellt die Schallplattenindustrie den Bühnen Originalgeräusche auf Schallplatten zur Verfügung. Sie führen zu einer beträchtlichen Verstärkung der Illusion des Zuschauers, sich *nicht* im Theater zu befinden. Sie werden von den Bühnen begierig aufgenommen, so daß man jetzt in Shakespeares «Romeo und Julia» echten Volkslärm hören kann. Unseres Wissens geschah die erste Verwertung von Schallplatten durch Piscator. Er verwertete das neue Mittel vollkommen richtig. Bei der Aufführung des Stückes «Rasputin» wurde eine Schallplatte mit der Stimme Lenins vorgeführt. Die Aufführung wurde dadurch unterbrochen. In einer anderen Aufführung wurde eine neue Errungenschaft der Technik, die drahtlose Übermittlung der Herzgeräusche eines Kranken, vorgeführt. Gleichzeitig zeigte ein Film die Kontraktion des Herzens. Im Stück spielte die Tatsache, daß man für einen Kranken auf einem Schiff oder an einem entlegenen Platz Anweisungen von Spezialisten erhalten kann, keine Rolle. Es wurde lediglich gezeigt, wie sehr die Kommunikation der Menschheit durch die Technik erleichtert wurde, daß aber der Ausnutzung dieses Faktums die gegenwärtigen gesellschaftlichen Zustände entgegenstehen.

In einem Stück von Parabeltypus dürfen Geräusche nur angewendet werden, wenn sie Parabelfunktion haben, und nicht zur Herstellung von Stimmung, Atmosphäre und Illusion. Der Marschtritt der einziehenden Iberintruppen (in 11) kann von der Schallplatte kommen. Ebenso die Siegesglocken (in 7 und 8) und die Armesünderglocke (in 11). Nicht von der Schallplatte z. B. sollte kommen ein Geräusch des Ziehbrunnens, an dem die Pächter (in 3) arbeiten. Künstlicher Volkslärm kann das Auftreten Iberins (in 4) begleiten; auch die Reaktion der Volksmassen außerhalb des Gerichtshofes (in 4) auf die Forderungen des Pächters und die Entscheidungen des Statthalters und der Volkslärm beim Eintreffen der Siegesnachricht (in 7) kann künstlich sein.

Es ist richtig, die Schallplatte ebenso wie das Orchester sichtbar zu plazieren. Wenn jedoch eine solche Maßnahme das Publikum allzusehr schockieren würde oder zu großes Amüsement erregte, unterließe man sie lieber.

DAS BADENER LEHRSTÜCK VOM EINVERSTÄNDNIS

Mitarbeiter:
S. Dudow, E. Hauptmann

ENTSTEHUNGSDATUM
1929

Personen:

Der Flieger · Die drei Monteure · Vorsänger · Sprecher · Drei Clowns
Der gelernte Chor

Auf einem in seinen Abmessungen der Anzahl der Mitspielenden entsprechenden Podium steht im Hintergrund der gelernte Chor. Links ist das Orchester aufgestellt, links im Vordergrund steht ein Tisch, an dem der Dirigent der Sänger und Musikanten, der Leiter der allgemeinen Gesänge (Vorsänger) und der Sprecher sitzen. Die Sänger der vier Gestürzten sitzen an einem Pult rechts im Vordergunde. Zur Verdeutlichung der Szene können neben oder auf dem Podium die Trümmer eines Flugapparates liegen.

1

Bericht vom Fliegen

Die vier Flieger berichten:

Zu der Zeit, wo die Menschheit
Anfing, sich zu erkennen
Haben wir Flugzeuge gemacht
Aus Holz, Eisen und Glas
Und sind durch die Luft geflogen.
Und zwar mit einer Schnelligkeit, die den Hurrikan
Um das Doppelte übertraf.
Und zwar war unser Motor
Stärker als hundert Pferde, aber
Kleiner als ein einziges.
Tausend Jahre fiel alles von oben nach unten
Ausgenommen der Vogel.
Selbst auf den ältesten Steinen
Fanden wir keine Zeichnung
Von irgendeinem Menschen, der
Durch die Luft geflogen ist.
Aber wir haben uns erhoben.
Gegen Ende des zweiten Jahrtausends unserer Zeitrechnung
Erhob sich unsere
Stählerne Einfalt
Aufzeigend das Mögliche
Ohne uns vergessen zu machen: das
Noch nicht Erreichte.

2

Der Sturz

Der Führer des gelernten Chors spricht die Gestürzten an:

Fliegt jetzt nicht mehr.
Ihr braucht nicht mehr geschwinder zu werden.

Der niedere Boden
Ist für euch
Jetzt hoch genug.
Daß ihr reglos liegt
Genügt.
Nicht oben über uns
Nicht weit vor uns
Nicht in eurem Laufe
Sondern reglos
Sagt uns, wer ihr seid.

Die Gestürzten antworten:

Wir beteiligten uns an den Arbeiten unserer Kameraden.
Unsere Flugzeuge wurden besser
Wir flogen höher und höher
Das Meer war überwunden
Schon waren die Berge niedrig.
Uns hatte erfaßt das Fieber
Des Städtebaus und des Öls.
Unsere Gedanken waren Maschinen und
Die Kämpfe um Geschwindigkeit.
Wir vergaßen über den Kämpfen
Unsere Namen und unser Gesicht
Und über dem geschwinderen Aufbruch
Vergaßen wir unseres Aufbruchs Ziel.
Aber wir bitten euch
Zu uns zu treten und
Uns Wasser zu geben
Und unter den Kopf ein Kissen
Und uns zu helfen, denn
Wir wollen nicht sterben.

Der Chor wendet sich an die Menge:

Hört ihr, vier Menschen
Bitten euch, ihnen zu helfen.
Sie sind
In die Luft geflogen und
Auf den Boden gefallen und
Wollen nicht sterben.
Darum bitten sie euch
Ihnen zu helfen.
Hier haben wir
Einen Becher mit Wasser und
Ein Kissen.
Ihr aber sagt uns
Ob wir ihnen helfen sollen.

Die Menge antwortet dem Chor:

Ja.

Der Chor zur Menge:
Haben sie euch geholfen?
Die Menge:
Nein.
Der Sprecher wendet sich an die Menge:
Über die Erkaltenden hinweg wird untersucht, ob
Es üblich ist, daß der Mensch dem Menschen hilft.

3

Untersuchungen, ob der Mensch dem Menschen hilft

ERSTE UNTERSUCHUNG

Der Führer des gelernten Chors tritt vor:
Einer von uns ist über das Meer gefahren und
Hat einen neuen Kontinent entdeckt.
Viele aber nach ihm
Haben aufgebaut dort große Städte mit
Vieler Mühe und Klugheit.
Der gelernte Chor erwidert:
Das Brot wurde dadurch nicht billiger.
Der Führer des gelernten Chors:
Einer von uns hat eine Maschine gemacht
Durch die Dampf ein Rad trieb, und das war
Die Mutter vieler Maschinen.
Viele aber arbeiten daran
Alle Tage.
Der gelernte Chor erwidert:
Das Brot wurde dadurch nicht billiger.
Der Führer des gelernten Chors:
Viele von uns haben nachgedacht
Über den Gang der Erde um die Sonne, über
Das Innere des Menschen, die Gesetze
Der Allgemeinheit, die Beschaffenheit der Luft
Und den Fisch der Tiefsee.
Und sie haben
Große Dinge gefunden.
Der gelernte Chor erwidert:
Das Brot wurde dadurch nicht billiger.
Sondern
Die Armut hat zugenommen in unseren Städten
Und es weiß seit langer Zeit

Niemand mehr, was ein Mensch ist.
Zum Beispiel: während ihr flogt, kroch
Ein euch Ähnliches am Boden
Nicht wie ein Mensch!

Der Führer des gelernten Chors wendet sich an die Menge:
Hilft der Mensch also dem Menschen?

Die Menge erwidert:
Nein.

ZWEITE UNTERSUCHUNG

Der Führer des gelernten Chors wendet sich an die Menge:
Betrachtet unsere Bilder und sagt danach
Daß der Mensch dem Menschen hilft!

Es werden zwanzig Photographien gezeigt, die darstellen, wie in unserer Zeit Menschen von Menschen abgeschlachtet werden.

Die Menge schreit: Der Mensch hilft dem Menschen nicht.

DRITTE UNTERSUCHUNG

Der Führer des gelernten Chors wendet sich an die Menge:
Betrachtet unsere Clownsnummer, in der
Menschen einem Menschen helfen!

Drei Zirkusclowns, von denen einer, Herr Schmitt genannt, ein Riese ist, besteigen das Podium. Sie sprechen sehr laut.

EINSER: Heute ist es ein schöner Abend, Herr Schmitt.

ZWEIER: Was sagen Sie zu dem Abend, Herr Schmitt?

HERR SCHMITT: Ich finde ihn nicht schön.

EINSER: Wollen Sie sich nicht setzen, Herr Schmitt?

ZWEIER: Hier ist ein Stuhl, Herr Schmitt, warum antworten Sie uns jetzt nicht?

EINSER: Kannst du nicht sehen: Herr Schmitt wünscht den Mond zu betrachten.

ZWEIER: Du, sag mir einmal, warum kriechst du Herrn Schmitt immer in den Arsch? Das belästigt Herrn Schmitt.

EINSER: Weil Herr Schmitt so stark ist, darum krieche ich Herrn Schmitt in den Arsch.

ZWEIER: Ich auch.

EINSER: Bitte Herrn Schmitt, sich zu uns zu setzen.

HERR SCHMITT: Mir ist heute nicht gut.

EINSER: Da müssen Sie sich aufheitern, Herr Schmitt.

HERR SCHMITT: Ich glaube, ich kann mich nicht mehr aufheitern. *Pause.* Was habe ich denn für eine Gesichtsfarbe?

EINSER: Rosig, Herr Schmitt, immer rosig.

HERR SCHMITT: Sehen Sie, und ich glaubte, ich sähe weiß aus im Gesicht.

Einser: Das ist aber merkwürdig, Sie sagen, Sie meinen, Sie sähen weiß aus im Gesicht? Wenn ich Sie nämlich jetzt so ansehe, da muß ich schon sagen, ich meine jetzt auch, Sie sähen weiß aus im Gesicht.

Zweier: Da würde ich mich aber setzen, Herr Schmitt, wo Sie doch so aussehen.

Herr Schmitt: Ich möchte mich heute nicht setzen.

Einser: Nein, nein, nicht setzen, auf keinen Fall setzen, lieber stehenbleiben.

Herr Schmitt: Warum, meinen Sie, soll ich stehenbleiben?

Einser *zum Zweier*: Er kann sich heute nicht setzen, weil er sonst vielleicht nie wieder aufstehen kann.

Herr Schmitt: Ach Gott!

Einser: Hören Sie, er merkt es schon selber. Da bleibt der Herr Schmitt schon lieber stehen.

Herr Schmitt: Sagen Sie, ich glaube fast, mein linker Fuß tut mir etwas weh.

Einser: Sehr?

Herr Schmitt *wehleidig*: Wie?

Einser: Tut er ihnen sehr weh?

Herr Schmitt: Ja, er tut mir schon sehr weh ...

Zweier: Das kommt vom Stehen.

Herr Schmitt: Ja, soll ich mich setzen?

Einser: Nein, auf keinen Fall, das müssen wir vermeiden.

Zweier: Wenn ihnen der linke Fuß weh tut, dann gibt es nur eines: weg mit dem linken Fuß.

Einser: Und je rascher, desto besser.

Herr Schmitt: Ja, wenn Sie glauben ...

Zweier: Natürlich.

Sie sägen ihm den linken Fuß ab.

Herr Schmitt: Einen Stock, bitte.

Sie geben ihm einen Stock.

Einser: Nun, können Sie jetzt besser stehen, Herr Schmitt?

Herr Schmitt: Ja, links. Den Fuß müßt ihr mir aber geben, ich möchte ihn nicht verlieren.

Einser: Bitte, wenn Sie Mißtrauen haben ...

Zweier: Wir können ja auch gehen ...

Herr Schmitt: Nein, nein, jetzt müßt ihr dableiben, weil ich doch nicht mehr gehen kann allein.

Einser: Hier ist der Fuß.

Herr Schmitt nimmt den Fuß unter den Arm.

Herr Schmitt: Jetzt ist mir mein Stock heruntergefallen.

Zweier: Dafür haben Sie ja jetzt Ihren Fuß wieder.

Beide lachen schallend.

Herr Schmitt: Jetzt kann ich wirklich nicht mehr stehen. Denn jetzt fängt natürlich auch das andere Bein an, wehe zu tun.

Einser: Das läßt sich denken.

HERR SCHMITT: Ich möchte Sie nicht mehr belästigen als nötig ist, aber ohne den Stock kann ich schwer auskommen.

ZWEIER: Bis wir den Stock aufheben, können wir Ihnen gerade so gut das andere Bein absägen, das Ihnen ja sehr weh tut.

HERR SCHMITT: Ja, vielleicht ist es dann besser.

Sie sägen ihm das andere Bein ab. Herr Schmitt fällt um.

HERR SCHMITT: Jetzt kann ich nicht mehr aufstehen.

EINSER: Scheußlich, und gerade das wollten wir unbedingt vermeiden, daß Sie sitzen.

HERR SCHMITT: Was?!

ZWEIER: Sie können nicht mehr aufstehen, Herr Schmitt.

HERR SCHMITT: Sagen Sie mir das nicht, das tut mir weh.

ZWEIER: Was soll ich nicht mehr sagen?

HERR SCHMITT: Das ...

ZWEIER: Daß Sie nicht mehr aufstehen können?

HERR SCHMITT: Können Sie denn nicht Ihren Mund halten?

ZWEIER: Nein, Herr Schmitt, aber ich kann Ihnen Ihr linkes Ohr herausschrauben, dann hören Sie mich nicht mehr sagen, daß Sie nicht aufstehen können.

HERR SCHMITT: Ja, vielleicht ist das besser.

Sie schrauben ihm sein linkes Ohr ab.

HERR SCHMITT *zum Einser*: Jetzt kann ich nur mehr Sie hören. *Zweier geht herüber auf die andere Seite.* Bitte um das Ohr! *Wird wütend.* Und bitte auch um das fehlende zweite Bein. Das ist keine Art einen kranken Menschen zu behandeln. Liefern Sie sofort die in Verlust geratenen Gliedmaßen an mich, ihren Eigentümer, zurück. *Sie geben ihm auch das andere Bein unter den Arm und legen ihm das Ohr in den Schoß.* Überhaupt, wenn Sie hier etwa mit mir Ihren Schabernack treiben wollen, so haben Sie sich gründlich – was ist denn nur mit meinem Arm?

ZWEIER: Das wird eben sein, weil Sie dies viele nutzlose Zeug schleppen.

HERR SCHMITT *leise*: Sicher. Könntet ihr es mir nicht abnehmen?

ZWEIER: Aber wir könnten Ihnen ja den ganzen Arm abnehmen, das ist dann doch besser.

HERR SCHMITT: Ja, bitte, wenn ihr meint ...

ZWEIER: Natürlich.

Sie sägen ihm den linken Arm ab.

HERR SCHMITT: Danke, ihr macht euch viel zuviel Mühe mit mir.

EINSER: So, Herr Schmitt, da haben Sie alles, was Ihnen gehört, das kann Ihnen keiner mehr rauben.

Sie legen ihm alle abgenommenen Gliedmaßen in den Schoß. Herr Schmitt betrachtet sie.

HERR SCHMITT: Komisch, ich habe so unangenehme Gedanken im Kopf. Ich bitte Sie *zu Einser*, mir etwas Angenehmes zu sagen.

EINSER: Gerne, Herr Schmitt, wollen Sie eine Geschichte hören? Zwei Herren kommen aus einem Gasthaus. Da sie in einen furchtbaren

Streit geraten, bewerfen sie sich mit Pferdeäpfeln, der eine trifft den anderen mit einem Pferdeapfel in den Mund, da sagt der andere: so, den lasse ich jetzt drinnen, bis die Polizei kommt. *Zweier lacht, Herr Schmitt lacht nicht.*

HERR SCHMITT: Das ist keine schöne Geschichte. Können Sie mir nicht etwas Schönes erzählen, ich habe, wie gesagt, unangenehme Gedanken im Kopf.

EINSER: Nein, leider, Herr Schmitt, außer dieser Geschichte wüßte ich nichts mehr zu erzählen.

ZWEIER: Aber wir können Ihnen ja den Kopf absägen, wenn Sie so dumme Gedanken drin haben.

HERR SCHMITT: Ja, bitte, vielleicht hilft das.

Sie sägen ihm die obere Kopfhälfte ab.

EINSER: Wie ist Ihnen jetzt, Herr Schmitt, ist Ihnen leichter?

HERR SCHMITT: Ja, viel leichter. Jetzt ist mir viel leichter. Nur, es friert mich sehr am Kopf.

ZWEIER: Setzen Sie doch Ihren Hut auf. *Brüllt.* Hut aufsetzen!

HERR SCHMITT: Ich kann doch nicht herunterlangen.

ZWEIER: Wollen Sie den Stock haben?

HERR SCHMITT: Ja, bitte. *Er fischt nach dem Hut.* Jetzt ist mir der Stock heruntergefallen, da kann ich den Hut nicht erreichen. Es friert mich sehr stark.

ZWEIER: Wenn wir Ihnen den Kopf überhaupt herausschraubten?

HERR SCHMITT: Ja, ich weiß nicht...

EINSER: Doch...

HERR SCHMITT: Nein wirklich, ich weiß schon gar nichts mehr.

ZWEIER: Eben deshalb.

Sie schrauben ihm den Kopf heraus. Herr Schmitt fällt hintenüber.

HERR SCHMITT: Halt!! Leg mir doch einer die Hand auf die Stirn!

EINSER: Wo?

HERR SCHMITT: Faß mich doch einer an der Hand.

EINSER: Wo?

ZWEIER: Ist Ihnen jetzt leichter, Herr Schmitt?

HERR SCHMITT: Nein. Ich liege nämlich mit meinem Rücken auf einem Stein.

ZWEIER: Ja, Herr Schmitt, alles können Sie nicht haben.

Die beiden lachen schallend.

(Ende der Clownsnummer.)

Die Menge schreit: Der Mensch hilft dem Menschen nicht.

Der Führer des gelernten Chors: Sollen wir das Kissen zerreißen?

Die Menge: Ja.

Der Führer des gelernten Chors: Sollen wir das Wasser ausschütten?

Die Menge: Ja.

4

Die Hilfeverweigerung

Der gelernte Chor:
Also soll ihnen nicht geholfen werden.
Wir zerreißen das Kissen, wir
Schütten das Wasser aus.
Der Sprecher zerreißt jetzt das Kissen und schüttet das Wasser aus.
Die Menge liest für sich:
Freilich saht ihr
Hilfe an manchem Ort
Mancherlei Art, erzeugt durch den Zustand
Der noch nicht zu entbehrenden
Gewalt.
Dennoch raten wir euch, der grausamen
Wirklichkeit
Grausamer zu begegnen und
Mit dem Zustand, der den Anspruch erzeugt
Aufzugeben den Anspruch. Also
Nicht zu rechnen mit Hilfe:
Um Hilfe zu verweigern, ist Gewalt nötig
Um Hilfe zu erlangen, ist auch Gewalt nötig.
Solange Gewalt herrscht, kann Hilfe verweigert werden
Wenn keine Gewalt mehr herrscht, ist keine Hilfe mehr nötig.
Also sollt ihr nicht Hilfe verlangen, sondern die Gewalt abschaffen.
Hilfe und Gewalt geben ein Ganzes
Und das Ganze muß verändert werden.

5

Die Beratung

Der gestürzte Flieger:
Kameraden, wir
Werden sterben.
Die drei gestürzten Monteure:
Wir wissen, daß wir sterben werden, aber
Weißt du es?
Höre also:
Du stirbst unbedingt.
Dein Leben wird dir entrissen
Deine Leistung wird dir gestrichen
Du stirbst für dich.
Es wird dir nicht zugesehen

Du stirbst endlich
Und so müssen wir auch.

6

Betrachtung der Toten

Der Sprecher: Betrachtet die Toten!
Es werden sehr groß zehn Photographien von Toten gezeigt, dann sagt der Sprecher: «Zweite Betrachtung der Toten», und die Photographien werden noch einmal gezeigt.
Nach der Betrachtung der Toten beginnen die Gestürzten zu schreien
Wir können nicht sterben.

7

Die Verlesung der Kommentartexte

Der gelernte Chor wendet sich an die Gestürzten:
Wir können euch nicht helfen.
Nur eine Anweisung
Nur eine Haltung
Können wir euch geben.
Sterbt, aber lernt
Lernt, aber lernt nicht falsch.
Die Gestürzten:
Wir haben nicht viel Zeit
Wir können nicht mehr viel lernen.
Der gelernte Chor: Habt ihr wenig Zeit
Habt ihr Zeit genug
Denn das Richtige ist leicht.
Aus dem gelernten Chor tritt der Sprecher mit einem Buch. Er begibt sich zu den Gestürzten, setzt sich und liest aus dem Kommentar.
Der Sprecher: 1. Wer etwas entreißt, der wird etwas festhalten. Und wem etwas entrissen wird, der wird es auch festhalten. Und wer etwas festhält, dem wird etwas entrissen.
Welcher von uns stirbt, was gibt der auf? Der gibt doch nicht nur seinen Tisch oder sein Bett auf! Wer von uns stirbt, der weiß auch, ich gebe auf, was da vorhanden ist, mehr als ich habe, schenke ich weg. Wer von uns stirbt, der gibt die Straße auf, die er kennt, und auch, die er nicht kennt. Die Reichtümer, die er hat, und auch, die er nicht hat. Die Armut selbst. Seine eigene Hand.
Wie nun wird der einen Stein heben, der nicht geübt ist? Wie wird der einen großen Stein heben? Wie wird, der das Aufgeben nicht geübt hat, seinen Tisch aufgeben oder: alles aufgeben, was er hat und was er nicht hat. Die Straße, die er kennt, und auch, die er nicht

kennt. Der Reichtümer, die er hat, und auch, die er nicht hat? Die Armut selbst? Seine eigene Hand?

2. Als der Denkende in einen großen Sturm kam, saß er in einem großen Fahrzeug und nahm viel Platz ein. Das erste war, daß er aus seinem Fahrzeug stieg, das zweite war, daß er seinen Rock ablegte, das dritte war, daß er sich auf den Boden legte. So überwand er den Sturm in seiner kleinsten Größe.

Die Gestürzten erkundigen sich beim Sprecher: Überstand er so den Sturm?

Der Sprecher: In seiner kleinsten Größe überstand er den Sturm.

Die Gestürzten: In seiner kleinsten Größe überstand er den Sturm.

Der Sprecher: 3. Um einen Menschen zu seinem Tode zu ermutigen, bat der eingreifend Denkende ihn, seine Güter aufzugeben. Als er alles aufgegeben hatte, blieb nur das Leben übrig. Gib mehr auf, sagte der Denkende.

4. Wenn der Denkende den Sturm überwand, so überwand er ihn, weil er den Sturm kannte und er einverstanden war mit dem Sturm. Also, wenn ihr das Sterben überwinden wollt, so überwindet ihr es, wenn ihr das Sterben kennt und einverstanden seid mit dem Sterben. Wer aber den Wunsch hat, einverstanden zu sein, der hält bei der Armut. An die Dinge hält er sich nicht! Die Dinge können genommen werden, und dann ist da kein Einverständnis. Auch an das Leben hält er sich nicht. Das Leben wird genommen werden, und dann ist da kein Einverständnis. Auch an die Gedanken hält er sich nicht, die Gedanken können auch genommen werden, und dann ist da auch kein Einverständnis.

8

Das Examen

1

Der gelernte Chor examiniert die Gestürzten im Angesicht der Menge.

Der gelernte Chor: Wie hoch seid ihr geflogen?

Die drei gestürzten Monteure: Wir sind ungeheuer hoch geflogen.

Der gelernte Chor: Wie hoch seid ihr geflogen?

Die gestürzten Monteure: Wir sind viertausend Meter hoch geflogen.

Der gelernte Chor: Wie hoch seid ihr geflogen?

Die gestürzten Monteure: Wir sind ziemlich hoch geflogen.

Der gelernte Chor: Wie hoch seid ihr geflogen?

Die gestürzten Monteure: Wir haben uns etwas über den Boden erhoben.

Der Führer des gelernten Chors wendet sich an die Menge:
Sie haben sich etwas über den Boden erhoben.

Der gestürzte Flieger: Ich bin ungeheuer hoch geflogen.
Der gelernte Chor: Und er ist ungeheuer hoch geflogen.

2

Der gelernte Chor: Wurdet ihr gerühmt?
Die gestürzten Monteure: Wir wurden nicht genug gerühmt.
Der gelernte Chor: Wurdet ihr gerühmt?
Die gestürzten Monteure: Wir wurden gerühmt.
Der gelernte Chor: Wurdet ihr gerühmt?
Die gestürzten Monteure: Wir wurden genug gerühmt.
Der gelernte Chor: Wurdet ihr gerühmt?
Die gestürzten Monteure: Wir wurden ungeheuer gerühmt.
Der Führer des gelernten Chors zur Menge: Sie wurden ungeheuer gerühmt.
Der gestürzte Flieger: Ich wurde nicht genug gerühmt.
Der gelernte Chor: Und er wurde nicht genug gerühmt.

3

Der gelernte Chor: Wer seid ihr?
Die gestürzten Monteure: Wir sind die, die den Ozean überflogen.
Der gelernte Chor: Wer seid ihr?
Die gestürzten Monteure: Wir sind einige von euch.
Der gelernte Chor: Wer seid ihr?
Die gestürzten Monteure: Wir sind niemand.
Der Führer des gelernten Chors zur Menge: Sie sind niemand.
Der gestürzte Flieger: Ich bin Charles Nungesser.
Der gelernte Chor: Und er ist Charles Nungesser.

4

Der gelernte Chor: Wer wartet auf euch?
Die gestürzten Monteure: Viele über dem Meer warten auf uns.
Der gelernte Chor: Wer wartet auf euch?
Die gestürzten Monteure: Unser Vater und unsere Mutter warten auf uns.
Der gelernte Chor: Wer wartet auf euch?
Die gestürzten Monteure: Niemand wartet auf uns.
Der Führer des gelernten Chors zur Menge: Niemand wartet auf sie.

5

Der gelernte Chor: Wer also stirbt, wenn ihr sterbt?
Die gestürzten Monteure: Die zuviel gerühmt wurden.
Der gelernte Chor: Wer also stirbt, wenn ihr sterbt?
Die gestürzten Monteure: Die sich etwas über den Boden erhoben.

Der gelernte Chor: Wer also stirbt, wenn ihr sterbt?
Die gestürzten Monteure: Auf die niemand wartet.
Der gelernte Chor: Wer also stirbt, wenn ihr sterbt?
Die gestürzten Monteure: Niemand.
Der gelernte Chor:
Jetzt wißt ihr:
Niemand
Stirbt, wenn ihr sterbt.
Jetzt haben sie
Ihre kleinste Größe erreicht.
Der gestürzte Flieger:
Aber ich habe mit meinem Fliegen
Meine größte Größe erreicht.
Wie hoch immer ich flog, höher flog
Niemand.
Ich wurde nicht genug gerühmt, ich
Kann nicht genug gerühmt werden
Ich bin für nichts und niemand geflogen.
Ich bin für das Fliegen geflogen.
Niemand wartet auf mich, ich
Fliege nicht zu euch, ich
Fliege von euch weg, ich
Werde nie sterben.

9

Ruhm und Enteignung

Der gelernte Chor:
Jetzt aber
Zeigt, was ihr erreicht habt.
Denn nur
Das Erreichte ist wirklich.
Gebt also jetzt den Motor her
Tragflächen und Fahrgestell, alles
Womit du geflogen bist und
Was ihr gemacht habt.
Gebt es auf!
Der gestürzte Flieger:
Ich gebe es nicht auf.
Was ist
Ohne den Flieger das Flugzeug?
Der Führer des gelernten Chors:
Nehmt es!

Das Flugzeug wird von den Gestürzten weg in die andere Ecke des Podiums getragen.

Der gelernte Chor, während der Enteignung, rühmt die Gestürzten:

Erhebt euch, Flieger, ihr habt die Gesetze der Erde verändert.
Tausend Jahre fiel alles von oben nach unten
Ausgenommen der Vogel.
Selbst auf den ältesten Steinen
Fanden wir keine Zeichnung
Von irgendeinem Menschen, der
Durch die Luft geflogen ist
Aber ihr habt euch erhoben
Gegen Ende des zweiten Jahrtausends unserer Zeitrechnung.

Die drei gestürzten Monteure zeigen plötzlich auf den gestürzten Flieger: Was ist das, seht doch!

Der Führer schnell zum gelernten Chor: Stimmt das «Völlig unkenntlich» an.

Der gelernte Chor umringt den gestürzten Flieger:

Völlig unkenntlich
Ist jetzt sein Gesicht
Erzeugt zwischen ihm und uns, denn
Der uns brauchte und
Dessen wir bedurften: das
War er.

Der Führer des gelernten Chors:

Dieser
Inhaber eines Amts
Wenn auch angemaßt
Entriß uns, was er brauchte, und
Verweigerte uns, dessen wir bedurften.
Also sein Gesicht
Verlosch mit seinem Amt:
Er hatte nur eines!

Vier aus dem gelernten Chor diskutieren über ihn hinweg:

Der Erste: Wenn es ihn gab.
Der Zweite: Es gab ihn.
Der Erste: Was war er?
Der Zweite: Er war niemand.
Der Dritte: Wenn er einer war.
Der Vierte: Er war niemand.
Der Dritte: Wie sichtete man ihn?
Der Vierte: Indem man ihn beschäftigte.

Alle Vier:

Indem man ihn anruft, entsteht er.
Wenn man ihn verändert, gibt es ihn
Wer ihn braucht, der kennt ihn.
Wem er nützlich ist, der vergrößert ihn.

Der Zweite:
Und doch ist er niemand.
Der gelernte Chor zusammen zur Menge:
Was da liegt ohne Amt
Ist nichts Menschliches mehr.
Stirb jetzt, du Keinmenschmehr!
Der gestürzte Flieger:
Ich kann nicht sterben.
Die gestürzten Monteure: Du bist aus dem Fluß gefallen, Mensch.
Du bist nicht im Fluß gewesen, Mensch.
Du bist zu groß, du bist zu reich.
Du bist zu eigentümlich.
Darum kannst du nicht sterben.
Der gelernte Chor:
Aber
Wer nicht sterben kann
Stirbt auch.
Wer nicht schwimmen kann
Schwimmt auch.

10

Die Austreibung

Der gelernte Chor:
Einer von uns
An Gesicht, Gestalt und Gedanke
Uns gleichend durchaus
Muß uns verlassen, denn
Er ist gezeichnet über Nacht, und
Seit heute morgen ist sein Atem faulig.
Seine Gestalt verfällt, sein Gesicht
Einst uns vertraut, wird schon unbekannt.
Mensch, rede mit uns, wir erwarten
An dem gewohnten Platz deine Stimme. Sprich!
Er spricht nicht. Seine Stimme
Bleibt aus. Jetzt erschrick nicht, Mensch, aber
Jetzt mußt du weggehen. Gehe rasch!
Blick dich nicht um, geh
Weg von uns.
Der Sänger des gestürzten Fliegers verläßt das Podium.

11

Das Einverständnis

Der gelernte Chor redet die drei gestürzten Monteure an:
Ihr aber, die ihr einverstanden seid mit dem Fluß der Dinge
Sinkt nicht zurück in das Nichts.
Löst euch nicht auf wie Salz im Wasser, sondern
Erhebt euch
Sterbend euren Tod wie
Ihr gearbeitet habt eure Arbeit
Umwälzend eine Umwälzung.
Richtet euch also sterbend
Nicht nach dem Tod.
Sondern übernehmt von uns den Auftrag
Wieder aufzubauen unser Flugzeug.
Beginnt!
Um für uns zu fliegen
An den Ort, wo wir euch brauchen
Und zu der Zeit, wo es nötig ist. Denn
Euch
Fordern wir auf, mit uns zu marschieren und mit uns
Zu verändern nicht nur
Ein Gesetz der Erde, sondern
Das Grundgesetz.
Einverstanden, daß alles verändert wird
Die Welt und die Menschheit
Vor allem die Unordnung
Der Menschenklassen, weil es zweierlei Menschen gibt
Ausbeutung und Unkenntnis.
Die gestürzten Monteure:
Wir sind einverstanden mit der Änderung.
Der gelernte Chor:
Und wir bitten euch
Verändert unsern Motor und verbessert ihn
Auch vergrößert Sicherheit und Geschwindigkeit
Und vergeßt auch nicht das Ziel über dem geschwinderen Aufbruch.
Die gestürzten Monteure: Wir verbessern die Motore, die Sicherheit und
Die Geschwindigkeit.
Der gelernte Chor: Gebt sie auf!
Der Führer des gelernten Chors: Marschiert!
Der gelernte Chor: Habt ihr die Welt verbessert, so
Verbessert die verbesserte Welt.
Gebt sie auf!
Der Führer des gelernten Chors: Marschiert!
Der gelernte Chor:
Habt ihr die Welt verbessernd die Wahrheit vervollständigt, so

Vervollständigt die vervollständigte Wahrheit.
Gebt sie auf!

Der Führer des gelernten Chors: Marschiert!

Der gelernte Chor:
Habt ihr die Wahrheit vervollständigend die Menschheit verändert, so
Verändert die veränderte Menschheit.
Gebt sie auf!

Der Führer des gelernten Chors: Marschiert!

Der gelernte Chor: Ändernd die Welt, verändert euch!
Gebt euch auf!

Der Führer des gelernten Chors: Marschiert!

ANMERKUNG ZUM «BADENER LEHRSTÜCK»

Ohne hier näher einzugehen auf die besonderen Gesetze des Lehrstücks (dies wird in einer ausführlichen «Theorie der Pädagogien» geschehen), müssen hier in aller Kürze die Anweisungen des Komponisten Hindemith (im Klavierauszug zum «Lehrstück», dem die erste, ganz unvollständige Fassung des Textes zugrunde liegt) als abwegig korrigiert werden. Hindemith meint:

«Da das Lehrstück nur den Zweck hat, alle Anwesenden an der Ausführung eines Werkes zu beteiligen und nicht als musikalische und dichterische Äußerung in erster Linie bestimmte Eindrücke hervorrufen will, ist die Form des Stückes dem jeweiligen Zwecke nach Möglichkeit anzupassen. Der in der Partitur angegebene Verlauf ist demnach mehr Vorschlag als Vorschrift. Auslassungen, Zusätze und Umstellungen sind möglich. Ganze Musiknummern können wegbleiben, der Tanz kann ausfallen, die Clownszene kann gekürzt oder ausgelassen werden. Andere Musikstücke, Szenen, Tänze oder Vorlesungen können eingefügt werden, wenn es nötig ist und die eingefügten Stücke nicht den Stil des Ganzen stören. Kleinere Übungen können darin bestehen, das Examen allein oder den Anfang und das Examen auszuführen. Andere Teile können ebensogut allein geübt werden. Dem die Übung Leitenden und der Gemeinschaft der Ausführenden ist es überlassen, die für ihren Zweck passende Form zu finden.»

An diesem Mißverständnis ist wohl hauptsächlich meine eigene Bereitwilligkeit, einen unabgeschlossenen und mißverständlichen Textteil, wie es die in Baden-Baden aufgeführte Fassung des Lehrstücks war, zu rein experimentellen Zwecken auszuliefern, schuld, so daß tatsächlich der einzige Schulungszweck, der in Betracht kommen konnte, ein rein musikalisch formaler war. Aber die Baden-Badener Aufführung war natürlich lediglich zur Selbstverständigung und einmalig gedacht. Selbstverständlich wäre der Lehrwert einer solchen musikalischen Übung an einem «besinnlichen und die Fantasie des Übenden ansprechenden» Text viel zu gering. Selbst wenn man erwartete, daß der einzelne «sich in irgendwas dabei einordnet» oder daß hier auf musikalischer Grundlage gewisse geistige formale Kongruenzen entstehen, wäre eine solche künstliche und seichte Harmonie doch niemals imstande, den die Menschen unserer Zeit mit ganz anderer Gewalt auseinander zerrenden Kollektivbildungen auf breitester und vitalster Basis auch nur für Minuten ein Gegengewicht zu schaffen.

INHALT

wissen ro ro ro

Martin Esslin
Das Theater des Absurden

rowohlts deutsche enzyklopädie Band 234/235/236

Ausführliche Analysen der Stücke von Beckett, Adamov, Ionesco, Pinter und Genet demonstrieren, inwiefern das neue, durch diese und andere Dramatiker geschaffene Theater von früheren Formen der Dramatik abweicht. Der durch seine Arbeit über Brecht bekannt gewordene Autor stellt dabei die Verbindung zum Absurden in der Weltliteratur von der Antike bis zu Lewis Carroll und Christian Morgenstern her. Abschließend gibt er eine Definition des neuen Theaterstils und zieht die Querverbindungen zu den philosophischen und sozialen Strömungen der Gegenwart. Das zunächst in Amerika und auch in England veröffentlichte Werk hat nicht nur bei allen am Theater Interessierten größte Beachtung gefunden, sondern bereits Auswirkungen auf die praktische Bühnenarbeit gehabt.

157/2

SAMUEL BECKETT
MURPHY

rororo

NOBELPREIS 1969

Samuel Beckett revolutionierte mit seinen eigenwilligen und tiefsinnigen Stücken das moderne Theater. Dieses frühe Prosawerk enthält bereits die für ihn charakteristische Thematik: Armseligkeit und Absurdität des menschlichen Strebens. Ein junger Ire tut sich in London mit einem Straßenmädchen zusammen, verläßt es, findet Arbeit in einer Irrenanstalt und kommt hier bei einem Brand um. Den Leser fesseln Geist und Sprache des Autors, die auf verschlungenen Pfaden das Geheimnis der Identität umkreisen.

Aus dem Englischen von Elmar Tophoven

rororo Band 311

578/4

rororo
MAX FRISCH
HOMO FABER